# 台灣作家全集

## 2 珍貴的圖片

台灣文學作家的精彩寫眞，首次全面展現，讓我們不但欣賞小說，也可以一睹作家眞跡。

## 1 豐富的內容

涵蓋1920年到1990年代的台灣重要文學作家的短篇小說以作家個人爲單位，一人以一冊爲原則。縫合戰前與戰後的歷史斷層，有系統地呈現台灣文學的風貌。

榮譽出版發行／
前衛出版社

# 歐陽子集

台灣作家全集

短篇小說卷

---

# 台灣作家全集

## 短篇小說卷

一九六二年冬，與顏祥霖攝於伊利諾大學校園。

一九六一年台大畢業時與母親合影

一九六四年夏，與顏祥霖在伊利諾結婚。

一九三九年出生於日本廣島

與先生及兒女合影

一九七九年二月，德州大學舉行「台灣小說座談會」，會後與李歐梵、張蘭熙、葛浩文、許芥昱、張誦聖等人攝於歐陽子（左三）家門口。

唸北一女中高中時期留影

一九八一年夏，與父母攝於德州大學校園。

一九六一年「現代文學雜誌社」社員遊青潭留影。右一爲歐陽子。

與台大外文系朋友攝於校園。前排左起：王愈靜、歐陽子、席慕萱。後排左起：陳若曦、楊美惠、謝道峨。

一九六三年，與王文興（右）、白先勇攝於愛荷華大學。

歐陽子手跡

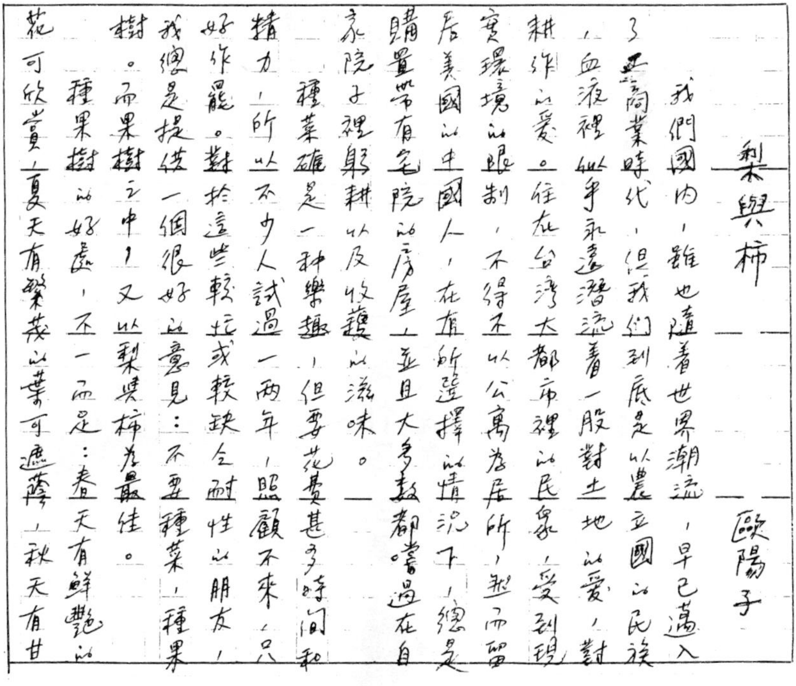

梨與柿

歐陽子

我們國內，雖也隨着世界潮流，早已邁入了工商業時代，但我們到底是以農立國的民族，血液裡似乎永遠潛流着一股對土地的愛，對耕作的愛。住在台灣大都市裡的民眾，受到現實環境的限制，不得不以公寓為居所，然而留居美國的中國人，在有所選擇的情況下，總是購置帶有宅院的房屋，並且大多數都嚐過在自家院子裡躬耕以及收穫的滋味。

種菜雖是一种樂趣，但要花費甚多時間和精力，所以不少人試過一兩年，照顧不來，只好作罷。對於這些較忙或較缺乏耐性的朋友，我總是提供一個很好的意見：不要種菜，種果樹。而果樹之中，又以梨與柿為最佳。

種果樹的好處，不一而足：春天有鮮艷的花可欣賞，夏天有繁茂的葉可遮蔭，秋天有甘

# 出版說明

《臺灣作家全集》是臺灣新文學運動以來最有意義的選輯，也是臺灣文學出版上最具示範的創舉。全集係以短篇小說爲主體，以作家個人爲單位，涵蓋一九二〇年至九〇年代的重要作家，縫合戰前與戰後的歷史斷層，有系統地呈現了現代文學史上臺灣作家的精神面貌。

在內容上，包括日據時代，由張恆豪編輯；戰後第一代，由彭瑞金編選；戰後第二代，由林瑞明、陳萬益編選；戰後第三代，由施淑、高天生編選。全集計劃出版五十冊，後每隔三年或五年，續有增編，一人以一冊爲原則，戰前部分則因篇幅不足，有二人或三人合爲一集。

在體例上，每冊前由召集人鍾肇政撰述總序（文長兩萬字，首冊爲全文，其它則爲濃縮），精扼鈎畫出臺灣新文學發展的歷程、脈絡與精神；並由各集編選人執筆序言，簡要介紹作家生平及作品特色；正文之後，則附有研析性質的作家論，及作家生平寫作年表、小說評論引得，期能提供讀者參考。臺灣面臨歷史的轉捩點，瞻前顧往之際，本社誠摯希望能對臺灣文學的出版、推廣、教育及研究上有所貢獻。

## 台灣作家全集

短篇小說卷

# 緒言

鍾肇政

時代的巨輪轟然輾過了八十年代，迎來了嶄新的另一個年代——九十年代。

發軔於二十年代的台灣文學，至此也在時代潮流的沖激下，進入了一個極可能不同於以往的文學年代。

然則這九十年代的台灣文學，究竟會是怎樣的一種文學？

在試圖回答這個問題之前，我們似乎更應該先問問：台灣文學又是怎樣一種文學？

曰：台灣文學是台灣本土的文學、台灣人的文學。

曰：台灣文學是世界文學的一支。

倘就歷史層面予以考察，則台灣文學是「後進」的文學：比諸先進國的文學，即使是近鄰如日本，她的萌芽時期亦屬瞠乎其後，比諸中國五四後之有新文學，亦略遲數年。

只因是後進的，故而自然而然承襲了先進的餘緒，歐美諸國文學的影響固毋論矣，即日本文學、中國文學等也給她帶來了諸多影響。易言之，先天上她就具備了多種特色集於一身，因而可能成爲人類文學裏新穎而富特色的一支——當然這種說法恐難免落入過分單純化機械化的發展論，未必完全接近實際情形。事實上，一種藝術的發芽與成長，土地本身的人文條件與夫時代社經政治等的變易更動，在在可能促進或阻礙她的發展。證諸七十年來台灣文學的成長過程，堪稱充滿血淚，一路在荆棘與險阻的路途上踽踽而行，備嘗艱辛。

職是之故，若就其內涵以言，台灣文學是血淚的文學，是民族掙扎的文學。四百年台灣史，是台灣居民被迫虐的歷史。隨著不同的統治者不同的統治，歷史上每一個不同階段雖然也都有過不同的社會樣相與居民的不同生活情形，而統治者之剝削欺凌則始終如一。七十年台灣文學發展軌跡，時間上雖然不算多麼長，展現出來的自然也不外是被迫虐被欺凌者的心靈呼喊之連續。

台灣文學創建伊始之際，我們看到台灣文學之父賴和以文學做爲抗爭手段之一的筆跡。他反抗日閥強權，他也向台灣人民的落伍、封建、愚昧宣戰。他身體力行，諸凡當時的抗日社團如文化協會、民衆黨和其後的新文協等，以及它們的種種活動，他幾乎是每役必與，並驅其如椽之筆發而爲〈一桿稱子〉、〈不如意的過年〉、〈善訟的人的故事〉等小說與〈覺悟下的犧牲〉、〈南國哀歌〉等詩篇，爲台灣文學開創了一片天空，樹立了不朽典範。

中期，我們又有幸目睹了台灣文學巨人吳濁流之出現。第二次世界大戰進入最慘烈階段之際，在日本憲警虎視眈眈下，吳氏冒死寫下《亞細亞的孤兒》，戰後更在外來政權戒嚴體制的獨裁統治下，他復以《無花果》、《台灣連翹》等長篇突破了統治者最大的禁忌。他不但爲台灣文學建構了巍峨高峰，還創辦《台灣文藝》雜誌，創設台灣第一個文學獎「吳濁流文學獎」，培養、獎掖後進，傾注了其後半生心血，成爲台灣文學的中流砥柱。

七十星霜的台灣文學史上，傑出作家爲數不少，尤其在時代的轉折點上，每見引領風騷的人物出現，各各留下可觀作品。此處暫不擬再列舉大名，但我們都知道，在統治者鐵蹄下，其中尙不乏以筆賈禍而身繫囹圄，備嘗鐵窗之苦者，甚或在二二八悲劇裏飲恨以終者。以所驅用的文學工具言，有台灣話文、白話文、日文、中文等等不一而足，蔚爲世界文壇上罕見奇觀，此殆亦爲台灣文學之一特色。日據時，曾有「外地文學」之稱，輓近亦有人以「邊疆文學」視之，唯她既立足本土，不論使用工具爲何，其爲台灣文學則無庸否定，且始終如一。

不錯，七十年來她的轉折多矣。其中還甚至有兩度陷入完全斷絕的眞空期，其一爲戰爭末期所謂「決戰下的台灣文學」乃至「皇民文學」的年代，以及戰後二二八之後迄國府遷台實施恐怖統治、必需俟「戰後第一代」作家掙扎著試圖以「中文」驅筆創作、接續斷層爲止的年代。一言以蔽之，台灣文學本身的步履一直都是顚躓的、蹣跚的。到了七十年代，鄉土之呼聲漸起，雖有鄉土文學論戰的壓抑，反倒造成台灣文學的欣欣向榮，入了八十年代，鄉土文學不僅成爲文壇主流，益以美麗島軍法大審之激盪，衝破文學禁忌成了不可遏止之勢，於是有覺醒後之政治文學大批出籠，使台灣文學的風貌又有了一變。

八十年代已矣。在年代與年代接續更替之際，正如若干年來每屆歲尾年始，報章上總會出現不少檢討與前瞻的論評文學，也一如往例悲觀與樂觀並陳，絕望與期許互見。有一明顯的跡象是嚴肅的台灣文學，讀者一直都極少極少，在八十年代末期的消費社會、資訊多元化社會以及功利主義社會裏，文學的商品化及大衆化傾向已是莫之能禦的趨勢，於是當市場裏正如某些論者所指摘，充斥著通俗文學、輕薄文學一類作品，純正的文學乃又一次陷入危殆裏。

然而我們也欣幸地看到，八十年代末尾的一九八九年裏民主潮流驟起，舉世爲之震動。繼六四天安門事件被血腥彈壓之後，卻有東歐的改革之風席捲諸多社會主義共產國家，連蘇聯竟也大地撼動，專制統治漸見趨於鬆動的跡象。（草此文之際，世人均看到蘇俄首任總統終告產生。）這該也是樂觀論者之所以樂觀之憑藉吧。

不錯，新的人類世界確已隨九十年代以俱來。即令不是樂觀者，不免也會睜大眼睛看著世局之演變並對它有所期待才是。而九十年代台灣文學，自然也已是呼之欲出！君不見繼八九年年尾大選、國民黨挫敗之後，台灣的民主又向前跨了一步，即令有第八任總統選舉的權力鬥爭以及國大代表之挾選票以自重、肆意敲詐勒索等醜劇相繼上演於國人眼睜睜的視野裏，但其爲獨大而專權了數十年之久的國民黨眞正改革前的垂死掙扎，彰彰在吾人耳目。

在九十年代台灣文學即將展現於二千萬國人眼前之際，《台灣作家全集》（以下稱「本全集」）的問世是有其重大意義的。過去我們已看到幾種類似的集體展示，計有《日據下台灣新文學》（明集，共五卷，明潭出版社，一九七九年三月）、《光復前台灣文學全集》（八卷，後再追加四卷，遠景出版社，一九七九年七月）、《本省籍作家作品選集》（十卷，文壇社，一九六五年十月）、《台灣省青年文學叢書》（十卷，幼獅書店，一九六五年十月）等四種。無獨有偶，前兩者均爲戰前台灣文學，後兩者則爲清一色戰後台灣作家作品。而其中，除最後一種爲個人結集之外，餘皆爲多人合集。値得一提的是後兩者出版時，白色恐怖仍在餘燼未熄之際，前兩者則是鄉土文學論戰戰火甫戢、鄉土文學普遍受到肯定之後，因此可以說各各盡了其時代使命。

本全集可以說是集以上四種叢書之大成者。其一，是時間上貫穿台灣新文學發軔到輓近的全局；其二，是選有代表性作家，每家一卷，因而總數達數十卷之鉅，堪稱自有台灣新文學以來之創舉。是對血漬斑斑的台灣文學之路途上，披荆斬棘，蹣跚走過的前輩們，以及現今仍在孜孜矻矻舉其沉重步伐奮勇前進的當代作家們之獻禮，也是對關心本土文學發展的廣大海內外讀者們的最大禮物。

（註：本文爲《台灣作家全集》〈總序〉的緒言，全文請看《賴和集》和《別冊》。）

# 目錄

# 深邃的內心葛藤

## ——歐陽子集序

歐陽子與陳若曦，是七〇年代台灣《現代文學》派的陣營中最受矚目的兩位女將。若說陳若曦的小說題材，比較感時憂國，偏重於海峽兩岸的政經問題和人文關懷；則歐陽子著力的焦點，便是毫不保留的人性解剖，向內挖掘那深不可測的複雜的內心世界。

歐陽子，本名洪智惠，原籍台灣南投，一九三九年出生於日本廣島。在日本度過童年，也在那裏接受小學教育，二次大戰後隨著家人回到台灣。而正式寫小說，則是一九五七年進入台大外文系的事，大三時與同班同學白先勇、王文興、陳若曦等人一同創辦《現代文學》雜誌，從此正式以歐陽子筆名，開始在該刊發表短篇小說，並評介西洋文學作品。

歐陽子最心儀D・H・勞倫斯、亨利・詹姆斯及威廉・福克納等人的作品。從歐陽子結集的《那長頭髮的女孩》及《秋葉》看來，歐陽子顯然受到西洋心理小說的廣泛影響，是位典型的現代文學技巧的服膺者，非常重視小說結構的經營，擅長以冷靜分析的手法，戮力於心理寫實，追求單一緊湊的戲劇效果，精準地表現出新舊思潮衝突下現代女性複雜多面的內心葛藤，在這裏有不容於世俗的母子亂倫之愛，有師生同性之愛，也有一般男女深邃隱秘的心靈，她們大膽地向文化及社會的禁忌挑戰，但也因為有時過於偏重醜陋面、陰暗面的挖掘，乃致曾遭到部分評論界人士強烈的責難。

歐陽子後來在〈關於我自己〉一文，如此談到她創作的題材：

我差不多的小說題材，都是關涉小說人物感情生活的心理層面，以及他們的自我覺悟過程。多數人寫小說，常是先想出一個人物，然後圍繞着這一人物，構造出情節故事。我卻有點不同，我總是首先想到一種處境，或困境，繼而推想，一個具有某種性格的人，在陷入這樣的困境時，會起怎樣的心理反應？會採怎樣的實際行動？而這個主角最後採取的某種行動，或顯露的某種表現，一定和他對於該困境所起的心理反應，有直接而必然的關聯。我想白先勇說我擅長動機分析，就是這個意思。

以白先勇為首《現代文學》派的肯定，主要是針對歐陽子作品中的藝術形式和美學技巧。白說：「歐陽子的小說有兩種中國小說傳統罕有的特質，一種是古典主義的藝術形式之控制，一種是成熟精微的人類心理之分析。前者表諸於她寫作的技巧，後者決定她題材的選擇。歐陽子最成功的幾篇小說，例如〈網〉、〈覺醒〉、〈浪子〉、〈花瓶〉、〈最後一節課〉、〈魔女〉等，在小說形式之控制上，可以說做到了盡善盡美的程度。」

而以尉天驄、何欣等人代表《文學季刊》派的責難，主要是站在社會責任的角度，基於道德關懷的層面。何說：「《秋葉》集裏的人物，便都是些缺乏思想、缺乏性格的浮萍。我們無法相信台灣大學文學院裏那批高材生就只生活在以報復、以詭計為基礎的愛情裏，我們也難以相信三、四十歲的婦人們生活目標只不過是宜芬、麗芬變態性衝動，或蘭芳、敦敏的阻撓兒子戀愛以免自己陷於空虛。也許由於這些，《秋葉》集裏的故事都缺乏力量、推動故事發展的那種洶湧大浪的力量，也缺乏聲勢奪人的緊張，更缺乏咄咄迫人的現實感。」

其實這兩派說法，都指出了歐陽子小說的部分事實，並不盡然是矛盾，一者著眼於形式與技巧，一者偏重於題材與人物，但細加分析，自古以來文學藝術與社會責任的主從辯證關係，才是雙方文化理念上的根本差異，雖然這次仍不免流於各說各話，但也為後續的七十年代中葉的鄉土文學論戰預先埋下了伏筆。

# 半個微笑

汪琪雖已醒了半個多小時，她卻一直沒睜開眼，彷彿閉著眼睛，她就安全，就能避免面對現實。不久，她聽見護士的脚步，移入她病房，移近她床邊。她任由護士測體溫、量血壓，眼睛還一直閉著。

「要不要我把窗簾拉開？」護士問道。

「隨便，」汪琪軟弱地回答。

護士拉開窗簾。一片陽光從玻璃窗射入。汪琪半睜開眼，突然覺得從一個暗紫色的世界，一彈跳入陌生眩人的鮮白色世界。她趕緊又閉上眼，緊緊的，卻再也回不到剛才那安全熟悉的暗紫色世界。

「腿怎樣？還痛不痛？」護士問。

「還好，」她說，「幾時能把石膏取下？」

「還得綁一些日子。等醫生來，你可問他看看。」

護士走出病房。

這是汪琪入院的第五天早晨。頭一天她昏迷沒醒，第二天才完全恢復知覺。一清醒過來，她就知道她不再是自己——全身沉甸甸的，不是石膏，就是繃帶，動都動不得。她覺得自己變成了一塊石頭似的。她希望自己眞能變成一塊石頭，把腦中思想也凍結起來。據醫生說，她的右腿骨折斷，左腿也扭了。此外，她臉上肩膀上都有外傷，一陣陣作痛。醫生替她照過兩次腦X光，說是沒怎樣。但她偷聽到她母親向醫生訴苦，說這孩子醒來後，多半時間只癡癡躺著，一句話也不說；一問她關於那天失足跌落的情形，她臉上就露出極度恐怖，到底怎麼回事？是否腦子受到震盪，傷了她神經？醫生就安慰母親：不必擔心，這是常有的現象，過個幾天，你女兒大概就會好起來……

汪琪知道一過十點，母親就會趕來醫院看她，並陪伴她一下午。十點之前，母親必須照料父親上班，照料弟妹上學，然後去買菜，回家打掃房子，做完一切家事。汪琪心裏非常感激她，但卻希望她不要對她這般週到。她深覺自己不配讓母親如此操心掛慮。

護士又走進，送來一盤早餐。汪琪勉強撐起身子，吃下兩口，便又躺下，閉起眼睛。一刻鐘後，護士來收拾飯盤，見她沒吃幾口，婉言說了她幾句，勸她多吃些。汪琪假裝睡著，不予理睬。護士終於把盤子端走。

她又僵直靜躺了數十分鐘。事情既已到達這步田地，她已學會暫時麻木自己，暫時將迷亂的思想與可怕的現實擱置一旁不顧。然而她知道無法永遠逃避——她終將面對它，獨自一人面對它。世界上沒有一人幫得了忙。

走廊裏響起一陣輕快的脚步聲，愈來愈近。在她病房門口，脚步聲戛然停止。汪琪睜開眼睛。一個赫本頭、大眼睛的少女出現在門口。

「啊，汪琪！」少女叫著，急步向前，握住她的手。

「哦，張芳芝，」汪琪低聲應道，嘴角擠出一絲微笑。

她從昏迷中甦醒以後，除了父母，這是頭一個訪客。她母親曾告訴她，有許多朋友來過，想探望她，但醫生說她需要休息，不准他們進來。

「我每天都來，」張芳芝說。「今天好不容易，他們才放我進來。」

汪琪捏一下她的手，表示感激。

張芳芝是汪琪的多年老友。兩人從小學就同校，中學同班，現在又同唸大學外文系。張芳芝長得挺標緻的，而且活潑健談，人緣很廣，屬外向性格，和汪琪正巧相反。雖然如此，她倆卻總是在一起，於是有些同學就開玩笑地說汪琪是張芳芝的「影子」。汪琪對此心裏暗暗不服，她不了解為什麼人們視她為張芳芝的影子，而不視張芳芝為她的影子。但當然她不曾對任何人這樣說，因為她一說，人家一定會覺得很奇怪。

「你覺得怎樣?好些沒有?」張芳芝問道，關切地打量她傷勢。「你的腿恐怕動不得吧?還痛不痛?」

「還好，」汪琪回答。

是的，張芳芝是她最好的朋友。但她們兩人是多麼的不同!汪琪一向是好學生，功課好，品行好，沒人能指責她任何一點。從小學起，她就常常當選爲模範生，受到過校長、市長的褒獎。老師們一聽到她的名字，就點頭稱道;同學們一碰見她，也都另眼相待。她的中學時代，也在類似的境況下度過。如今，她已是大學二年級的學生了，大家對她卻依然抱著同樣的看法。她並不快樂。一點都不。有時，她聽見張芳芝嬉皮笑臉地說些無傷大雅的輕浮話，引得大家發笑，她很想也講幾句，可是她不敢，因爲她知道人家會大吃一驚。每到週末，許多男生請張芳芝看電影，卻沒一人請她。張芳芝常對她說：「看看電影有什麼關係?你實在不必那麼拘謹的。」汪琪不曾告訴張芳芝她其實並不在乎，只是沒人來約她罷了。眞的——即連對張芳芝這樣一個親近的朋友，她也有許多話全然說不出口。

張芳芝同情地撫摸輕拍汪琪腿上硬邦邦的石膏。

「你到底怎麼跌下去的?」她問。「我們全沒注意到。要不是——」

「請你——麻煩你——」汪琪插口，「倒杯開水給我行嗎?」

「當然行呀，怎麼突然這樣客氣起來啦？」張芳芝走到茶几旁邊，從開水壺裏倒出一玻璃杯的開水，又幫著汪琪坐起身子，才遞進她手裏。

開水很燙。汪琪一小口一小口地喝，低垂著頭。

「大家都很想念你，」張芳芝說，「他們都想來看你。」

突然汪琪抬起頭。她的臉色蒼白、冷峻。她以一種自我防禦似的凜然態度，緊緊逼視張芳芝。

「為什麼？為什麼他們想來看我？」她問。「他們動機何在？」

張芳芝吃驚似地盯她一眼。

「什麼動機不動機？」她說。「大家關心你，所以想來探望你。」

「他們整天在學校裡談論我，對不對？」汪琪聲音裏充滿敵意。

張芳芝又盯她一眼。「當然，我們都談論你，」她回答，有點猶豫不決似的。「王志民還說——他說——」

汪琪猛然一震，玻璃杯從手中脫落，「鏘！」的一聲，破碎在地下。她猛抽一口氣，呻吟一聲，感覺一陣眩暈。

「怎麼啦？」張芳芝關切地說。「老天，你的臉好白！要不要我叫護士來？」

汪琪搖搖頭。「不必，沒什麼，」她軟弱地回答。「只是不小心，把杯子拿掉了。」

「眞的不必叫護士來?」

「眞的,」汪琪說,「沒什麼。」

張芳芝彎下腰,開始拾起地上的玻璃碎片。

「對不起。」

「沒什麼大不了的,」張芳芝說。「只是損失一個玻璃杯罷了。」她笑了兩聲。汪琪覺得她的笑聲有些古怪、不自然。

她一定知道的!一定知道了的!汪琪想,一邊怯怯地注視張芳芝撿起碎玻璃。不錯,她必已知道,怎麼可能不知?他必定說了,他說給她聽了,說給大家聽了……

張芳芝拾完玻璃片,放在茶几一角,便踱到窗邊。她兩手交叉胸前,面朝窗外,背對汪琪。汪琪眼睛隨著她,不肯稍離。張芳芝的赫本式頭髮,在陽光下,烏黑得發亮。她身子苗條,腰束得很細。汪琪恨不得看穿她心裏。

「別瞞我,張芳芝!」她突然喊道,聲音顫抖。「他告訴你了,對不對?」

張芳芝霍然轉身向她。「什麼?你說什麼?誰告訴我什麼?」她面現驚訝。

好會演戲,汪琪想,好會裝傻!突然,她覺得張芳芝一下子變得陌生了起來。她簡直要認不得她了。她奇怪她們怎麼會相識,怎會結爲好友。汪琪不禁對自己傻笑起來。

「你說什麼呀?誰告訴了我什麼呀?」張芳芝又問。

「哦，沒什麼，」她繼續傻笑。「我說著玩的。」

張芳芝狐疑地望望她，走近，又坐回床邊椅子上。她蹙了蹙眉，低頭玩弄手帕，若有所思。

「你到底怎麼了？」她說。

汪琪沒有回答。她停止傻笑。突然，一股絕望攫住她的心，而她所閃避的現實頂著她衝來。於是她又看到他的臉，和他唇角懸掛的半個微笑：嘲謔的，挑逗的：．．．．

她永遠不能了解王志民。他的存在對她是個謎，無底的謎。沒人能想像他帶來給她的那種徬徨，那種絕望。其實，他只不過是班上一個同學，兩人只談過很少幾句話。然而，自從她第一次看到他，在文學院走廊上，她就知道自己不復是自己，永遠不再是自己。她心裏萌起一股不可壓抑的衝動，想要無論如何改變扭轉一下自己的生活，一切從頭來起。但談何容易！她是個「好學生」，至少是一般人所謂的「好學生」，因此她的行爲受著無形的束縛。以前，她身帶枷鎖，而不曾注意桎梏之存在；可是自從見到王志民，她就立刻感知，並深深體略到被囿之難忍。這種受迫的感覺，由於每天能見到他，而逐日尖銳起來，但同時，她又覺得自己改變不了，掙脫不了，因爲她沒這勇氣。她是「習性」的奴隸；習性支配著她的言行，習性控制著她的生活。從小學起，汪琪一直就是標準的好學生，永遠規規矩矩，永遠穩重拘謹。其實，倒不是她存心要這樣表現。只是她已慣於如此，而人們又早就認定她是這種樣子的女孩，所以如果她突然變樣，就變成是她的錯，人們也就會感到非常奇怪。因此，她只得繼續扮演人家要她扮演的角色：用功、規矩、拘謹、持重，雖然她覺得這並不是眞正的自己。她眞是一點辦法都沒有。而王志民的存在逼迫著她，把她逼向懸崖——懸崖！豈不是麼？——唯一僅存的希望是：把自己解脫出來！趕快把自己從習性的桎梏中解脫出來！

然而她缺乏勇氣。生活簡直成了一種煎熬。一方面，王志民的壓力愈來愈大；另一方面，她對自己的厭惡愈來愈深。她眞正無法忍受。而人們照樣說她是好學生。汪琪自己照樣表現得像個好學生。

在絕望中，她知道情形再也拖不長久。有一天她會爆炸，碎成萬片。她渴欲著這樣一天趕快來臨。

果然，這樣一天終於到來。她終於爆炸，碎成萬片……

那僅是五天前的事。系裏舉行一次團體旅行，地點是觀音山。那天天氣陰溼，相當燠熱。王志民身穿一件短袖白襯衫，下面卡其褲，顯得魁梧、英俊。在往觀音山的公路局車上，汪琪靜坐一角，久久偷看玻璃窗裏反映著的他的側影，覺得自己面孔一陣陣紅熱起來。王志民他們一路上談得非常起勁，談話中還夾著放縱的笑聲。她眞想聽聽他們說些什麼，可是汽車開得很快，車聲太響，她只能零碎聽到一些聯貫不來的單字和片語。她滿心絕望，那解脫自我的欲望突然壓迫得她不能呼吸。爲什麼我就不能參加他們，一起縱情歡笑？她想。但她知道只要她一走近那邊，他們就會立刻停止歡笑，而改換一個正經的話題。

十一點半左右，他們爬到山頂。大家都覺熱得難忍，好一會兒，男生都把外衣脫了，只穿汗衫。汪琪從來不知王志民的胸膛有這般寬、這般厚。

吃過午餐，大家隨地坐著休息，有的同學甚至躺了下來，仰望天空，樣子很逍遙。山上的涼風早把熱意吹散，汪琪覺得一陣慵懶，眞想臥下睡一覺。張芳芝和三個男生，在她附近地上，圍坐一起打橋牌。張芳芝一臉喜色，大叫一聲four hearts，而她的partner卻縐起眉頭，摸摸下巴，一籌莫展的樣子。王志民還在老地方，離汪琪數十步遠，和一羣男女同學談笑。汪琪覺得孤立、無聊，卻又不願硬去揷入別人的團體。她看看錶，兩點十分。他們已經決議四點半才下山。

汪琪舉頭望天，天是灰色的。她猜想可能不久會下雨。她將視線往下移，突然，她看到翠綠中一片鮮美的黃色。那該是花吧？她想。怎麼全長在一起，那樣漂亮？她想指給張芳芝看，但見她專心打牌的模樣，就把話呑進肚裏去。

汪琪決定走下坡去，採幾朵回來瞧瞧。下坡的路，必須經過王志民那一羣，這使她覺得不大自在。但她料想沒人會注意到她，於是走了過去。

「汪琪！」一個女同學的聲音。

汪琪臉上一陣紅熱。她轉身，面向王志民那一羣，見大家都望著她，一時彆扭得想鑽到地下去。

「去哪裏？」女同學問。

「去走走，採些花，」她回答，便扭頭朝下坡走去。

突然，從後面，她聽到王志民的聲音：

「我也想下去走走。」

「我不去，」另一女生說。「累死了。」

汪琪加速脚步。她聽見王志民的足音，在後面追趕了來，但她假裝沒聽見，不回頭。沒一會兒工夫，王志民追上她，走在她旁邊，她這才把脚步放慢了些。

「哪裏有花？」他問道。

「從這裏看不見，」她回答，眼不望他。「可能得走半個鐘頭。」

「沒問題，我們還有時間，」王志民說。

他們一同向前走。汪琪全身緊張，不自在，她幾乎寧願他不要跟著她來。山路狹窄，他的短袖手臂，不時輕觸她臂膀，每觸一次，她的心就猛縮一次。

「天好陰，」王志民說，「希望別下雨。」

「我想會下雨，」她說。「看來會下場暴風雨。」

好幾次，走到崎嶇難行的地方，他就先下一步，伸出手，牽她下去。汪琪覺得在作夢。但即連這夢，也被絕望統治著：那沉重的、脫離不了的絕望……

「你喜不喜歡爬山？」他問。

「哦，爬山嗎？」她說：「還好。」

「我倒挺喜歡的。」

「很好的運動，」她說。

「你看過一個叫『山』的電影沒有？」他問。但他立刻接著說：「恐怕你沒看過，你大概不喜歡看電影。」

其實，汪琪早就看過這片子。但她沒有回答。大家都把她看成一個過分「正經」的女孩，正經得只會唸書，連個電影都不看。但我不是呀！我並不是這樣的呀！她心裏吶喊著。就算我是的話，也是你們這批人把我逼出來的呀！……的確，世界上沒有一人懂得她。別人誤解她，她還可以忍受；王志民誤解她，她就完全絕望了。汪琪打眼角偷望他一眼：整齊的濃眉，活生生的眼睛，挺直的鼻樑，淺棕色健康的皮膚。她很失望，巴不得他長得醜些。他倒是輕鬆得很，居然開始哼起歌來。這副逍遙自在的模樣，深深戳傷了汪琪的心。那麼不公平，她想，又瞥他一眼。這回，出她意外，她發現他胳膊上有個疤痕，拇指一樣大。啊，到底他也有個缺陷，她想，鬆一口氣。但只一會兒工夫，她又難受起來，覺得疤痕實在太小，不足使她對他發生絲毫憎惡的感覺。

她心亂如麻，迷惘困惑。在她旁邊，王志民依舊逍遙自在，手臂偶又輕觸著她。一羣雁子在他們頭頂飛過。汪琪舉頭向天，看著牠們悠閑地飛去，恨不得自己也振翅，加入牠們的行列……

驀然，他「噢」一聲，摟住她的腰。她一失重心，整個身子貼倒在他懷裏。昏亂中，她伸出胳膊，緊勾住他脖子，臉壓向他肩膀，另一隻手環抱他胸膛。「王志民，啊，王志民，」她低喚，突然身體猛烈抖顫起來……

她不記得她怎麼鬆開手的，但她記得他一張驚愕的臉。

「好危險，」他說，微露遲疑。「跌下去可不得了。」

汪琪不了解他說的什麼。她朝他手指的方向一看，大吃一驚。離他們三步遠，竟是個懸崖！

一下子，她完全明白了。在這片刻，她死亡粉碎了。

也就在同一瞬間，王志民驚愕的表情頓然消失。他的唇角，逐漸浮現起一個不完整的微笑。這半個微笑一直懸在那裏，不肯退去。他的眼睛亦閃出嘲弄的、挑逗的笑意，緊向她逼來。

他也明白了，完全明白了。

當然，他們沒去採花。不約而同，他們往回走。天開始滴雨。汪琪低頭急步前行，想把他甩在後面，但他緊跟著，甩他不開。她絆一跤，他乘勢抓住她胳膊，抓了好一會，又無緣無故摟了一下她的腰。她想掙扎，卻沒有力氣。他臉上那半個微笑，還掛在唇角，嘲弄著她，挑逗著她……

回到山頂，雨滴已停。張芳芝正在獨唱，兩個男生口琴伴奏。汪琪癡癡站了好一會，她覺得在作夢。夢裏有張芳芝的歌聲，纏綿而多情：

You told me, you loved me, and held me close to your heart……

至於後來怎樣，她完全搞不清。她記得張芳芝跑來跟她說話，又記得某個同學問她採花什麼的，可是到底她回答了些什麼，她一點記憶都沒有。她還記得聽見王志民的笑聲，於是內心一縮，想道：「他說了，他說給人聽了。」可是並沒一人注意她。那麼，王志民大概還沒說，他一定在等候一個更好的機會，好痛痛快快宣佈這件趣聞。完了，她的生活即將改變，全盤改變。她一直渴望著改變生活，但這事發生得太突然，她來不及做心理上的準備。

有人提議下山。於是大家三三兩兩，開始走下山坡。汪琪獨自走在後面。她全身軟癱，一點力氣都沒有。天又開始滴雨。走了一段路，又來到那險峻的懸崖。她從心底裏打了一個寒噤。

她不由得止步，遲疑片刻。這懸崖有一股魔力，吸引她向前，於是她一小步，一小步，走到懸崖的邊緣。下面，約十餘公尺，是個山壑，裏頭有石塊、流水和灌木。剛才，她險些跌了下去，但王志民摟了她一把。爲什麼救她？爲什麼不讓她死了算了？她跌下去原不關他什麼事。她死了他也不必負責。

汪琪旋轉身，準備去追同學。突然，她喉嚨擠出一聲壓抑恐怖的叫喊。他站在她後面！他，和他那半個微笑……

她膝蓋一軟，倒退一步，一滑，一跘，頓失重心……她聽到他狂呼救命……

汪琪全身一震，震得很厲害，害得張芳芝也嚇一大跳。

「怎麼的？」張芳芝問，按住汪琪的手。「什麼地方不舒服？」

「沒什麼，」她回答，努力擠出一絲笑容。

「是不是陽光太強？」張芳芝問。「要不要我放下窗簾？」

「不必，沒關係。」

她終於從習性的桎梏中解脫出來了。從此以後，她的生活必定完全改觀。王志民無疑已把事情講開了，他哪有不講的道理？以後，再也不會有什麼同學把她看成拘謹的好學生。假面具已經被扯下來了。這是她一直渴求著的，但此刻，她卻絲毫不覺得輕鬆，反而感到一陣難以言喻的恐懼。這轉變未免太大，她簡直不知該如何面對它。她沒有勇氣，到底她是個弱者。這些天來，同學們一定在學校裏整天談她、笑她，巴不得她趕快康復，回到學校，好當著她的面痛痛快快訕笑她一番。她彷彿看到女同學掩嘴竊笑，男同學斜眼瞅她……一陣辛酸，淚水湧出來，從她眼角流下。

張芳芝注意到她的眼淚，壓了壓她的手，一臉憐憫，拿出手帕，輕輕替她拭淚。汪琪再也忍不住，哽咽了起來。

「張芳芝——我受不了——受不了——」她哭道。

張芳芝又壓壓她的手。

「別哭，汪琪，別哭，」她說，像哄孩子似的。「過幾天，你就會完全好起來的。醫生說你的腿沒問題。臉上的傷，也不致留下明顯的疤痕。」

汪琪先是一怔，完全不懂張芳芝在說些什麼。接著她露出一絲苦笑。那麼，張芳芝是眞的不了解她了。但也可能她了解，卻假裝不知。無論怎樣，汪琪覺得她和張芳芝已經離得老遠老遠；這距離是再也拉攏不近的了。

「答應我，汪琪，」張芳芝繼續說。「答應我，靜靜休養，別再難過。」

汪琪軟弱地點點頭。「再倒杯開水給我好嗎？」她說。

「當然好。」張芳芝起身，走向茶几。

「你穿的是新鞋吧？」汪琪說。

這新話題倒引起了張芳芝的興趣。她一邊倒開水，一邊興致勃勃地告訴汪琪，最近玻璃皮的鞋子跌價了，她這雙只花了她五十元。可是當她沾沾自喜買了出來，卻看到隔壁一家鞋店排列著同樣的一雙，標價四十八元，這下可眞把她氣得個半死。說到這裏，張芳芝哈哈大笑起來，好像這是什麼天大的笑話似的。汪琪趕緊陪著乾笑兩聲，但她一點都不覺得這有什麼可笑。

這實在不太尋常。往日，凡是張芳芝覺得有趣的事，汪琪也一定覺得有趣。她是張芳芝的「影子」。可是現在不同了。這也難怪，因爲那件事故，整個扭轉了她的生活，而生活細節，當然也不得不隨著變動。她以往的朋友，今後不見得還是她的朋友；如今，她面臨著一種嶄新的、屬於自己的生活。屬於自己？……咦？……她不禁又疑惑起來。那天，她發狂地摟王志民的脖子，把臉貼向他肩膀。這固然大大違背了束縛著她的「習性」，但是，難道這就是眞正「自我」的表露嗎？汪琪猛抽一口氣。她惶然向四週張望，像在求援。張芳芝卻垂著眼，心滿意足地打量自己脚上的新鞋。汪琪覺得無助；她不懂：

那輕狂的、可恥的，摟住男人脖子的女孩，就是她日夜渴盼解放的「自己」麼？她不能相信，絕不能相信。可是現在，人人一定已經認定她是這麼個輕狂可恥的女孩。汪琪絕望至極。她眼看自己好不容易脫下一副假面具，原不過是爲的另換上更虛假的一副。她永遠不得爲自己生活。她必須永遠演戲。據說一個演員演戲一久，終會遺忘自己究竟是誰。汪琪就是這樣，她已不再知道自己是誰。她只知道今後她必須扮演另一角色，依照別人預先爲她安排的方式演下去。

汪琪已用極大的代價，從習性的枷鎖中掙脫出來。但她究竟得到了什麼？不過是把自己套進另一個新的枷鎖罷了。從今以後，她得努力去適應它；那麼，過些時候，她便又有一種新的「習性」可循了。

她的命就是這樣，她哪有力量反抗？

「呀！快十點了呢！」張芳芝突然叫了起來。

「眞的？」她應道，心不在焉。

「我得走了，汪琪，」張芳芝說。「今天中午姨媽請我吃飯，我還要去做做頭髮呢！」

「什麼姨媽！哈哈！」她突然興致高昂起來。「爲什麼不爽快一點，就說表哥在等你，不更好聽？哈哈……不錯不錯，穿新鞋，做頭髮，表哥等著你。哈哈！」

張芳芝蹙蹙眉，咬咬唇，面現迷惑，盯了她好一會兒。

「醫生給你照了腦X光沒有?」她問,一臉關懷。

汪琪點頭,笑而不語。

「結果怎樣?有沒有問題?」

「一點問題都沒有,」她回答,笑著。

張芳芝又望了她一會。「那很好,」她說。

汪琪感覺興奮無比。突然,她知道一切將無問題。剛才自己說出那幾句話,證明她已完全擺脫了歷年來的桎梏,而投進了開展在她面前的新生活。她雖明知這新生活並沒什麼前途,甚至相當可惡,但她卻很好奇。況且事情既已到達這步田地,她要逃也無處可逃了。唯一的辦法,就是硬著頭皮活下去。

「系裏同學大概明、後天會來,」張芳芝說。「王志民很關心你,他恨自己沒能拉你一把,及時把你救起來。他建議班上選幾個代表,一同來看你。」

汪琪頗感興趣地聽著。

「眞的?他眞這樣建議?」她說,咧著嘴笑。

「眞的,」張芳芝回答。「好,我走了,好好休息。」

「Bye-bye!」汪琪嬌嗔道。「代我問候你表哥。祝你們玩個痛快!」

張芳芝離開後,汪琪久久凝視茶几上的碎玻璃,臉上浮著若有若無的淺笑。

——原載一九六〇年五月《現代文學》第二期,一九七〇年全篇改寫

# 花瓶

石治川放下筷子，從餐桌上把湯碗端了起來。他兩手緊緊按住碗邊，手指卻仍顫抖不止。馮琳坐他對面，吃著她最後幾口飯。石治川低頭，把碗端到嘴邊，開始慢慢喝起湯來。

他對自己惴惴不安的心情，感到非常惱怒。歸根究底，他哪有半點錯處?他知道，要是今晚他再度失敗，又讓馮琳逃過，他就會一輩子看不起自己了。

「今晚，我們去看遠東的電影，」他終於對他太太說。

這句話一脫口，他卻又有點後悔，覺得這話的口氣不太理想。他應該說：「我們今晚去看電影如何?」或「妳想不想今晚和我一道去看電影?」石治川實在無意在話中加入命令的意味。

馮琳沒有作答。她繼續吃飯，好像沒聽到她丈夫說話似的。石治川偷望她一眼，卻見她嘴角浮著一絲令人不解的笑意。

「我們很久沒一道去看電影，」石治川補充道。他放下湯碗，抬起頭來。

他今年三十歲。雖然說不上怎樣英俊，卻算長得相當不錯：臉型微長，雙眼皮，嘴唇不厚不薄，牙齒又白又齊。他的缺點是鷹勾鼻——這鼻子，是他自幼以來，一直暗暗感覺羞恥的。

馮琳也抬頭，以挑釁的姿態瞪他一眼。他感覺出她的敵意，這使得他更加興奮起來。

他耐心地等候她回話。爲了避免顯得太專心，他又端起碗把湯喝完。他很高興現在輪到她開口；假如她不開口，那不是他的錯。

這回，她可下不了台了！石治川得意地想。他眞想聽聽她怎樣回答。她敢不敢承認？有無勇氣從實道來？她好不好意思說：不行，我不能去，我跟別的男人有約？或者，她會找出什麼藉口，企圖脫身？但無論如何，這次她可眞正落入他掌握裏了。她能逃到哪裏去！

石治川的毛病，就是他愛太太，愛到了發恨的地步。馮琳的存在對他是個威脅，是種折磨。她今年二十八，只少他兩歲，但看起來她年輕許多。她眞是個美人兒：一頭烏黑漆亮的秀髮，鬆鬆垂在肩上，配著她那張乳白色的鵝蛋臉，可眞動人極了。她的嘴唇，雖然薄了一點，笑起來卻特別俏，特別迷人。但她最自鳴得意的，卻是下巴右邊的一顆

「美人痣」。據她說，影后伊麗莎白・泰勒的下巴上，也長有同樣的一粒。可能就因爲長得漂亮，她一向喜歡支配別人，好像控制別人是她天性，是她特有的權利。無論什麼事，都得順她的意思；要是她有什麼優點的話，體諒別人絕非其中之一。在她面前，石治川總覺無能爲力，男性盡失，爲此他心懷怨恨。他不能原諒她戳傷他男性的自尊。一次又一次，他找機會想好好教訓她一番，叫她回去安女人的本份。可是一次又一次他沒能這樣做出來。

一股熾烈的妬忌，像隻毒蛇，盤踞在他胸中，噴吐毒焰燃燒著他。他恨不得把馮琳與世隔絕起來。而馮琳卻總是充滿自信，似乎絲毫不把丈夫看在眼裏。她倒眞會自娛——寫信呀，拜訪朋友呀——做任何事，總是輕輕鬆鬆，爽爽快快。夫婦兩人，至少在表面上，一向互不干擾，但石治川屢次感覺馮琳對他的態度中，似乎含有某種譏諷的意味。不論馮琳覺察與否，他們結婚兩年來，他沒有一天不在心裏和她作戰。他一心一意想征服她，叫她認輸。

石治川在餐桌底下伸了伸腿。突然他不再感覺緊張，反而輕鬆暢快起來。這回他準贏了，贏定了。

馮琳又低頭，吃最後一口飯。石治川得意地瞅著她。女人！他想。這下可叫我捉到了！這回可輪到我了！

「遠東演什麼片子？」她問，眼睛朝下。

「孽戀，」他回答，「是部法國片。」

馮琳蹙了蹙眉。

瞧她蹙起眉頭了呢，他想，享受玩味著她必然感到的難堪。哈！她不覺得跌入了陷阱才怪！說呀！快說話呀！看妳能聰明到哪裏去！

他要傷她、戳她，向她報復。啊，他多愛她，多恨她，多想懲罰她！他絕不放過她，要一一跟她算帳——先從那天晚上的帳算起！……

事情雖然已隔數月，那天晚上的記憶迄今猶新，像一個沒法治癒的瘡疤，裂了又裂，使他腥痛無比。那夜他多喝了幾杯酒，馮琳就以不屑的口氣，說了他幾句。事情就是這樣開始的。半醉中，他睨著眼聽她說完，自個兒傻笑一會，又瞅她一陣。突然，旋風一般，他撲到她身上，開始揮拳揍她。他打她，踢她，後來不知怎的，卻拖拉她到臥房。「妳以為我不敢，對不對？對不對？」他啞聲叫道，滿臉又是汗，又是淚。「別那樣自信！別那樣自信！」

粗暴地，他剝掉她的外衣內衣，便把她壓倒在床上。

這之後怎樣，他不大清楚，他只模糊記得自己發了狂，吸她，擠她，壓榨她，口裏直喃喃：「別以為我不敢！」接著已是夜半。他酒醒過來，見馮琳睡在他懷裏，銀色的月光透過紗窗，浴著她赤裸的軀體。頓時他羞慚得無地自容。

睡眠中，她臉上失去了慣有的輕蔑神情。石治川覺得此刻她才眞正屬於他——屬於他一人。一下子，他感覺「男性」恢復過來，於是他悄悄坐起，懷著一種敬畏與好奇交織的心情，仔仔細細檢視起前面躺著的赤裸女人。接著，他戰戰兢兢伸出手，開始摸觸愛撫這一塑像般的軀體。首先他將手擱置她小腿上，緩緩上移，摸她大腿，裏面，外面。接著他探索她小腹，中腹，乳房，最後將他顫抖的手指停留在她脖子上。她這脖子眞是出奇地細小。輕易一扼，即可一切解決。不過是幾分鐘的事。他可以從此獲得解放、自由……

而馮琳卻依舊安睡，鼻子與睫毛的陰影，映在她大理石般的臉上。一股寒流傳過他脊髓，使他全身打了個冷噤。他的手指開始猛跳起來。

就在這時，他面前的女人動了一動，均勻的呼吸也暫時中斷。雖然她沒張開眼睛，他卻覺得她的睫毛在微微顫動。他頓覺癱瘓，力量盡失，倒回枕上。內心悶著無性能而燃燒不起的憤怒之火，他猛咬自己拳頭，直到牙縫裏擠出了血腥味道。

不出石治川所料，馮琳現在臉上果然露出有點不知所措的樣子。她將碗碟一個個堆積起來，若有所思，卻對看電影之事不置可否。沒多久她便站起。

「王媽！」她叫道，「來收拾飯桌！」

她走出餐廳。

一兩分鐘後，他們的老女傭王媽走入飯廳。她把筷子湯匙全放進堆高的碗碟裏，全部一同端起，邁向厨房。走到飯廳門邊，她一不留意，肥胖的身體碰撞了牆角的小櫃檯。石治川失聲驚叫出來。

櫃檯上一個瓷器花瓶，前後晃了幾晃，又恢復直立。

石治川大鬆一口氣。

「眞對不起，」王媽道歉。

他皆目瞪她一眼。

「下次小心點，」他訓道。

「是。」

王媽走開後，他起身走到櫃枱，小心翼翼把花瓶捧了起來。他愛撫了它一陣，將它舉起，貼向自己面頰。一股冰涼的快感沁入他身體，一直傳播到他四肢頂端。

這個瓷器花瓶長約七吋，上端比下端稍肥，肥處直徑約三吋，瘦處約二吋。它小頸上的開口，直徑不超過一吋，口緣鑲金，口唇微微向外開張，異常雅緻。這花瓶是石治川的一個朋友，兩個月前從日本京都買回來送給他的。他從沒見過這樣可愛的飾物。它看來如此光滑，如此嬌脆；它表面畫著的奇花異卉，多是含苞待放，露珠欲滴，充滿挑逗與誘惑。石治川時常獨坐房內，玩撫這玲瓏的花瓶，享受其冰涼與美色。每當他的手指在它鮮冷的表面上滑動，他總有種難以形容的快感，尖銳的，近乎痛苦的。他最不能忍受別人摸它、碰它。起先，他打算收藏它，不擺設出來。可是馮琳笑他。她並沒明笑，但他覺得她眼裏暗藏著笑意。

於是他改變主意，將它擺設在餐廳櫃枱上。但他從不用它揷花。每天一早，他總用一塊絨布，仔仔細細地拭去附在瓶上的灰塵。不僅拭它外表，他還將他食指從瓶嘴探入，戳來戳去，儘可能把裏面也淸得個乾乾淨淨。每當有客來訪，除非請吃飯，他避免讓他們走入餐廳。如果不幸客人瞧見花瓶，摸它，讚美它，他會難受得坐立不安，很想大發脾氣。

石治川將花瓶放回櫃枱，走出餐廳，走到臥房門口。馮琳在房內，坐梳妝鏡前，背對著他。兩人的眼睛在鏡中相遇。她即刻垂頭，開始梳頭髮。他繼續瞅著她鏡中的反影。瞧她多心虛，他想。我倒要看看她想得出什麼辦法！

「電影九點才開演，」他說。「現在不過七點，妳這會兒就打扮，不嫌早了一點？」

馮琳專心梳頭，不回答他，也不看他一眼。

「早點打扮也好，」他說，「早到總比遲到好。而且，我要妳打扮得漂漂亮亮，所以多花點時間化妝，也是對的。」

他愈來愈確信自己佔著絕對優勢。她的沉默和一反往常的耐性，足可證明她惶惑不知所措。她既落入圈套，逃脫不出，石治川覺得他裏面的「男性」突然抬起頭來。

「今晚妳何不穿件最漂亮的衣服？」他興致高昂地說。「我要妳出衆，叫大家都看看妳。」

他下定決心今晚替自己出口氣，報復一下宿怨。他要傷她，叫她下不了台；如果必須，他甚至樂於揭發她的一切隱私。無論如何，現在他手裏操著王牌，不怕贏不了她。

馮琳放下髮梳，微微聳了聳肩。

「我沒跟你說我要和你去看電影，」她以不在乎的口氣說道。

「怎麼？妳不去？不去看電影？」石治川假裝驚奇。

「還沒決定，」她回答，開始用纖細的手指將面膏往臉上抹。

「沒決定？」他裝做莫名其妙。「那妳化妝做什麼？」

馮琳繼續將面膏揉進她雙頰、頸子。她還沒換衣服，身上穿著布袋裝，兩臂裸露。她的臂膀可眞肉感。他眞想咬她一口。

「我的意思是，」她依舊沒望他，「我還沒決定值不值得爲你而破壞我另一個約會。」

「另一個約會！什麼約會？」石治川以驚訝的口氣問。

馮琳突然抬頭。在鏡中，她瞪著兩眼大膽地看他。

「問你自己，」她回答。她嘴角向上一彎，露出嘲笑。

石治川打了個寒噤。

「問你自己，」她又說一遍，聲音充滿敵意。

他全身僵住。

「妳這——這是什麼意思？」他口吃道。「什麼問我自己？」

她臉上閃過一絲隱約的笑意，但她不作答。

突然，一股憤怒以排山倒海之勢向他襲來。他撲向她，將她肩膀猛力一扭，使她正面對他。馮琳掙扎了一下，卻無意逃避。兩人面對面，他的手緊鉗她臂膀。她臉上露出警覺之色，可卻鎮定得很。

「說！妳是什麼意思？」他叫道，氣得全身發抖。

「你眞想知道？」她的聲音預卜著惡兆。

「說！」他怒吼，將她膀子鉗得更緊。

馮琳唇角又浮現一絲嘲謔的笑。

「好，那你就聽著！」她開始，聲音充滿挑釁。「要是你以爲我不曉得你是什麼樣一個人，你就大錯而特錯！我眼睛可一點也不瞎！哦，我對你是太淸楚了！你妬忌我，妬忌得像個瘋子一樣！昨天陳生打電話給我——記不記得？裝不知也沒用。當然你知道他打電話來！你知道，因爲你沒事可幹，居然躲在門背後偷聽我和他說話！你聽到我答應他今晚八點和他去看平劇。你眞以爲我不曉得？自從半年前陳生從美國回來，你就天天偷偷摸摸監視我，好像我們在計劃著什麼勾當似的。大概你猜想我們會私奔吧？對不對？以爲我們打算逃往美國？你要我說多少遍，陳生是我表哥，是我親戚！你眞一點都不害羞？而最滑稽的是，你居然想盡辦法，想隱瞞你的妬忌！就像一隻狐狸，想藏起自己尾巴！爲什麼不做個男子漢大丈夫，乾脆阻止我和陳生來往？」

石治川不能相信自己耳朵。他放開她，無力地垂下雙手。

「何止於此呢！」馮琳繼續控訴。「你眞以爲我不知道你怎樣在我背後偵探我一舉一動？我的信件你全偷看過，對不對？我上街你也跟蹤，對不對？眞可笑，你做什麼事，都不敢正大光明去做。一切都得偷偷摸摸。到底爲什麼這樣？你到底怕的是什麼？我是你太太，你對我有權利。來呀！爭取你的權利呀！何苦那樣妬忌，又怕我知道？我哪一回拒絕過你？要是你嫌我們做愛不夠，是你自己不好，是你自己裝做了不起，不屑做愛。哈！我懂得你。你巴不得把我裝在你口袋裏，藏在你口袋裏，對不對？可是你沒這膽量，而且你曉得我不會准你，你才變得這樣子恨我。哦，治川！你不知道你多滑稽，只因你得知今晚我與陳生有約，故意邀我去遠東看孽戀。『我要妳打扮得漂漂亮亮，』你還說。居然以爲我會難堪，下不了台。你眞以爲自己聰明，對不對？哦，治川，你眞把我笑死了！」

馮琳停下喘氣。她興奮得滿臉紅暈。

「胡說！妳胡說八道！」石治川迸出這幾個字，面孔痛苦扭曲。他攀住椅背，以免失去重心。

「我胡說？」馮琳譏笑一聲。「你自己明白我胡說沒有。其實，我想，你心底裏一向就感覺到我已把你看穿，你才恨我到這種地步。」

「胡說！妳——胡說！」他滿臉是汗，身體卻像一片秋葉，哆嗦不止。

馮琳不屑地聳聳肩，不理睬他，轉向鏡子。她拿起眉筆，開始小心翼翼地畫起眉來。石治川聽得到自己沉濁的呼吸。在梳妝鏡裏，他見她偷望他一眼。

塗好口紅，馮琳站起，走到衣櫥，從裏面取出一件紫花天鵝絨旗袍。這旗袍是她兩年前特爲婚禮裁製的。除了婚禮那天穿過一次，就一直沒再穿過。石治川曾經非常喜歡這件衣服。馮琳拉下身上布袋裝的拉鍊，布袋裝一下子滑落她脚下。她跨離一步，身體半裸。接著她又解開奶罩，脫去內褲，赤條條站在那裏。石治川咬緊牙根，掉轉頭。她費了老半天，才穿好另一套內衣褲，接著穿上旗袍。於是她將身體一扭，抖出渾身線條。

她走近他，對他微笑。

「我們走吧，」她說，聲音出奇地柔和。「早點去，佔好位置。」

又一股狂怒向他猛襲。

「走呀！去呀！」他大喊，兩拳緊握。「去找妳那王八蛋表哥，去呀！誰要妳！誰稀罕！」

突然，他感到一陣眩暈，頭腦天旋地轉。他趕緊坐下。大約有一、兩分鐘，他癱坐椅子上，知覺殆失。

「治川。」她的聲音。溫柔，親切。「治川。」

他舉頭，見她站在面前，一臉關心的樣子，俯視著他。

「你怎麼啦？」她問，伸手觸他面頰。

他觸電似地一躍，跳出椅子。

「滾蛋！」使出全身之力，他大吼：「娼婦！娼婦！滾出去！」

馮琳退後一步，像挨了一棒。她眼裏閃出仇意。

「你當眞？眞的要我走？」她說，冷冷冰冰。

「滾！——娼婦！——滾出去！」

他將她猛一推，她跟蹌幾步，但立刻又恢復平衡。

「好的，我走就是，」她說，報復似地。「可是你得記住，是你自己要我走的，你可怪不得人。現在，我大概不得不同陳生私奔了。哈哈！私奔！倒是個好主意！」

她開始縱情大笑，笑得前俯後仰，一頭長髮飛舞了起來。

「滾！——滾！」他大發雷霆，揮動雙拳威脅她。

「別急，我這就走，」她說，還一邊笑著，走向房門。突然她止步，回轉頭。

「喂，想不想知道一個秘密？」她偏著頭，調侃問道。

「滾！」

馮琳戲謔地噘起嘴唇，用手理了理頭髮。她臉上現出嘲弄的笑。

「那天晚上——記不記得？你眞惹得我神魂都顚倒了，」她挑逗地說。「沒想到你那樣性感——那樣子想弄死我！」

「滾！娼婦！聽見沒有？滾！」

馮琳走出房間，穿過餐廳，打開大門。石治川站在臥房門外，虎視眈眈瞪著她，兩眼如炬，發出兇焰。

她再度回轉頭。

「你且告訴我聽，你那晚爲什麼沒下手？」她微笑，面露挑釁。「爲什麼沒把我捏死？諒是你怕！你不敢！你沒這膽量！」

像隻受傷的牛，他頂頭向前撲去。馮琳卻一閃走出，砰的一聲關上門。

好一會兒，石治川靠著大門，閉目，喘息，又感一陣眩暈。

當他睜開眼睛，他的視線正好落在櫃枱上直立著的瓷器花瓶上。他不禁全身一抖，心臟猛縮。他一步湊近，攫起花瓶。一股冰涼刺入他骨髓。他兩手合壓瓶身，使勁扼緊，恨不得把它捏成粉末。但它卻不肯屈服。看來如此纖緻，實際上卻是出人意料地堅固。

明天，準又有客人來訪。他們一定又會摸它，玩它，把它弄得髒兮兮的。「瞧這花瓶！多漂亮！多細緻！」他們會這樣嘖嘖稱讚，笨蛋一樣，以爲他會因而得意。

還有王媽那大傻瓜。準又去撞那櫃檯，危害它的安全。毫無疑問，遲早它會破掉，碎成千片萬片。而他必須擔心，受苦，直到那要命的一天到來。

噢，老天，我受夠了！我再也受不住了！……而這瓷器花瓶，解著渾身惑術，招惹著他，引誘著他。哦，誰能抗拒這樣一個小東西？誰不想碰一碰，撫弄撫弄如此精巧可愛的小玩物！而且，誰曉得？也許有一天，會有什麼災禍來臨。譬如小偷闖入，把它偷走。或火燒家，把它焚爲灰燼。

噢，既然終有那麼一天……何不現在？何不現在？

他用指尖提著瓶頸，將花瓶高高舉起，口朝下，底朝上。像個瘋子一般，他開始拿著它在空中亂揮亂撓。於是，使出平生之力，他將它往地上擲去。不料這瓷器花瓶恰好掉落在門廊上一塊尼龍地氈中心。它輕快地連翻兩個觔斗，便翻身坐起，頭朝上，屁股朝下，驕傲而完整，絲毫沒受損傷。

大約有好幾分鐘光景，石治川面露狐疑，目不轉睛地注視這個神妙光亮的花瓶，好像他不能相信自己的眼睛。而花瓶卻傲然坐著，對他招展微笑。於是他屈腿，跪下，開始朝著它爬行，一吋一吋，提心吊膽，好像稍一不慎，它就又會逃出他掌握似的。但他只爬了幾步，還未能搆著花瓶，便突然全身軟癱，精疲力竭，再也動彈不得。於是他匍匐地上，像個無助的小孩，哇哇地放聲哭了起來。

——原載一九六一年《中外》畫報，一九七〇年全部改寫

# 網

一手拎著提包，一手拿著一個嬰兒奶瓶，余文瑾從雜貨店裏走了出來，彎入熱鬧的衡陽街。秦媽眞是的，她想，餵寶寶吃奶也不小心一點，笨手笨脚，把個奶瓶都砸破。害得她大熱天下午，還不得不出門來買一個新奶瓶。

沿著鬧街，她慢慢走向公共汽車站，一邊隨意張望著店鋪擺設出來的新用品、新時裝。雖然她平日不愛出門，可是現在旣然出來，她倒也樂得蹓躂一下，接觸一下世面。

「余文瑾！」

聽到自己名字，她突然停步，面現驚異。她卻沒有立刻回頭找尋聲音的來源。如此呆立兩、三秒鐘，忽然，她臉上湧現一片紅暈。

「余文瑾！」

她回轉頭。一個與她年齡相仿，二十五歲左右的青年，脫出來來往往的人羣，微笑地快步向她走來。他高個子，皮膚白皙，面目清秀，穿著一件乾淨的白襯衫，一條棕色畢挺的長褲。

「哦，唐培之！」她喊道。一股按捺不住的快樂，呈現在她臉上。

青年走近她，止步。他臉上也漾著快樂的笑。好一陣子，兩人就這樣站在囂攘的街道邊，互相望著、笑著，興奮得講不出一句話。

「你幾時——幾時來台北的？」余文瑾問道，溫柔地注視她朋友。一道詫異、不安之色，掠過青年男人的面孔。他收斂起一半的笑容，有點不解地看了她一眼。

「兩個禮拜前，」他回答。

「來看你姐姐？」

「不錯。」

余文瑾以微溼的、充滿笑意的眼睛，上下打量了他好幾回。她快樂得不知怎樣才好。

「已快三年了，」她說，「你一點都沒變！」

「妳也沒變，」唐培之說，微笑。

突然，余文瑾想起她手中還拿著奶瓶。她將手移向背後。就在同一片刻，她覺得他已看到了奶瓶。

「我們何不找個地方坐坐？」唐培之建議。

「附近有家冰店，」她說。

於是兩人開始向前走。她趁著他沒注意的當兒，把奶瓶塞進手提包裏。在冰店裏，他們面對面坐著，喝酸梅湯。余文瑾覺得心中的喜悅像泡沫一般，直湧出來，制止不了。

「你來台北都兩禮拜了，」她說，「你卻不告訴我一聲！」

「我告訴了妳的！」他說，面現驚訝。

「告訴了我？」她詫異道。「幾時？」

又一次，他臉上掠過一道異樣的、不安的神色。接著，他神經質地笑了笑。

「妳怎麼忘了？」他說，垂著眼不看她。「我寫信給了妳。」

「信？什麼時候？」她不解地問。「怎麼，我——」

「妳還回了我的信，」他插口，彷彿爲了某種緣故，不想聽她把話說完。忽然，他的臉紅到耳根。「妳回信了的，怎麼妳忘了？妳說妳不能來，因爲那天是妳的——你們的——」

他的聲音突然變調，沒再說下去。他垂下頭。余文瑾的臉色，在這片刻，忽變爲蒼白。好幾分鐘，兩人就這樣沉默僵坐著。

「不錯，也許——」她柔聲說，彷彿自言自語。「我確實收到你的信——」

她停止，再也說不下去。唐培之一直垂著眼睛，臉上露著牽強的淺笑。

幾分鐘後，她拿起手提包。

「我想，我該走了，」她說，站起。

突然，唐培之抬起頭，深深望進她眼裏。他的兩眼流露出痛苦、懇求，好像他想向她說什麼、求什麼似的。可是，終於他一句話也沒說出口。

他也沒提議送她回家。

回到家，余文瑾虛弱疲乏得幾乎支持不住了。她關上大門，靠著門歇了一會兒，試著不去思索。然後她走到廚房，從提包裏取出奶瓶，放進櫥櫃裏，便轉身走向臥房。

在臥房門口，她停止腳步，對著房內雙人床縐了縐眉，彷彿兩年來第一次注意到它。但她很快就移開視線，朝房間靠窗的一角走去。該角落放置著一張嬰兒床，床上懸掛潔白的蚊帳。她走近，抓開蚊帳，向內張望。寶寶睡得很熟，小嘴微張。

望著床上的嬰兒，余文瑾奇怪自己爲何不大願意讓唐培之知道她已是個母親。但她相信他看到了奶瓶。雖然他們分別已快三年，而她嫁給丁士忠也已兩年，她和唐培之之間的關係，竟一點也沒有改變。那特殊的聯繫依舊存在，把兩人綑在一起。而且，像以前一樣，他們仍然不由自主地彼此傷害——不因別的，只因他倆都太敏感，太了解並太體諒對方了。

余文瑾常常假想，如果她嫁的不是丁士忠，而是唐培之，情形會是什麼個樣子。她不相信那會是個美滿的婚姻，因爲她和唐培之的性格太過於相似。他倆的心離得太近，這使他們永遠無法生活在一起。

和丁士忠，情形就不同了。他給她帶來快樂，因爲他樂於接受她的一切犧牲。和他在一起，她覺得安全，有了依靠。結婚兩年中，她獻出一切，把自己的身體、思想與意志，全部交給了丈夫。丁士忠一向毫不猶豫地接受這些貢獻，好像他天生就該享有這些權利。余文瑾在降服中找到滿足，並因她爲心愛的人迷失她自己，而感覺獲得了生命的報償。這種滿足與心安，正是唐培之無法給她的。和唐培之在一起，她永遠、永遠得不到安寧，因爲兩人都極欲犧牲自己，同時卻堅決拒絕接受對方的犧牲。她記得自己如何試著談論貝多芬、莫札特，因爲她知道他喜歡音樂；而他，心知她喜歡的是文學，三番四次想把話題改爲托爾斯泰或羅曼羅蘭。如此，他們總不能十分投契，往往弄得只好選擇一些與兩人都無關的話題。他們留意著自己每一句話，每一個動作，唯恐出什麼差錯。她記得屢屢回問自己：「我這樣做行嗎？會不會傷了他？」「我說這句話，會不會使他難過？」

然而，在許多方面，大學裏與唐培之同度的那幾年，卻是她生命中最美好的一段日子。每天早晨一進教室，她總會遇見他溫和的微笑。看到她，他的眼睛總發出柔和的光，好像在對她說：「噢，朋友，朋友，我在這裏。」於是她一整天都覺得快活，甚至不必與他交談一句。

余文瑾的婚姻生活可以說非常美滿。她愛丁士忠，覺得沒有了他她便活不下去。然而，她知道，在她靈魂深處，唐培之的影子依然覆罩著她，永遠覆罩著她。她從不認爲這是對丈夫精神上的不忠。這兩個男人如此不同，是無法互相比較的。此外，她不常把唐培之想成一個男人。如果他是個女人，情形可能也會相同。她雖然不能確切地說她從未渴慾過他，卻早就料到她和他之間，事情不會那種樣子發展。而且，實際上，他也從來沒有向她求過婚。

黃昏的陰影逐漸侵襲到房裏來。余文瑾聽到一隻蚊子嗡嗡地飛來飛去。她放下蚊帳，把帳沿小心翼翼塞到小床的床墊下。時鐘敲過六點半，丁士忠該回來了。

隱隱約約地，她意識到某種東西在她裏面覺醒。兩年來，她彷彿不曾眞正活在世界上。丁士忠爲她計劃一切，考慮一切。他精力充沛，總是保護著她，不願給她一絲煩惱。他愛她，佔有著她，代替她過活。而余文瑾一向滿心樂意地接受這種安排，因爲她渴欲奉獻自己。同時她也覺得自己福氣，能被丈夫如此地疼愛。

但現在，她突然感覺沉眠兩年的「意志」，在她心裏微動、覺醒。剛才唐培之臉上，露出何等痛苦的神色！而他低垂眼睛，避免看她。她知道他是因爲覺得傷害了她，而感受著痛苦。在她和唐培之之間，言語一向是多餘。他倆互相了解；即使是最細微的事，也無法彼此欺瞞。

屋外傳來摩托車的響聲，她知道她丈夫回來了。沒多久，大門呀地一聲開啓，丁士忠的脚步移進屋內。

「文瑾！」他的聲音嘹亮、愉快。

她沒動，沒回答。

「文瑾！」

她依舊不回答。脚步聲移近，丁士忠出現在臥房門口。

「你在不在裏面？」他說，走入房間。「這樣暗，爲什麼不點電燈？」他捻亮電燈。余文瑾遮住眼睛，避開閃亮的燈光。

「哦，我沒注意到天已黑了，」她回答。「寶寶在睡覺。」她依舊沒望他。

「寶寶今天怎樣？」他問，降低聲音，免得吵醒嬰兒。「他好不好？乖不乖？」他走近余文瑾，伸出一手環抱她。然後他帶同她，走到小床邊，掀開蚊帳，得意揚揚地睇視床上的嬰兒。

「瞧他長得多好看，」他說，摟摟她。「我從來就沒見過這樣漂亮的嬰孩。」

她沉默不語。

「我這是實話，」他堅持，「這嬰兒眞的與衆不同！」

余文瑾想哭。她眞愛丁士忠。沒有他她就活不下去。

但同時，她初醒的自我正徬徨四顧，要求解放。

吃過晚餐，他們照例在客廳閒坐。丁士忠坐在一張安樂椅中，翻閱晚報。每過幾分鐘，他就抬起頭，對余文瑾閒聊幾句。他告訴她，他如何和一個同事鬥智，而贏過他。又告訴她，他的上司對他工作成績，如何的滿意。余文瑾坐在他對面的沙發椅上，沒太注意去聽。丁士忠要不是沒留意到，便是沒在意她的長久沉默。

「士忠，」她終於開口。

「嗯？」他抬頭。

「我想問你一件事。」

「什麼事？」

「我想，你拆過一封人家寫給我的信。」

「哪封信？」他問，微露驚奇。「妳曉得我常拆閱妳的信。難道你介意？」

「一個姓唐的朋友給我的信，」她說。

「誰姓唐?」他問,扮了個兇臉,假裝吃醋,瞅著她笑。「男人還是女人?」

余文瑾一臉嚴肅地凝視他。

「你還替我寫了回信,」她說。

「哦,那封!」他說,「我想起來了。不錯,是姓唐,叫培什麼的。好像是上禮拜六收到的。妳恰好不在家,所以當然我就拆開來看,還代妳回了信,替妳省點事。」

「你應當告訴我!」她說,聲音乾澀。「信在哪裏?」

「信?留它做什麼?」他說。「當然我把它扔了。」

扔了!當然他把它扔了!余文瑾心裏,突然充滿了酸苦。他說得多麼輕鬆,多麼簡單!而我卻得爲此受罪,唐培之也同樣,得爲此受罪……

「別擔心,我記得信裏說些什麼,」丁士忠說。「信不長,只有一頁,說他剛從屏東來到台北,來看他姐姐,或哥哥,我記不清楚。對了,妳怎麼從來沒提起過妳有朋友住在屏東那樣遠的地方?他問妳能不能禮拜一下午,到他哥哥或姐姐家看他。妳這個朋友實在不夠周到,怎麼不親自來拜訪我們,卻這樣子差使妳!當然,妳記得禮拜一恰好是我們結婚二週年紀念。所以我回信告訴他妳不能去,可是改天也許會去看看他也說不定。」

「你簽了我的名字,」她說,冷冷地。

「當然,」他回答。「怎麼?有什麼不對?」

余文瑾沒有回應。可憐的唐培之！當然他看得出那不是她的筆跡；他一定知道信是她丈夫寫的。只是他萬沒料到事隔一週，她竟還全然不知此事。要是他曾想到有此可能，他絕不會提起曾寫過信給她。等他覺悟她毫無所知，一切都已太遲——他知道他傷著了她。於是，絕望中，唐培之想假裝他一無所覺；他寧可犧牲自己，裝做不了解她，裝做甚至沒注意到那封回信出於旁人之手，而不願讓她知道他已揣知她丈夫是如何地控制支配著她。可憐的唐培之！他心裏該是多麼爲她難受著啊！

余文瑾舉起頭。丁士忠又埋首讀著晚報。他手中的香煙燒得只剩半截。突然，她覺得他很陌生，好像她從來和他沒什麼關係似的。而事實上，他倆卻相愛，沒有他她無法生存。這一切多麼古怪。而他向前彎動身子，彈去煙灰。他長得如此英俊。大眼、濃眉、一臉堅決。他有著如此的自信。啊，她多麼渴盼再度投入他懷裏休息。他比生命更可貴。她可以永遠倚靠他，由他照料一切。她不必思考，不須有一絲一毫的煩惱。而唐培之只能使她痛苦。她也只能給他痛苦。永遠痛苦，唯恐傷害對方。結果總還彼此傷害。

「他還說了些什麼？」她問。

「什麼？哦。」丁士忠縐了縐眉。「不記得了。」突然，他想起什麼似的。「啊，對了。他問起妳是否快樂。」

「我——是否——快樂？」

「不錯。所以回信時，我寫道：『我可眞是世界上最快樂的女人。我們剛生了頭一個孩子，是個男孩。他長得眞俏，很像我丈夫。你可想像我們有多快樂。』」

余文瑾心裏一縮。原來唐培之已經知道她生了孩子！她覺得不舒服，有點翻胃。

「怎麼樣？我寫得對不對？」他揚起眉毛，一臉得意。「若是妳自己回信，也會同樣個寫法，不是嗎？妳瞧，我完全懂得妳。妳的思想，我看得十分透徹。」

十分透徹？她想，唇上浮起自嘲的淺笑。兩年來，她不曾嘗試分析她自己，她沒有自己的思想。她一心仰賴丁士忠，任他代替她思想。現在，就連她自己是否快樂，她都說不出，也得由她丈夫來決定。啊，多不公平！多不公平！

可憐的唐培之！你怎能問我是否快樂？你怎能問我這樣一個難以回答的問題！但余文瑾知道，若是她自己回信，她的確也會告訴他：「是的，我很快樂。」但這句話應該由她來說的。丁士忠有何權利代她決定？

余文瑾倚向沙發椅背，閉上眼睛。她覺得很不快活。丁士忠是她的支柱，她不能失去他。然而那另一張臉，充滿著憂傷與痛苦，繼續縈迴在她腦際。她顧念唐培之，就等於顧念她自己。她因他的存在而感覺自我心靈的完整。兩年來，她讓丁士忠支配她的一切，就好像把唐培之也交給他，任他擺佈似的。而唐培之的內心是高傲的！這是他痛苦的基本原因。

突然，她覺得自己自私；她覺得在丈夫面前，如此顧念自己，是件可恥的事。我怎能索回我已奉獻的？她自責地想。況且她愛丁士忠；她需要他，渴望爲他犧牲。但我禁不住，實在禁不住！她掙扎，心裏充滿痛楚。哦，唐培之，我可憐的朋友……

濶別三載，在重逢的狂喜中，她竟不得不唐突離去，甚至沒掩飾他帶給她的痛苦。可憐的唐培之！我該不該去看他？啊，我必須見他，必須見他。但見他做什麼？又有何用？他望著我，我望著他。於是我說：「啊，朋友，我覺醒了！現在我明白，我愛自己，勝過愛我丈夫！」他將有何反應？做何想法？「她又來想犧牲她自己了，可憐的朋友！……但我絕不接受，絕不接受。」他一定會這樣想，一定的。我能怎麼辦？還有什麼話可說？

「文瑾。」

她睜開眼睛。丁士忠微笑地凝視著她，臉上掛著她所熟悉的那種愛暱的表情。突然他從安樂椅起身，走近她，緊靠她身旁坐下。他伸出一隻手臂環繞她，壓擠了一下，開始吻起她來。余文瑾僵直了一下身體，想站起來。

「文瑾，」他低聲說，「我們到床上去。」

「不行，現在不行，」她說，把他推開一些。「又該餵寶寶了。」

「秦媽剛餵過，」他說，不放鬆她。「我看到她餵了他。」

他將她壓低一些，又開始吻她，熱情地吻她。她被壓擠得快不能呼吸了。她依舊掙扎著。

「不行，士忠，不行，今晚不行，」她喘氣乞求。「我正在想——在想——」

丁士忠裝做沒聽見。一邊吻著她，他一邊拉開她衣服拉鍊，解開她奶罩鈎子，開始撫弄起她雙乳。於是，忽然他站起，抱緊她，跨步向臥房邁去。

余文瑾拚命掙扎。

「放開我！」她尖聲厲叫。「放開我！」

丁士忠吃了一驚。他鬆手，放下她，疑惑地瞠視她。眼淚開始沿著她兩頰串串流下。

「我正在想——」她哽咽道，「也許我們應該——應該——分居一段日子——」

「什麼？分居!?」丁士忠驚得發呆。「妳這是什麼意思？」

余文瑾繼續抽泣，說不出一句話。

一陣惱怒出現在他臉上。突然間，他對她變得冰冰冷冷。

「哦，我懂了，」他說，聳聳肩。「原來妳不再愛我了。對不對？妳不再愛我了？但這又有什麼關係？我不在乎，一切隨妳便好了。」

他轉身，踩著重步，走入臥房。片刻之後，他走出來，手裏抱著一個枕頭和一條毛氈。他看都不看她一眼，把枕頭毛氈擲進沙發裏。

「妳放心好了，」他說，「今晚我睡沙發。妳可以把門鎖起來。」

忽然，她收住哽咽，面現極度恐慌。有一分鐘光景，她微張嘴，凝視他，眼裏充滿惶懼，接著發出一聲悽慘的呻吟。她兩手前伸，奔向他，一下子跪倒在他脚邊。

「哦，士忠，士忠，」她哭道，緊緊抱住他的腿不放。「不——不要遺棄我——請你——士忠——別離棄我——」

她的眼淚再度傾瀉而下，全身聳動不止。她匍匐地下，拚命將臉向他腿上壓，身體在半開的衣服裏扭成一團，烏黑的長頭髮零零亂亂散滿一地。

有一會兒工夫，丁士忠楞楞直立，迷惑不解。於是他彎身，溫柔地將她扶起。余文瑾將全身重量都放他身上，伸出雙臂圍抱他。「請別——遺棄我——」她一遍又一遍，悲切哭泣。丁士忠憐愛地輕拍她肩膀。

「文瑾，乖乖，別傻了，」他柔聲說。「我怎麼會遺棄妳，妳這傻孩子？誰忍心遺棄妳這樣一個溫馴的好太太？」他將臉抵住她面頰。

她全身軟弱，癱瘓地倚靠著他。

「文瑾，剛才是我不好，」他體貼地說。「老實說，我眞有點不好意思。妳的臉眞白，妳覺得怎樣？不會是生病吧？我曉得妳一定很疲倦。今晚我一定讓妳好好睡，這點我能向妳保證。我早就該對妳體諒些——」

「哦，士忠！請別這樣！」她緊緊摟住他脖子，又開始哭泣。「我沒病，一點都沒病。也不疲倦。你瞧，我很好，一切都好。愛愛我，士忠，你愛愛我好嗎？我眞自私，請你千萬原諒我。可是我眞愛你，眞的，我眞的愛你。請別遺棄我，別離開我。我只是試試自己罷了。試試看假如沒有你，我能不能過活。我不能。我早就知道不能。所以請別離棄我，請別離棄我。有了你，才有我。沒有你，就沒有我。我不是我，我不存在——」

她氣喘不休，精疲力竭。

「好了，乖乖，好了，」丁士忠說。「當然我知道妳愛我。我死也不離開妳。」他繼續輕拍她的背，像撫慰一個不愼傷了自己的小女孩。

「眞正是個小孩，」他喃喃道。

漸漸地，余文瑾平靜下來。她停止抽泣，閉上眼睛，把頭靠在他肩膀上。

「你知道，士忠，剛才實在是因爲我有點嫉妒你，」她軟弱地說。「我嫉妒你，因爲我覺得我愛你勝過我自己。」

丁士忠感覺有趣似地笑了笑。他摟摟她，在她額上親了一下。

「可是現在，我不再嫉妒你，」她繼續喃喃。「我很快樂，我眞高興愛你勝過我自己。」

她微笑著。但同時，又一滴眼淚沿著她面頰滾下。

「文瑾，我們明天再談好嗎？」他說，溫柔地。「現在，乖乖的來睡覺。」

余文瑾睜開眼睛。

「你，和我一起？」她問。

「當然，」丁士忠回答，微笑。

他摟著她走向臥房。余文瑾覺得周身虛弱無力。但她並沒說謊，她的確感到快樂。

——原載一九六一年一月《現代文學》第六期，一九七〇年全部改寫

# 木美人

我本來是不想去的，關於這點，你該相信我。但他有那樣一對好看的眼睛，一對會說話的眼睛。以前，我不了解他眼睛訴說的秘密，現在懂得了，偏又太遲了。我原來的確不想去的，請你千萬相信我。人家說我冷若冰霜，那麼，頂好的辦法，便是讓他們繼續說去。但我做了傻事，一件大傻事，只因爲他有那樣一對好看的眼睛。「好不好？」他那樣渴切地問，顯得很誠懇。我揚起眉毛，朝別處看，不回答他。「是好片子呢，新潮派的，」他又加上一句。我還是不作聲。話雖如此，我的心可跳得眞急，這點我不瞞你，我的心跳得眞急。居然有這麼一天，他來邀我看電影。當然他沒理由曉得我認爲他眼睛漂亮。我哪裏會向人提起？「七點半，我到宿舍接你。」聲音可眞溫柔，溫柔得使我難堪。他有那樣一對深邃的眼睛，我沒看過別的男孩有那樣細長的睫毛。「讓我想想，」我說，這該是我生平講過的最傻的話。我掉頭走開。但我說過，我的心跳得很急。坐在圖書館裏，書上的字跳起快步華爾滋舞。李魁定，李魁定，我心裏響著他的名字。他眞正是個奇人。信不信由你，我頭一次看到他，便有一種怪異的想望，想替他生一個孩子。你說我荒唐？也罷，隨你怎麼說去。而我未曾眞正認識過他。兩年來，我們不曾談上十句話。而他今天竟邀我看廣島之戀。好片子呢，他說。是新潮派的。

我原是不想去的，你總該相信我。但六點整，我發現自己望著鏡子發痴。人家說我臉型好看。鵝蛋形的，他們說，只可惜沒有表情。七點整，我已穿上綠色洋裝——我最體面的一件衣服。小楊問我上哪裏去。「買鞋，」我說，便低頭整理桌面。我無意騙她，我是打算買鞋去的。事實是，當小楊問我上哪裏去的一瞬間，我才悟到我是要買鞋去的。可是傳達室的女傭開始大聲呼喚我的名字。「丁洛，外找！丁洛，外找！」我繼續整理桌面。「丁洛，外找！丁洛，外找！」女傭不停地大叫。我只得起身，慢吞吞地，拿起提包，走向寢室門口。小楊抬起頭來。「買鞋去，嗯？」她問。這回我不睬她，我裝做沒有聽見。

他穿戴齊整，襯衫又白又挺。他望著我走近，嘴上掛起微笑。我走到他跟前，揚起眉毛。「本來，我想買鞋去的，」我說。他露出失望的神情，卻沒有作聲。於是我對自己說：丁洛呵，終於他發現你了，他開始歡喜你了。我因此非常感動，感動得想哭出來。人家說我冷若冰霜，卻不知我心裏常常想哭。而他那對迷人的眼睛專情地凝視我，——好一對迷人的眼睛。於是我說：「李魁定，我明天再買鞋也可以的。」我說得很溫和，他臉上立刻罩滿光彩。我覺得他眼裏有某種意識，在閃動，像在訴說著什麼秘密。只可惜當時我沒能懂得，我實在夠傻的。我們一同走出校門。他喊三輪車，故意將手一晃（他是故意的，我敢跟你打賭），我便看到他袖子上漂亮的袖釦。天開始有點黯了，晚風吹在臉上，爽快得很。他坐在我身旁，壓著我裙子的一角。這一切眞是奇妙：居然有這麼一天，我靠得他這麼近，他的袖子緊擦我的肩膀。而事實上，我不曾眞正認識他，兩年的時光，對我們像是一片空白。我舉頭望天，星星對我眨眼。其中一顆好亮，與衆大有不同。「你瞧那顆星，」我自動開口：「它，像什麼？」他抬起頭，向天望去，臉上浮著笑影。「像鑽石，」他說：「你說呢？你說它像什麼？」我不予回答，卻開始微笑。黃昏的幽影，映著我的微笑。隔了好一會，我才告訴他說，我覺得那星星像眼睫毛。他好像很驚異。「像眼睫毛？」他笑著，然後加上一句：「你有現代派詩人的氣質呢。」接著他談教授，談功課，我偶然插進幾句，可是老實告訴你，我頗有點心不在焉。我心裏想著另一回事。我問他喜歡孩子不。他說喜歡，我便問他喜歡男孩還是女孩。他笑了起來，好像覺得我的問話滑稽。「當然喜歡女孩囉，」他說：「女孩子們漂亮。」我有點失望，我是喜歡男孩的。但女孩子也行，只要也有那樣一對好看的眼睛。你吃驚了？你說我失了常態？罷了，我不否認，你想得很對。的確，我突然變得不像自己：我變得愛講話，眞愛講話，這眞可說奇怪無比。平常，你總該曉得，我是很少開口的。除此之外，我還感覺臉頰寬濶些了，鬆弛些了，微笑像泡沫，一個個從心底不自覺地湧了上來。「爲什麼，」我問：「爲什麼請我看電影？」他笑了兩聲，他有理由認爲我問得很蠢。「因爲你和別的女孩不大一樣，」他回答：「你是與衆不同的。」我沉默了。我垂下頭。丁洛呵，我對自己說，原來他早就注意你了。我感動得淚水盈眶。「你眞好，李魁定，」我聽到自己說：「你眞好。」聲音很輕，很柔和，我不曾知道我也能發出這樣動人的聲音。這使我發窘。多謝四週的晦暗，使他看不見冷若冰霜的雪地上，卻燃著炙熱的火焰。而他一語不發，他若有所思。晚風中，三輪車繼續行進，星星在天上閃爍。「你眞好，」我心裏重覆著，一遍又一遍，心窩裏暖暖的。而他卻不開口。沉默中，車子拐進鬧街。突然，他轉身向我。「丁洛，」他說：「你想買鞋子，我陪你去吧。」我說，那怎麼行，買鞋得試穿很久，電影一定趕不上。他說，假如趕不上電影，改天再看還不是一樣。我感激他的關懷，但這建議多少有點滑稽。「不，我明天再來買鞋，別錯過了時間。」我又加上一句：「是好片子呢，新潮派的。」

他排隊買票，我走到玻璃框前看廣告照片。一對男女，裸著身子，熱烈地擁抱。男的是日本人，女的是法國人。另外一張，女的茫然若失，在街上踽踽獨行；而那日本男子，徨徨然遠跟後頭。新潮派電影，一定不錯。我轉頭，突然看見吳建國，站在離我很近的地方。他也在看廣告照片，樣子很專心。哦，我差點忘了告訴你，這個叫吳建國的，也是我們班裏的同學。他頭上老愛塗許多髮油，這特別叫我看不順眼。我常常想，要是一隻蚊子停在他頭髮上，恐怕也會失足滑下來吧。我一向不跟他打招呼。你總該曉得，我平常不慣跟人打交道，況且他又是那種人。我從沒跟他講過半句話。可是今天，我突然覺得他頗有幾分可愛；就連他那飛機頭，也並不怎麼惹人討厭。我想走近，喊他的名字。我確實猶豫了好一片刻。可是到底我沒這麼做，因爲，你知道，這對我是很難的。李魁定買好了票，正向四週張望。他顯然在找我。吳建國發現他了。「老李！」他大叫，興奮地，穿過人群，迎向前去。我遲疑片刻，於是下定決心，跟著走向前去。丁洛呵，我對自己說，從今天起，你得改變自己。你不該拒人千里之外，應當和朋友打成一片。於是我走向前去，決心招呼吳建國；我還決定向他微笑，讓他看看丁洛的轉變。我不在乎他知道我和李魁定看電影，我不在乎任何人知道。說實在的，我反而高興呢。李魁定有那樣一對好看的眼睛，眼睫毛又細又長。排開人群，我擠向前去。「嘿，老李，你眞有一手，」吳建國往李魁定肩膀一拍，正大聲叫嚷。李魁定回了一句什麼，聲音很輕，我聽不清楚。「認輸了！認輸了！」又是吳建國沉濁的嗓音：「十場電影，絕不食言。」這時，李魁定眼睛一抬，觸見我就在身邊，不由全身一震，臉色突變爲紅。我這就明白了，一切都明白了。

我瞪他幾秒鐘，便轉身離開。我走向大街，霓虹燈很刺眼。星星仍掛在天上，競相眨著眼睛。我走得很快。汽車擦過我身旁，喇叭嘟嘟嗚響。「丁洛，」他的聲音。我不回頭，加快脚步。「丁洛，」他又叫喚，我哪肯回應。他追上我，與我並肩而行。「丁洛，」他說：「你聽聽我，」聲音近乎乞求。「你走，」我說，嚴峻，冷酷。他不肯走開。我停下脚步。他也停下脚步。我狠狠望進他眼裏，——好一對詭譎的眼睛。於是「神秘」被我窺破：這對漂亮的眼睛閃動著的正是欺騙與自負。「你走！」我尖叫。路人好奇地張望，有的咧著嘴笑。他失措地看我，「你聽我說——」他還想辯白。「你走，」我再說一遍，這回我說得很冷靜，卻很堅決。他又站了好一回，不再出聲，於是垂頭離去。

我做了一件傻事，這點我不否認。說實在的，恐怕這是有生以來我最糊塗的一次。人總應當安份守己；從明天起，我向你保證，丁洛仍是冷若冰霜的木美人。他們叫我「木美人」，以爲我不知道，其實我早就曉得。他們騙不過我。罷了，罷了，我不想再多說，多說了你也心煩。但關於我這件傻事，你可沒權利笑我：你並沒看過他那一對漂亮的眼睛。

——原載一九六一年九月《現代文學》第十期

# 覺醒

吃完晚飯，當敦治在廚房泡茶的時候，她聽見門鈴響了一聲。她沒去理睬，因爲她知道敏申會去開門，探個究竟。泡好茶，她倒出兩杯，一手一杯，走出廚房，走入客廳。她把右手一杯放在沙發旁邊的小桌上，然後端著另一杯，走進她兒子的房間。

敏申坐在書桌前面，專心讀著一封信。他沒聽見他母親走進房門。敦治輕步走近，朝著他手中的信瞥了一眼。她立刻認出了筆跡。她看到一行，寫著：「那天在新公園，我告訴了你一切……」突然，敏申感覺到有人站在他身後。敦治知道必是如此，因爲敏申在這一刻忽然改變了坐姿。他聳了下肩膀，放下信，一隻手偶然似地蓋住了信紙。接著他仰起頭，微縐眉，做出一副凝思的樣子。

敦治把手中的茶放在書桌一角。敏申這才回頭看她一眼，裝做這一片刻才知道她在房內。他對敦治咧咧嘴。

「謝謝，媽，」他說。

「剛才是郵差？」她問。

敏申點點頭。

「限時專送？」

「嗯。」

敦治留在敏申房內，並不立刻離開。她踱到窗邊，站定，面朝窗外，望向逐漸晦黯的天空。她希望敏申自動開口，解說一下，可是等了幾分鐘，他並不說話。她聽到抽屜開關的聲音。等她回轉身體一看，那封信已經不在他桌上了。

「朋友寄來的？」她問，故做不知。

他沒回答。他起身，走到櫥櫃，拿出提琴。

「朋友寄來的？」她又問。

他瞥了她一眼，眼裏似乎隱含著忿怒。

「皚雲，」他簡捷地說，顯得不快。於是他開始練提琴。

她走出他房間。

敦治坐在客廳裏，一邊啜茶，一邊聽著敏申拉提琴。他拉得實在不能算好，常常中斷。又是這樣！她想。總是到了要上課的前一、二小時，才這般抱佛脚，怎麼學得好呢！

馬先生的脾氣躁得有名，只希望不要惹得他生起氣來就好了。

七點三刻，敏申拿著提琴，走出房間，匆匆穿上外套就開門上課去了。沒和她打一聲招呼，也沒看她一眼。

一等他出門，敦治便起身，走進敏申的房間。她在他書桌前面坐定，拉開右邊的抽屜。裏面亂七八糟，塞著許多書本紙片，和一大堆鉛筆及舊鋼筆。她搜尋遍透，卻找不見剛才那封信，無可奈何，只得關了抽屜。她試拉左邊的抽屜，但當然，它是鎖著的。如此看來，那封信要不是鎖在左邊抽屜裏，便是敏申臨走帶在身上。

敦治辨認得出每一個與敏申通信的朋友的筆跡。敏申沒有丟信的習慣，總是把舊信留下，綑成一紮，放在抽屜裏。以前總放在右邊沒鎖的抽屜，所以敦治得以隨意翻閱。她總是趁他不在家的時候，翻閱他的信；她從沒想過這有什麼不對，也沒想到他會在乎她這樣做。但是，幾個禮拜前，有一天她打開抽屜，卻發現那一綑信件全不見了。她猜想敏申必是把它們鎖進了左邊的抽屜裏。

敦治感覺一陣不悅湧上心來。那皚雲，眞是個自作聰明的女孩！她雖然只見過皚雲兩次，卻直覺地感到她是那種爲所欲爲的女孩，而且，好像總是能爭取到她所想要的一切。皚雲和敏申都是台大二年級的學生，敏申唸歷史系，皚雲唸哲學系。敏申的信札中，有十幾封皚雲寫來的信。她的筆跡倒是相當清秀，但她信中一段接一段含義曖昧的哲學高論，使敦治不能忍受。

敦治想起她方才瞥見的一行字。那女孩在新公園裏，和敏申說了些什麼？怎麼敏申沒提起過最近去了新公園？敦治感悟到，可能有許多敏申的事她都不知道。她心中感到一陣難受。

她舉起頭，眼睛不經意地停留在牆上懸掛的一張舊相片上。這張相片在牆上掛了這麼多年，她幾乎已忘記它的存在。是一張古老的相片——其中敏申大約才三歲左右。鴻年看來年輕而英俊。這是她唯一像樣的「全家福」照片，所以在鴻年去世後，她把它裝在鏡框內，掛在敏申房裏。

已有許久她沒想過鴻年了。他得肺炎去世，到現在已經九年，但敦治一直沒有原諒他。她不能原諒他使她對愛情失望，對人生失望。當初她父母因門戶不等而反對她嫁給鴻年，可是她不顧一切和他結婚，充滿信心，認爲愛情能克服一切。不料在她婚後第四年，有一天她走入儲藏室，竟闖見鴻年和女僕纏在一起做愛。這一震，把她整個人生改變了。事後鴻年曾一再乞求她原諒，但她沒原諒他，並讓他知道她永遠不能原諒他。

這事發生後，她變得沉默退縮，儘可能遠離鴻年。她不再享受與他同床；她忍受他的接觸，只因她認爲這是妻子不可避免的責任。可是每當與他同床過後，她會瞧不起鴻年，更瞧不起自己，覺得自己和妓女沒有兩樣。

然而，她永遠有一慰藉——她的獨子敏申。敏申使她復活，給予她新生命。他是這世界上唯一屬於她、需要她的人。

敦治從相片收回視線，嘆了一口氣。不知何故，近來她常常感到納悶，無精打采。她覺得有什麼東西壓在她肩上，使她疲乏得很。也許我老了吧，她頹喪地想。老，這眞是個可怕的字眼。她怕老，因爲敏申還那樣年輕，而她確信他缺不了她。哦，她必須多麼的爲他留意！她必須衛護他，免得他跌入人生的種種陷阱。而那女孩皚雲，自以爲聰明，賣弄哲學知識，想贏得他的心。寄信還用限時專送，惟恐得不到他的好感。她在新公園裏，對他說了些什麼呢？纏著他不放，目的何在？啊，其實也不難猜知。這厚臉皮的女孩，一定是想偷走我的兒子！敦治感覺憤怒從胸中湧起。不錯！她一定是想偷走我的兒子！

顯然地，皚雲的陰謀已成功了一半。要不然，敏申何須用手把信蓋起來？又何須把信藏到她找不到的地方？

敦治第一次看見皚雲，是在半年前，敏申十九歲生日那天。他邀了十幾個朋友到家裏來玩，皚雲是其中之一。她說不上美，卻有一頭漂亮烏黑的長髮，使她出衆。她又有一股高傲的氣派，好像從未嘗過失敗的滋味。敦治見她幫著倒茶，分蛋糕，儼然以女主人自居，覺得異常不順眼。敏申留有一張那天拍攝的照片。照片裏，皚雲站在敏申旁邊，臉上掛著自信的微笑。

敦治第二次看見她，是在兩個月前。那天敏申和一羣朋友去爬山，回來時，他邀大家進來喝冰水。皚雲打扮得像個男孩，穿著運動衫和一條牛仔褲。她是這一羣裏唯一的女生。敦治不禁可憐起她父母來：不知他們曉不曉得自己的女兒，毫無羞恥地在外頭和男孩子們混在一起？

近來，敦治注意到敏申不知爲何，相當沉默寡言，而且心神好像不太安定。她揣想著這和皚雲可能有關。敏申當然知道她不大看得起皚雲。她從未向他隱瞞這一點。但敏申會在乎嗎？他變得沉默退縮，難道會是因爲母親不喜歡皚雲？若眞如此，事情可就有點嚴重了。現在，她愈想愈相信皚雲與他近日的情緒有關。她想起幾天前，她問起皚雲時，敏申支吾幾句，便將話題改變了。

時鐘敲了八時半。敦治站起，把椅子推回桌子下，走出房間。幾分鐘後，她拿著乾淨的被單和枕套，走回敏申房間，爲他換床。突然她回想起結婚初年，他們住在一棟日式的房屋，每天晚上，她和鴻年及敏申三人，在同一房間同一蚊帳下睡覺。她睡中間，鴻年和敏申各睡她一旁。當時敏申年紀很小，剛學會走路。她記得他斷奶後，半夜裏總還用嘴用手尋找她的乳房。

是的——儘管她和鴻年婚姻不愉快，敏申總在她身旁，給她的日子帶來了陽光。小時候敏申眞是可愛極了。每天一放學回家，就向她報告當天的經過。他唱歌給她聽，背書給她聽，還幫她做許多家事。但他不得不長大。入高中後，他就不再像以前那樣和媽媽作伴了。但敦治並不在意，認爲是小孩成長必經的階段。

但現在這個皚雲，卻是另一回事。敦治心裏充滿了酸楚。她覺得敏申可能已對這女孩深感興趣，他甚至可能已墜入情網。啊，青春的心是脆弱的！

敦治鋪好了床，便回到自己的房間。她在梳妝鏡前坐下，開始把面膏揉入她臉上、頸上。雖然她一向很注意保養皮膚，臉上的皺紋卻露了出來，而且一天天加深。她才四十二歲，頭上卻已有了不少白髮。她對鏡子蹙蹙眉。突然，她腦中閃過一念，想看一看自己如果留長頭髮，是什麼個模樣。她解開盤在腦後的髮髻，梳了開來，讓頭髮披滿一肩。望著鏡中的長髮怪物，她不覺打了一個寒噤，趕緊揪起頭髮，梳回成一髻。

她聽見大門被打開，接著敏申的脚步聲移進屋內。她沒起身，盼望著他過來和她打招呼。五分鐘過去，毫無動靜。於是她站起，悄悄走入客廳。

敏申在他房內，門虛掩著。她聽見他走來走去，踱著步子。

敦治朝他房間走去，但忽然改變主意，回到客廳坐下。她耐心地等著他出來。

十分鐘過去。敏申仍在他房裏，踱來踱去。

「敏申，」她叫道。

腳步聲停止。

「我回來了，」敏申應道。

「你出來一下好嗎？」敦治道。「來和我聊聊好嗎？」

敏申開門，走出房間，在她對面沙發上坐下。他顯得垂頭喪氣。

「提琴課上得怎樣？」她問道。「馬先生怎麼說？」

敏申聳聳肩。

「他要我重練一次，」他說。「馬先生很生氣，說我一點天分都沒有。」

「哦，他不是當眞的，」敦治說，很爲敏申過意不去。

「他是當眞的，」敏申說，停頓片刻。「我想放棄，不學了。」

「哦，敏申，」敦治溫和道，「你只是嘴裏說說罷了。」

敏申皺起眉頭。「我眞的想放棄，」他說。

「你怎麼能放棄！」敦治勸誡道。「你已練了將近一整年！」

「我不想再練了！」敏申回駁，聲音煩躁、憤怒。

他的聲調觸傷了她。

「就是不練，你也犯不著對我這樣兇呀，」她說。

敏申沒回答，垂下頭，雙手緊握，顯得很不痛快。

「你只是心情不好，我知道，」她體諒地說。

「可是，媽，我眞的對提琴不再感到興趣。」

「不再感興趣？」敦治說，心中一陣酸楚。「我倒想知道，你近來究竟對什麼感到興趣？」

敏申蹙緊眉頭，沒回答。兩人沉默半晌。敏申神經質地搓著手。敦治再度注意到他的手多麼纖緻，指頭細長，指甲形狀也好看，實在和女孩子的手差不多。

「敏申，」她嘆道，「你媽媽老了。」

「哪裏？」他回答，「媽不老。」

「我眞的老了，」她凄楚道，「變得又老又難看。」

「哪裏？媽不老。」他依舊垂著頭。

「敏申，」她說，「你一定有點討厭我這樣一個又老又醜的媽媽吧？」

「哪裏？」他說，「我怎麼會？」

她溫柔地凝視他。敏申確已成長爲一個瀟灑的青年。他的臉形雖然有點嫌方，五官卻異常清秀。他的頭髮質軟，容易梳理，鬍子稀疏，一星期剃一次就夠了。哦，他是這樣年輕，他們都這樣年輕！

「你眞覺得她漂亮？」她說。

敏申抬頭。

「什麼?」他問,「誰?」

「皚雲,」她說。「你覺得她漂亮,對不對?」

他移開眼睛。

「媽問這做什麼?」他說,皺了皺眉。「媽見過她,曉得她長什麼樣子。」

「不錯,我曉得她長什麼樣子,」敦治說,語中帶刺。「我覺得短髮比較配她的臉,你說怎樣?據說許多妓女都留長頭髮。」

敏申面露不悅,但他沒有回話。

我受不住了,敦治想,我不要再被蒙在鼓裏了!她決心讓敏申明白這一點。她必須採取行動,以防皚雲佔了她上風。啊,她多麼厭惡那女孩!偷偷摸摸想搶走她兒子!皚雲這樣偷偷摸摸,必是因爲她知道在光天化日之下,無法鬥過他的母親。

而敏申呢?他的處境是怎樣的?又有何感觸?爲什麼他變得這樣沉默寡歡?敦治心底裏,確信敏申深愛著媽媽。但他是否抗得住皚雲這種女孩的誘惑?啊,她多麼爲他擔心,害怕……

「她纏著你不放,」她說,「是不是?」

敏申滿臉通紅。「沒這回事,」他回答,避免看他。

「算了吧，」敦治說。「你何不從實道來？我懂得皚雲這種女孩子。」

「沒這回事，」他重覆道。

她嚴峻地注視他。「難道說這是你倆雙方的意思？你莫非已落入她的圈套？」

敏申憤怒地瞥她一眼，嘴唇動了動，像要說什麼，但終於沒說話。他站了起來。

「別走開，」敦治說，聲音陰鬱，充滿威脅。

敏申聳聳肩，坐下。

敦治譏嘲地說：「你怎麼沒告訴我，你和她去了新公園？」

敏申面露驚奇。

「剛才你讀信時，我看到了的，」她解釋道。「她在新公園裏，和你說了些什麼？是不是傾訴心事，說她愛上了你？」

「媽，請別這樣，」敏申說，臉上呈現痛苦。「請別這樣管著我！」

突然，敦治內心的酸楚溢瀉而出。

「你厭嫌我，居然到這一地步！」她辛辣地喊出。「可又何必裝出這副痛苦的樣子？有女孩子愛你，還不得意？何必裝不快樂？難道你眞以爲裝做不快樂，我就會好過些？」

她哼笑兩聲。「請別這樣管著我！」她模倣敏申，又哼笑起來。突然，眼淚一串串沿著她面頰流下，哼笑的聲音變成了哭聲。

「哦，敏申，」她哽咽道，「你巴不得我早點死！」

「媽，別這樣，請別這樣，」敏申求道。「我已經夠痛苦的了！」

敦治拭去眼淚。她見他兩手抱著頭，咬著下唇，像在跟什麼掙扎著似的。

「痛苦？你？」她懷疑道。「我能使你痛苦？你可知道眞正痛苦的滋味？」

敏申沉默不語。

敦治深嘆一口氣，緩緩搖了搖頭。她已逐漸平靜下來，但淒涼的感覺依舊鬱集不散，壓迫著她。原來敏申也感痛苦！爲什麼痛苦？是因爲想不出如何向她隱瞞「秘密」？是因爲找不出計策對付她這個老媽媽？……但不論怎樣，敏申能爲了她而感痛苦，多少使她覺得寬慰。至少表示他有良心，表示他知道他不該傷害她、離棄她。

然而，她怎能滿足於這種基於「義務」、「責任感」的情意？她要敏申償還她與她給了他的同樣的愛情——一種自發的、無條件的愛情。這倒不是說她想完全佔有他。相反的，她盼望他能有個美滿的婚姻。但她不要曖雲這種媳婦——這絕對不成。她早就計劃好，敏申的妻子該是個柔順謙虛的女孩，而且是短頭髮的。他們三人將住在一起，和平相處；她願替他們煮飯，打掃。她相信她會疼愛敏申的太太，就像她疼愛敏申那樣。

「你總不致於現在就想結婚吧？」她說。

「結婚？我？」敏申說，臉上露出一絲苦笑。「我想我這一輩子，是不會結婚的了。」

「哦，敏申！」

「媽，」敏申猶豫道，「你在不在乎？如果我終身不結婚，媽不會太在乎的吧？」

敦治臉上綻開微笑。「哦，你這傻孩子！」她嘆道。「當然媽會在乎的！媽絕不准你這樣做！」她全身溫暖，一下子快活了起來。

「敏申，別再胡說了，」她說，柔情地凝視她兒子。突然，她看出他非常不快樂。敏申低頭看著地板，微蹙眉頭，神情異常沮喪。她驟然感到一陣內疚，於是起身，走到他身旁，靠著他坐下。她伸出手臂，溫柔地抱住他肩膀。

一滴眼淚沿著敏申面頰流下，落在他褲管上。

「敏申，」她柔聲說，「哦，敏申。」她把他抱得緊些。

突然，他淚如泉湧，全身震顫地咽泣起來。他用拳頭按住自己的嘴，又用牙齒咬自己的手，避免哭出聲音。敦治不說話，只抱住他，輕拍他肩膀。這樣過了兩分鐘，敏申終於鎮定下來。他拭去眼淚，把手輕放在敦治膝上。她看到他手背上深陷的牙痕。

「媽，你不了解，」他說，「你完全想錯了。」

「我想錯了什麼呢？」她柔聲問，繼續輕拍他肩膀。

「她不愛我，」他說，「她一點都不愛我。」

「什麼？」

「皚雲從來沒愛過我。她一點也不愛我。」

敦治狐疑地盯視她兒子，一時不能了解過來。這是怎麼回事？她想。這裏，他頹唐地坐著，手放在我膝上，顯得這般可憐、無助。快二十歲了，還這般脆弱，無助。而他說著些什麼？他要的到底是什麼？……把信藏到人家找不到的地方。無緣無故對提琴失去興趣。嘴裏說著終身不結婚，卻又抱怨起皚雲不愛他。這一切，該怎樣解說？

「那麼，你是眞的愛她了，」她說，聲音乾澀。

他臉上又閃現一絲苦笑。

「這又有什麼區別？」他說。

區別才大著呢，敦治想。原來他的痛苦與她毫無相干，他痛苦，只因爲皚雲不愛他！這也就是他想獨身的理由。哦，他從未眞正體諒過媽媽的心！當她愛著他、護著他，唯恐失去他而感受痛苦的時候，他心裏原來只存著皚雲的影子！這還不夠，他還要把信藏了起來，以防媽媽干擾他的痛苦！

啊，自私的孩子！你多殘忍，即連痛苦也不肯讓媽媽與你共擔！

但，這也可能只是他的自尊心在作祟。誰知道？十九歲的男孩，可也有他們的虛榮！

敦治開始明白，敏申近來所以沉默寡歡，並不是因爲他內心有什麼感情上的矛盾或衝突。問題全然不在於媽媽和皚雲之間的選擇。他退縮無言，只因他單戀痛苦，乃以沉默掩飾了他受傷的自尊。

原來皚雲一點都不愛他！這眞難叫人相信。敦治這才第一次悟到，敏申不過是個極其平凡的男孩，平凡得連皚雲這樣一個女孩也看不上他。她一向以爲世上所有漂亮的女孩都會爭著引誘他。她曾經多麼留意，提防他被搶走！然而現在，她明白他仍單單屬於她一人。世界上就從來沒有一個人，曾企圖把他從她手裏搶走。

這覺悟並不使她歡悅。相反的，她有一種受人愚弄了的感覺。敏申從未使她這般失望過。而奇怪的是，她突然不再厭惡皚雲了。她想把她擁在懷中，撫弄她那烏黑漂亮的長頭髮。

「其實，我早就知道自己配不上她，」敏申說。

敦治無言，悲傷地搖搖頭。

「我頭一次看見她，就愛上她，」他淒楚地說。「可是直到三個禮拜前，我才終於鼓足勇氣告訴她聽。她立刻就拒絕了我。」

「她寫信來，也是爲的這事？」

敏申點點頭。

「那是她給我的回信——前幾天我又寄了封信給她，」他解釋道。「她求我忘了她，別再去找她。她說這是最後一次給我寫信。」

他舉頭望她。「媽要不要看那封信？」他問。

「不要，我不要，」她回答，厭惡地。

機械似地，她又開始輕拍他的肩膀。當然，他還是她的兒子，她唯一的兒子。她依舊愛他，依舊樂於給他幫助與支持。像所有的母親，她永遠張開兩臂，等著擁抱她迷途的孩子。然而她知道，有什麼東西已從她心中失去，永遠回不來了。她不能確切地說出那是什麼，只感覺內心一隅是一片空白和虛無。

突然，敏申從沙發椅滑下到地板上。他把臉埋進她懷裏。

「哦，媽，我好寂寞，」他呻吟道。「沒有一個人關懷我，只除了你。」

敦治微歎一聲，茫茫然撫摸著敏申的頭。

兩小時以後，敦治輕輕推開敏申的房門，走了進去。她捻亮枱燈，悄悄走到床邊。敏申已經睡熟，臉色平靜，呼吸均勻。年輕人是幸福的，她想。的確，年輕人所謂的「痛苦」，能隨著睡眠奇蹟般快速地消失。只是枕頭上，染有潮溼一片，是淚痕，唯一「痛苦」的遺跡。敦治彎下身子，輕輕把棉被拉到敏申脖子下。突然，她覺得很久很久以前，曾經有一個晚上，她也做過這同樣的動作。「鴻年……」她心裏，陡地又響起這古老的名字。這名字早已從她記憶中隱退，她奇怪為什麼在這短短半天之內，竟想起兩次。此刻，她開始眞正思念他起來。她多麼渴望他尚在人間，緊緊地靠著她。至少，他能給她一絲兒安慰。忽然她覺得自己已經完完全全原諒了他，她悟到自己那樣懲罰他，是很不對的。他們曾經相愛，相屬，這就夠了，怎可奢望事情能永遠完美？在這個世界上，恐怕眞沒什麼人、什麼事，是能長久保持完美的。

敦治在床沿坐了好一會，想起一些許久沒想過的事。然後她站起身，捻熄電燈，拖著衰老疲乏的步子，走回自己的臥房。

——原題〈蛻變〉，一九六二年一月刊於《現代文學》第十二期，曾改題〈那長頭髮的女孩〉一九七〇年全部改寫，易題〈覺醒〉，一九八〇年局部修改

# 小南的日記

## 三月二十日　天氣晴

下午周老師帶我們去醫務室的時候，我緊張得心裏直跳。太陽曬得好厲害，張志傑他們都換上短袖子上衣，可是我的童軍服裏卻塞著兩件毛衣和一件衛生衫。我眞想把袖子捲起來，又怕人家看到裏頭厚厚的毛衣，於是只得忍著，偷偷用袖口把臉上的汗揩掉。我的褲袋裏有二十七個彈珠、兩把削筆刀和五個石頭；本來我想連硯台也塞進去，可是這樣一來，褲袋就會鼓得太大，只好算了。到了醫務室門口，周老師叫我們立定，等報到自己的座號，就進去量體重。

「五號，陳小南！」

我的心又猛跳了一下。我慢慢走進去，兩隻手緊緊壓著褲管，免得彈珠在口袋裏叮叮噹噹地響。我踩上秤，指針跳到二十五和二十六中間。

「二十五・五！」黃護士說，聲音好嫩好嫩。周老師在我的卡片上登記下來：「二十五・五」。

從醫務室出來，我才鬆了一口氣。這回整整重了兩公斤，媽一定不會再嫌我不配當哥哥。上個月我只有二十三・五公斤，跟小娟同樣重，媽指著我鼻尖罵道：「誰像你小南這樣不中用！人家小娟才三年級，都配做你姐姐囉！」說著還白了我一眼，眞叫我難過得想哭出來。老實說吧，天下我最怕的一件事便是人家拿我跟小娟比。小娟偏偏甚麼都好，我偏偏甚麼都壞。她每次考第一名，我就從來沒考過二十名以內。她又白又胖，討人喜歡；我又黑又瘦，老流鼻涕。每次有生客到我們家來，總指著我和小娟問道：「他倆是不是雙胞胎呀？」媽就回答說：「哪裏！他們相差三歲哪！」於是客人大驚小怪地叫起來，不肯相信。

一放學，我就揹書包跑到校門口。小娟已經站在那裏等了。我告訴她我二十五點五公斤。她卻只有二十四。我送她十根橡皮筋。

回到家，小娟跟平常一樣向媽報告今天教了甚麼課，老師留了甚麼作業。最後她說：「媽，今天還量了體重，哥哥二十五・五，我二十四。」我心想媽這回定會誇獎我幾句，沒料到媽只「唔」了一聲，只顧看手裏的晚報。我眞失望。

眞倒了霉！我躲在房裏一件件脫下毛衣，卻被媽看見了。媽跑來，伸手就是一巴掌。「蠢東西！」媽罵道：「見甚麼鬼！穿這許多衣服！瞧，全都汗溼了！」說著，媽把毛衣從我身上用力一拽，害得我險些兒摔倒在地上。我抬頭看媽，她的眼睛大得像兩個五毛錢的銅板。我呆呆瞪著這兩個大銅板，直到媽走開。我這才把衛生衣也脫了，換上一件短袖子的襯衫。

## 三月二十五日　天氣陰

吃過晚飯，我要到街上買筆記本，小娟追了出來，說：「當心點呵。記得靠右走，街上車子很多。」我走出門口，她又追了出來，說：「還是我帶你去吧，路上也許有騙子。」爸媽聽著都笑了起來。開頭我想不出他們爲甚麼笑，可是走到半路，我突然明白了。他們一定在笑我，笑我不配做哥哥。我氣憤得握緊拳頭，眞想揍小娟一頓；可是一看到她那白白胖胖的臉蛋，和那同我差不多高的身體，我的拳頭就軟了下來了。其實我很愛小娟，我眞佩服她，希望自己也能像她一樣好。「當心！」小娟突然大叫，用力把我一拉：原來我走到陰溝的邊邊了。她伸出手要牽我，我就把手遞過去，讓她牽著。

到了文具店，店員說一本筆記簿一塊錢。我正想掏出錢來，小娟突然扯扯我褲子。「哪裏的話！」小娟氣派十足地說：「每次我來買，都是八毛嘛！」店員嘰哩咕嚕了幾句，說甚麼小姐呀，不夠本錢呀，可是終於找回兩毛給我。

我們拿這兩毛錢買了四顆糖，一人兩顆，一邊吃，一邊走回家來。

## 三月二十八日　天氣雨

今天王英背不出國語第七課，被周老師打了三個手心。周老師說：「王英這學期愈來愈不用功，再這樣下去，一定考不取中學。」王英低著頭，耳朵漲得通紅，可是沒有哭出來。

中午吃完便當，雨還下得很大。大家氣得要命，躲避球不能打了。正悶得發慌，張志傑突然跑到講台上宣佈：

「各位同學，現在本大人自願表演一個精彩節目，慰勞大家。歡迎不歡迎！」

「歡迎！」大家拍手贊成。

張志傑鬼頭鬼腦的笑笑，拿起兩個書包，吊在一把掃帚的兩頭，然後扛在肩上，搖搖擺擺在講台上走了起來。

「豆腐喲！⋯⋯買豆腐喲！」他直著嗓子尖聲叫喊。

大家嘩的一聲笑開了，有的拍手，有的敲桌，整個教室鬧成一團。每一個人的臉都朝著王英，王英的頭一直垂到胸前。一綹頭髮滑下來，半遮住她漲得紫紅的臉。

「快來買豆腐喲！⋯⋯」張志傑怪聲怪調地叫著：「你們再不來買，我的女兒考不取中學囉！⋯⋯快喲！快喲！」

大家笑彎了腰，眼淚都要滾出來了。趙德光拚命大嚷：「再來一個！再來一個！」王英還是低著頭，悶聲不響。突然，我看到她桌上掉有五、六滴淚。

本來我也跟別人一起笑的，可是這會兒，我突然難過起來了。我眞恨不得馬上跑上台去，痛痛快快揍張志傑一頓。

王英就住在我們家前面的一條巷子口。她家眞是再破爛不過了。有一次警察先生說要把她家拆掉，把她們一家急得團團轉。王英的爸爸是個泥水匠，頂愛喝酒，好幾次我走過她家門口，都聞到酒味，難聞煞了。王英的媽媽每天一早便出來賣豆腐，她嗓子尖，常常把我從夢裏吵醒。

大家笑個不停，王英終於掩著臉跑出教室。同學們又鬧了好一陣子，後來看看雨停了，便一窩蜂跑到操場打躲避球。我也跟他們一同跑了出去。可是一點人數，卻多出一個，張志傑就跟大家說：「陳小南不會來，我們不要他玩！」我氣得要死，眞想咬他一口。

我獨個兒離開操場，心裏難過得要命。大家都看不起我，只因爲我長得矮、長得瘦。我走到防空洞後面，突然看到王英一個人蹲在大榕樹下，她的頭擱在膝上，埋在兩隻手裏頭。她一動也不動，簡直像塊大石頭一樣。

我輕輕走過去，站在她後面。大滴大滴的雨水從樹葉上落下來，弄溼了她的衣服。她的黑裙子浸在污水潭裏，染黃了一大片。

「王英，」我叫她。

她抖了一下，大概是嚇了一跳。她回頭看我一眼，又把頭埋進手裏。於是她開始哭了，背一聳一聳的。

不知怎的，我也想哭了。我在她旁邊蹲下，學她的模樣，用手抱著頭。隔了一會，我從手臂下偷偷看她一眼，沒想到她已經抬起頭，正瞪著兩隻眼睛看我。

王英發覺我偷看她，馬上把眼睛挪開。我撿起一根小樹枝，在地上寫了三個字：「不要哭」。她斜著眼瞥了一下，又好像要哭起來似的。就在這當兒，趙德光突然從防空洞另一頭跑了來，嘴裏嚷著：「快來呀，快來看好戲呀！」於是一羣同學湧向前來，嘻嘻哈哈地羞我：「不要臉，陳小南愛女生！陳小南愛女生！」張志傑的聲音最響。我氣極了，一拳打過去，正打中他的下巴。這下大家可都住了口，張志傑青著一張臉，捏捏拳頭，狠狠地對我說：「我去報告老師。」

下午自習課，我挨了五下手心，痛得發麻。周老師臭罵我一頓，他說他從沒想到我會動手打人。老實說吧，我自己也從來沒想到呢！

## 四月五日　天氣晴

下午上國語課的時候，趙德光趁周老師寫黑板，很小聲的跟我說：「陳小南，有人沒結婚就生孩子呢。」我說：「屁！騙人！」他就說是眞的，他就認得一個女人，還沒結婚，已經生出一個娃娃。我才不信呢，正想跟他辯，周老師已經寫好黑板，回頭來了。我只好把話呑進肚子裏去。

我再也聽不進書了。這回我決定跟趙德光辯論到底，看是我贏還是他贏。爸爸每次都說我不會運用頭腦，有了問題也不懂得發問。小娟就是喜歡發問，媽才那麼疼她；媽總說小娟的常識至少比我豐富三倍。

一下課，我馬上又跟趙德光討論這個問題。我說，除非我親眼看見，我死也不信有這麼一個女人。趙德光便答應放學以後帶我去看她。

放學後，我叫小娟獨個兒先回去，說我要掃公共區。小娟囑咐我：「哥哥早一點回啊！天黑了路上危險。」我滿口答應，等她一走，我便同趙德光朝相反的方向走去。

走過兩個十字路口，趙德光帶我拐進一條很噪雜的街道。這條街不寬也不窄，髒得很，地上有香蕉皮、煙屁股和碎紙片。走到一個掛著「醉心樓」招牌的店門，趙德光停止住脚步。「就在這酒店後面，」他說。於是他大踏步走進酒店，我緊緊跟著他，心裏有點發慌。

店裏有四、五個人在喝酒吃菜。他們都坐得很不規矩，有的把脚翹到桌子上，有的一隻手在桌上敲敲打打。還有一個人趴在桌上睡著了，鼾聲很響。

趙德光走到酒店盡頭，打開右邊的一扇門。於是我們進入一條昏黯的小衖，很窄，只能過一個人，如果兩人並著肩走就嫌太擠了。我們走到一半，對面有人走來，我們只好緊貼著牆讓路。這人的臉漲得猪肝一樣紅，搖搖擺擺走過我們身邊，我覺得有點面熟，突然想起他就是王英的爸爸。我們又走了十來步，便到一個房間門口。這房裏點著綠顏色的燈，弄得我眼睛都花了。一個胖女人坐在櫃台後面，眼鏡低低的架在鼻樑上。她抬頭掃我們一眼，哼了一聲，用粗糙的聲音問道：「小鬼，你叔叔呢？」趙德光回答說：「到板橋去。」胖女人又哼了一聲不再理我們了。

在這房間的另一個角落，並排坐著四個女人，頭髮長長地披在肩上。她們的臉都白得好奇怪，大概是抹了太多粉。嘴唇也塗得太紅，難看死了。她們一定是愛慕虛榮的女人，像周老師講的故事裏的麗華，我頂瞧不起這種人了。可是她們都疲倦得快要睡著似的，坐相也難看透了。一個在啃指甲，一點都不講衛生；一個把脚翹得高高的，露出大腿也不害羞；還有一個一邊搔頭一邊哼歌；而最旁邊靠牆的那個，卻一動不動，大概睡著了。

「就是她哪！」趙德光指著那靠牆的女人，低聲說。

就在這當兒，突然傳來嬰兒的哭聲。靠牆睡著的女人揉揉眼睛，伸伸懶腰，嘆一口氣，便站起身，走到裏頭去了。不久她走回來，懷裏抱著一個娃兒，正起勁地吮著她奶子。

「這就是她的孩子哪！」趙德光又附在我耳朵邊說。

我們呆看了好一會才回家。順著昏黯的小街，我們回到前面的酒店裏。趴在桌上睡覺的那個人還在打鼾；把桌上的杯子打翻了，桌面全是溼的。

在酒店門口，我和趙德光分手，天已經開始暗下來，每家都已點了燈。我走得很快，一邊走一邊還想著那奇怪的女人。好奇怪，有人沒結婚就生孩子。會不會趙德光騙人？他怎麼知道那女人沒結婚？

一回到家，我就衝著爸爸的臉問道：

「沒有結婚的人，會不會生小孩呀？」

爸媽同時抬起頭，好像很吃驚的樣子。「當然不會，」爸爸說。

「可是我看到這麼一個女人，剛剛趙德光帶我去的，在一家酒店後面。」

「甚麼——！」媽大叫，眼睛馬上變成了銅板。

我開始講我和趙德光到醉心樓去的經過情形，不料才說到一半，媽突然跑過來，一手揪住我的耳朵，一手狠狠打我一巴掌。我趕緊抓住沙發扶手，才沒栽倒下去。媽的臉變得鐵青，嘴唇扭曲。

「小南你怎麼敢……，」媽氣咻咻地：「敢去那種骯髒地方！」

我轉向爸爸，滿以爲他會替我講話，可是他不。爸爸同樣憤怒地瞪我老半天，然後咬牙切齒地說：

「以後不准跟趙德光一起玩。你再敢去那種地方，當心打斷你的骨頭！」

爸媽生了很久的氣，我躲著不敢出來。趙德光果然是騙人，我早就猜到了。眞是霉頭觸到印度國。

## 四月七日　天氣陰

今天老師開校務會議，所以我們早一個鐘頭放學。我和小娟手牽手離開校門，走不多遠，突然看到兩個男生扭在一起打架。他們打得好凶，有一個人的鼻子已經流出血來了。我叫小娟快走，可是她不聽我，反而叫我等在一邊，自己一個人跑上前去勸架。「住手！快住手！」她叫道：「要不我就報告訓導主任！」這兩個男生一點都不理她，反而愈打愈凶起來。小娟不顧一切走近去，拚命扯他們的衣服。這下可惹怒了他們，兩人突然都住手，叉起腰狠狠瞪她，樣子好兇。小娟一嚇，回頭就跑向我，那兩個男生中的一個，撿起石頭就扔。我眼快，一閃閃到小娟跟前擋她。

一塊拳頭般大的石頭打中我的肩膀。我眼前一花，脚都軟了。小娟尖叫一聲，充滿恐怖。她扶住我身子，好一陣子我才恢復氣力。

「痛不痛？」小娟問，聲音抖抖的。

我拚命眨眼，免得哭出來。我眞是痛得要命，可是我對小娟搖了搖頭。

小娟沒有受傷，那兩個男生逃得無影無蹤了！

小娟沒有受傷！是我保護她的。要不是我，石頭早就打中她了。這回我眞正做了哥哥。

小娟扔下書包，用手把我的袖管子往上推。突然，她嚇得哭起來了。我斜著眼睛看看我肩膀，也嚇了一大跳。一大片青色！還浮著紫色的血紋。

小娟哭得很傷心，我一邊走一邊安慰她。我說我一點兒也不痛，爲了使她安心，我還故意忍著痛把胳膊搖了搖。我一直牽著她的手。實在，我從來沒有過這般驕傲的感覺。現在，還有誰敢說我不配做哥哥？

回到家裏，媽見小娟哭喪著臉，大吃一驚。她急急問是怎麼回事，我說：「有兩個男生要欺負小娟，拿石頭丟她……。」

話還沒說完，媽舉手啪的一聲打在我背上。「小南你做甚麼哥哥？」媽吼著說：「自己妹妹被人欺負，你也不顧？」接著又是一個耳光。小娟突然大哭起來，拚命跺脚。我一聲不響的走開，覺得頭暈暈的。

可是我沒有哭。

吃晚飯的時候，我覺得媽跟平常有點不同。她替我夾了好多次菜，可是沒跟我說半句話。媽有點心不在焉似的，爸爸和她講話，她都沒聽到。爸問媽怎麼了，媽說有點兒頭痛。

## 四月八日　天氣晴

昨天晚上我躺在床上，一直睡不著。右邊的肩膀一陣一陣抽痛，就像好多根針在刺著似的。眞沒想到一個石頭有這麼厲害。本來以爲我替小娟受傷，媽會待我好一點，沒想到反而挨打。媽總是那樣不喜歡我，誰叫我長得醜、流鼻涕！

我正這麼想著，突然媽進來，輕輕走到我床邊。我趕緊閉上眼睛，假裝睡著。媽掀開蚊帳，在床沿坐下，掀起氈子，開始解我睡衣的鈕扣。於是，我感覺到媽的手在我疼痛的右肩上輕輕的摸著。

媽走了以後，我伏在枕頭上偷偷的哭了。我不曉得我是爲著甚麼哭的。

今天是禮拜天，上午做功課，下午跟小娟跳橡皮筋。可是只來了一會兒，肩膀很痛，就不來了。大夫來過，在我肩上黏了一層膏藥，弄得我怪不舒服的。

傍晚，媽洗了澡出來，獨個兒坐在院子裏歇息。媽的皮膚紅紅潤潤的，好像還冒著熱氣，手裏拿一把芭蕉扇，那模樣兒眞是好看極了。要是媽永遠這麼坐著不站起來多好，我躲在大樹後面偷偷看媽，媽的衣服鈕子沒有扣上。風輕輕一吹，領口隨著擺了擺，於是我看到媽胸前的奶子。突然，我想哭了。我想起很久很久以前，有一個晚上，媽把我摟在懷裏數天上的星星。那時小娟還只是個小娃娃，媽一等她在搖籃裏睡著，就同我一道玩。可是小娟一長大媽就變了。媽不再愛我，只愛小娟一個。小娟漂亮，小娟當級長，小娟不流鼻涕，小娟考第一名。

媽伸伸懶腰，站了起來。我趕緊逃回房裏去。小娟要跟我來「拉黃包車」，我不肯；她還以爲我肩膀痛，拍拍我的背安慰我一番。突然我討厭小娟起來了。如果沒有她，媽一定會待我好一點。

## 五月一日　天氣晴

王英已經有三天沒來上課了，她媽媽也好幾天沒到我們巷子來賣豆腐，我覺得有點兒奇怪，是不是警察先生把她們的屋子拆掉了？也許她們搬走了吧！爲了要探出一個究竟，我跑到她們家那條巷子去。屋子還在，並沒有拆掉，只是店門關得緊緊的，跟平常有點兩樣。我再走近去一看，不禁嚇了一跳，原來門上貼著一張白紙，上面寫了個大大的毛筆字：「喪」。

我想敲門，可是不敢。門關得好緊，我從門上的裂縫看進去，可也看不見甚麼。正不知該怎麼辦，兩個工人運著棺材來了，砰砰砰的使勁敲起門來。門開了，開門的是王英的媽媽，蓬頭垢面，樣子眞難看。在他們搬運棺材的當兒，我看到裏面的景象：竹床上直直的躺著一個人，一個大人。白色的被單從頭到脚蓋著他。房裏亂七八糟，牆上掛著停了的舊時鐘。床邊一張三脚櫈上坐著王英；她從算術簿撕下一張紙擤鼻涕。

王英的眼睛又紅又腫。她看我一眼，便把頭偏到一邊去。好可憐，一定是她爸爸死了。可是怎麼會死掉呢？那天我還看到他好好的。王英一直用裙角揉眼睛，我很想上前去跟她說幾句話，又不知說甚麼才好，心裏急得要命。這時送棺材來的人要走了，我趕緊跟著退出來，王英的媽便砰的一聲把門關上。我心不在焉的跟在這兩個推空車的工人屁股後面走。

「酗酒的下場！」一個工人說。

「醉心樓老板說，他足足喝了兩瓶高粱，眞是個酒桶！大號酒桶！」另一個說。

「這樣翹辮子也不錯，」第一個人說：「輪子壓碎他腦袋，他恐怕還以爲在作夢呢！」

「哈！作夢！可再也醒不來囉！」

王英的爸爸原來是被車子壓死的，好可憐。我發誓我長大以後一定不喝酒。

## 五月五日　天氣晴

王英的爸爸昨天去埋掉了。王英同她媽媽都穿上麻布喪服，嗚嗚地哭個不停。四個僱來的鼓手當領隊，吹出怪難聽的調子，後面跟著棺材，最後才是王英、她媽媽，同幾個我不認得的人。我跟著隊伍走了一程，就折回來了。

今天上課的時候，周老師說：「王英從今天起不來上課了。她的父親不幸被汽車壓死，她得幫助母親賺一點錢過活。」趙德光小聲的在我耳邊說：「陳小南，王英要不要跟媽媽一道出去賣豆腐呀？」我說不知道，他便扮了個鬼臉。周老師又說我們都是很幸運的兒童，爸爸媽媽辛辛苦苦掙錢給我們唸書，如果我們不努力，就對不起爸爸媽媽了。

晚上，姑媽來我們家玩。她一看到我，便想起甚麼似的對媽說：「對啦，小南這孩子！昨天我上街買東西，看見他跟著窮人的送葬隊伍走，真要命。」

「真的，小南？」媽板起臉問我。

「那是王英的爸爸，」我說。

「哪，就是那個報上登的酒鬼，」媽對姑媽說：「喝醉酒被汽車壓死的。」

「哦，他！我知道！」姑媽說：「他太太不就是那挑擔子賣豆腐的？」

「可不是，」媽回答。

「哼！那個女人！」姑媽說：「我頂瞧不起她了。有一次我買她的豆腐，給她十塊錢，她沒零錢找我，就說第二天拿來還我。哪裏知道第二天她就不肯認賬了。我從來沒碰過這樣卑鄙的女人，以後我再也沒跟她買過豆腐。」

姑媽走後，我挨媽一頓罵。媽說我丟她的臉，傻裏傻氣排在下等人的送葬隊伍裏，讓姑媽笑話。媽說如果我那麼關心王英她們，爲甚麼不乾脆搬進她們家，去做賣豆腐女人的兒子。媽又說，爲甚麼我不學學小娟，跟良家子弟做朋友。小娟朋友的父親，要不是董事長，便是部長、廳長，再不然就是大學教授。他們都是上等人，不是酗酒的泥水匠。最後媽要我以後絕不去王英家，也不准跟王英講一句話。

張志傑的爸爸是銀行經理，長得好胖，肚子大得嚇人。他一定就是媽說的上等人，可是我討厭張志傑。我死也不跟他做朋友。

## 五月十一日　天氣晴

後天是媽的生日。這幾天我一直計劃著該送媽甚麼禮物。想來想去，最後決定後天一早趁媽還沒起床的時候，把一束鮮花插在她房間的那個花瓶裏。這樣，等媽一起床，就可看到枱子上漂亮的花，媽不知會多麼高興呢！

我知道媽喜歡我不如小娟,但誰叫我自己不爭氣呢!我太笨了,每次都考二十幾名,我太瘦太矮,不像六年級的學生。可是我不能叫媽一輩子不喜歡我。從後天起,我一定要重新來起。一大早,我要在媽的花瓶裏插上鮮花,媽一起床,我就跟她說生日快樂!媽一定會高興得要命。我以後眞的要拚命用功,考個三名以內,每天早起做體操,使身體強壯起來。

小娟悄悄問我:記不記得後天是媽的生日,我說記得,她說她想送媽一條手帕,問我要送甚麼。我不肯講,她就生氣了。「不講拉倒,誰希奇。」小娟說,便呶著嘴走開。

## 五月十三日　天氣晴

天還沒亮我就醒了。睜著眼睛躺在床上,等了好久,窗外才現出一抹白光。時鐘敲了五下。我爬下床,換了衣服,打開抽屜。我拿出小鐵罐子,往床上一倒,一堆銅板嘩啦一聲統統滾了出來。我仔仔細細再算一遍。九塊六毛,不多也不少。天亮了,公鷄叫個不停,我把銅板統統塞進褲袋裏,褲子一下子變得好重好重。我輕輕走出去,大家都還在睡。我走出院子,推開後門,向市場跑去。

這麼大清早,市場上可已有不少人。我走過幾個賣花攤,可是他們都沒有玫瑰花。我要的就是玫瑰,媽頂喜歡這種花。我又跑了一大程路,終於找到一家大花店,老闆娘說一朵玫瑰一塊錢，我說十朵九塊六毛行不行，老闆娘說可以。從褲袋裏，我把大把銅板掏出來算給她看，她看得直發笑。她問我買花做甚麼用，我說送給媽過生日，老闆娘就說我是好孩子，只要了我八塊錢，把剩下的一塊六毛塞回我的口袋。

回到家裏，我高興得心都要跳出來了。我偷偷摸摸把花藏在洗澡間，然後走向媽的房間。走廊上碰到小娟，她剛起來，她問我這麼一大早到哪裏去了，我騙她說我去小便。

我輕輕打開爸媽的房門，臉燒得好熱好熱。今天是禮拜天，爸媽都還沒起床，每個禮拜天他們總要睡到八、九點的。我脫掉拖鞋，不聲不響走進去，興奮得膝蓋直打哆嗦。花瓶就擱在枱子上，瓶裏五、六朵半枯的康乃馨把頭垂得低低的。

我走過去，伸手取花瓶。好涼。手一抖，瓶子一溜滑走，掉了下去，鏘！——碎掉了。

碎掉了。媽大叫一聲，忽地爬起來，一眼看到地上的碎片，便朝我身上亂打。媽擰我脖子、摑我耳光，嘴裏罵著：「還嫌做得不夠！……一大早就鬼鬼祟祟的，跑來幹嘛？打破祖父留下的古董，看你爸爸怎麼說！」這時爸爸揉揉眼睛坐起來，問媽大嚷的幹甚麼。媽還沒來得及回答，爸爸就看到地上的碎花瓶。爸爸的臉青了。他一跳跳到我眼前，緊緊捏著我肩膀，死命撓來撓去。「人家五千塊要買這花瓶，我不肯，你知道不？」我抬頭望望媽媽，又望望爸，突然忘記我為甚麼到這房間裏來，又為甚麼要拿這個花瓶。甚麼事都想不起來，甚麼話都說不出來，頭昏昏的，只知道媽臉上有兩個大銅板，骨碌骨碌地轉；而爸爸的臉氣得鐵青。

「滾！出去！」爸爸叫道。

我走開了，腦子空空的。到了走廊口，我又碰到小娟，這回她手裏拿著一個小小的四方形紙包。

「剛剛吵吵鬧鬧的，是不是你挨罵呀？」她問。我沒有理她。「我拿禮物去給媽。」她說著跳跳蹦蹦地走了。

我這才想起今天是媽的生日，我拿花瓶是爲了插玫瑰花好讓媽驚喜一番的。突然我哭起來了。剛才挨打的時候我一點都沒想到要哭，現在不知怎麼搞的眼淚拚命流出來。我跑進洗澡間，用腳把玫瑰踩爛，丟到馬桶裏去。我穿過院子，打開大門，跑出巷口。我不知道自己往哪裏去，汗流下來，跟眼淚混在一起。我一直用手揉眼睛。跑了一陣子，我歇下來喘氣，就在這個時候，我忽的看到王英蹲在不遠的垃圾箱旁邊撿字紙。

我跑過去，她抬頭起來。她呆呆的看我。我蹲下去，幫她一同撿起紙屑，扔進手推車裏。她一動不動的在發傻。王英穿的還是學校裏的童軍服，可是髒希希的，鈕扣掉了好幾顆。她的頭髮眞亂，跟灰塵凝在一起，一點光亮都沒有了。臉大概沒洗過，腳板子是光著的。我伸手到褲袋裏，掏出老闆娘還我的一塊六毛塞進王英手裏。王英還在發傻，不說一句話。我站起來，一口氣跑回家去了。我坐在屋簷底下喘氣。眼淚已經乾了。我想著王英。我想起那天下過雨，她蹲在防空洞後面偷偷的哭。雨滴從樹上掉下來，在她衣服上化開了。我又想起媽，想起我小時候有一次媽把我抱在懷裏數天上的星星。那時候小娟還很小很小，像一個洋娃娃。

貓咪懶洋洋的走過來，在我脚邊躺下。我摸摸牠，牠的身子好暖和。上星期牠生了兩隻小貓，牠走到哪裏，小貓就跟到哪裏。太陽已經爬得好高好高，照在貓咪身上眞好看。

——原載一九六二年二月十四、十五日《聯合報》

# 浪子

「你眞的決定了今晚就告訴你媽？」宏明問，一邊把煙灰彈進煙灰缸裏。他大約四十出頭，面部癯瘦，眼睛內陷，額邊已有了些許白髮。

「眞決定了，」梧申肯定地回答他父親。

他們坐在客廳裏。梧申坐他父親對面椅子上，兩腿瀟灑撐開，脚板子平穩地踩在地板上。他看來約莫二十歲，頭髮理得整整齊齊，皮膚曬得黑紅發亮，顯得非常健康，充滿朝氣。他鼻子甚高，鼻樑挺直，嘴部相當秀氣，唇角微微上挑。

好一會，宏明保持沉默，眼睛望著窗外夕陽下亭立的椰樹。不久，他收回視線，正眼看他兒子。

「這件事，是有點不好辦，」宏明說道。「你必得採用一些心理戰略。」他深抽一口煙，然後一圈一圈，慢慢吐出。「至於我的態度，你總該明白的吧？」

梧申連忙點點頭。

「你可以信賴我，」宏明說，「我是完全站在你這邊的。」

梧申微露一笑，表示感激。他很想說些什麼，讓父親知道一下自己的心意，可是他卻不知該如何啓口。神經質地，他開始撥弄自己手指頭。

他從未和父親這樣接近過。事實上，直到數週前，他一直喜愛母親，遠勝父親。倒不是他和父親有什麼過不去的地方，只是他一向對父親不大在乎，沒什麼深厚的感情。他原以為父親對他亦同樣，漠不關心，所以當他最近發覺了父親對他之關切，他難免有點兒吃驚。

在過去數週之內，事情變化很多。梧申從出生以來第一次，覺悟到他有一個心懷寬大、善解人意的好父親。他後悔沒早點發現。雖然如此，由於多年來父子之間慣有的距離，梧申和父親在一起時，仍免不了有些害臊、不自在。因此，儘管心中感激，每當父親談起莉莉，他總還感到有點兒彆扭。

「別人的謠傳並不見得完全可信，」宏明說，又望向窗外。「就算這全是眞的，就算莉莉眞的同人私奔過，我們卻得考慮一下她的年紀。她今年十九，所以假如像他們說的，事情發生在三年前，她當時不過十六歲而已。也就是說，當時她還未成年，法律上不必對自己負責。」

梧申點頭同意，繼續扭弄手指頭。

「人是脆弱的，這點我們必須承認，」宏明說，低低地，像在自語。他沈默片刻，猛吸一口煙。「我們都很軟弱，都會犯各種錯誤。不錯——就算她眞走錯過一步，又怎樣？誰能十全十美，永遠沒錯？誰有資格審判別人？而且，最重要的，是你們兩人之間的愛情。」

他暫停，深深望進梧申眼裏。

「記住，」他說。「世界上沒有任何東西能和愛情相比。除去愛情，生命是一片空白——一片空白。」

梧申深受感動，眼睛溼潤了起來。

「爸爸，您眞富同情心，」他靦覥地說。「您眞能體諒別人。」

宏明低頭彈去煙灰。

「您不像別人那樣，」梧申繼續說，「您比別人心胸寬大。」

「夠了，夠了，」宏明眉頭一皺，手一揚，阻止梧申說下去。事實上，他和梧申一樣覺得彆扭、不自在。只是多年來不愉快的婚姻生活，已把他鍛鍊成一個很好的「演員」。他能把自己的心情隱隱包藏起來，不讓別人看穿。

「無論如何，」梧申說，「我永遠感激您的支持。」

自嘲似地，宏明短笑一聲。他聳聳肩膀，把香煙在煙灰缸裏塗滅。

梧申站起，準備離去。

「等一下，」宏明說。

梧申順服地又坐下。

「我剛說過，這件事並不好辦。你處理此事，必須恰到好處，才有成功的希望，」宏明解說道。「你非特別小心不可。你知道你媽對莉莉的印象多壞。最要緊的一點，便是不要讓她曉得我贊同此事。你媽是個固執的女人，萬一她得知我和你站同一陣線，你不如趁早放棄這整個計劃。我敢擔保她會使出硬脾氣，非把你和莉莉拆散不肯罷休。」

宏明停止，點燃另一枝煙，沈默半晌。

「你懂了沒有？」他問。

梧申點頭，面露憂色。

「相反的，要是她不曉得我的態度，一切就好辦多了，」宏明平緩說道。「當然，她不會一下子就贊同你們結婚。但你耐心些，給她一點時間。並讓她看看你的意志、你的決心。在我這方面，我自有辦法暗中影響她。我保證她終於會心軟下來。」

梧申的臉綻開微笑。他突然顯得充滿信心。

「我完全了解，」他答道。

「好了，你去吧，」宏明說，把手一揮。「莉莉等著呢。」

梧申走後，宏明起身，在房內來回踱了幾次，便走到窗口。他見梧申過街，踏著輕快的步子向林家走去。夕陽射入宏明眼裏，他感到難受，便躲開陽光，向街道另一面張望。現在已近五點半，蘭芳該已下班，隨時可能到家。

他守候在窗邊，直到他太太的身影在街角人行道上出現。於是他連忙放下窗簾，點亮電燈，坐下，翻開晚報。

宏明說不出到底從什麼時候起，蘭芳開始以她那高人一等似的態度對待他。這眞使他懊惱萬分。這種情況已維持得太久，使他幾乎忘記曾有一度，在許久之前，他們甜蜜相愛過。蘭芳的一舉一動，都像故意在提醒他，他們兩人立足點不同。宏明有時眞不了解蘭芳當初爲何要嫁給他。

她出身上流社會有錢人家，而宏明的父親只是個小木匠。他們中學時相識，畢業後開始戀愛。不必說，蘭芳父母堅決反對他們結婚。宏明自己當初也沒敢相信她眞會嫁他。但蘭芳堅持到底——她可絕不是個容易屈服的女人。她的意志眞正強得驚人。父母愈想阻撓她，她就愈是堅決要嫁給自己選擇的男人。就這樣，他們終於成爲夫婦。宏明是個中學教員，收入微薄，婚後生活異常辛苦。起先，蘭芳父母幾次寄錢來，想幫助他們，卻都被蘭芳退了回去，後來她父母也就放棄，不再寄錢來了。然而愛情這東西，與物質貧乏相抵觸時，卻是出奇地脆弱。不知不覺中，蘭芳對他的愛情削減消蝕，而她開始露出怨懟之色，好像他做了什麼對不起她的事。接著梧申就誕生了。多出一口，他們生活更是拮据，於是她對他所留下的最後一點愛情，亦消逝得無影無踪。

但，她若不算是個理想的妻子，她卻是個非常難得的好母親。這麼多年來，她一直體貼入微地照顧梧申，並一心一意地以強烈的熱情關愛著她這唯一的孩子。宏明卻有種感覺，好像她是有點在利用梧申，來向他報復似的。他恨她那種故意在他面前炫耀愛兒子的態度。

是的，他心裏十分明白她蔑視他。她看不起他，因爲她認爲他不夠男子氣，沒能保護她，沒能使她免受貧窮的痛苦。她看不起他，也因爲她後悔嫁給他，卻又礙於自尊心，不肯對自己如此承認。宏明對於她之從不考慮他的自尊、他的立場，而憤慨氣惱。她那種高高在上的神氣，深深戳傷他，使他覺得破碎、殘廢。爲了掩飾羞恥的感覺，宏明學會了僞裝。多年來，他將自己隱藏在一副冷漠的面具後面，裝做對一切都不在乎。這副面具是唯一使他免受屈辱的武器。

梧申入學後，蘭芳開始在一家銀行做事，貼補家用。如此十五年過去，她卻對銀行裏這份工作毫不厭倦。每天下午一時，她穿戴齊整出門，下午五點半回家，輕輕鬆鬆，毫無倦容。宏明通常三點半就回到家，一到家總是累得要命。他常奇怪爲什麼他太太年紀和他相同，卻還這樣充滿朝氣。他有種感覺，好像她是在使用意志力，拒絕衰老下去，以便向他炫示她的青春活力。

的確，她的存在對他是種威脅、是種壓迫。而且，他另有種感覺，好像她很樂於看到他挫敗、墮落。譬如幾年前，他曾一度酗酒得很厲害。好幾次他見她聳肩，露出不屑的樣子，但她從不阻止他買酒，也不說一句勸他戒酒的話。於是，有一天，宏明突然領悟她可能根本不要他戒酒。她可能暗地裏希望他變成一個沒用的醉漢，那她就可以正大光明地鄙視他。從那天起，宏明沒再喝過一滴酒。

蘭芳把梧申據爲己有，好像梧申是她一個人的兒子，不是他的兒子。宏明覺得爲此與她爭執，未免太丟臉，於是他退讓出來，讓母子二人時刻相守在一起。梧申五歲時，有一次，宏明偷聽到蘭芳問他比較愛媽媽還是爸爸？當她聽到意料中的回答，蘭芳樂得咧嘴笑，並在梧申頰上重重地親了一下。「好孩子！」她說，便賞給了他一塊餅乾。

大門咔的一聲被打開，接著響起高跟鞋的聲音。宏明將臉埋進晚報裏。

「回來了。」是清脆的女聲。

宏明舉頭。蘭芳站在客廳門邊。

她是個嬌小纖細的女人。雖已年上四十，看來不過三十出頭，而且看起來比宏明至少年輕十五歲。她皮膚白皙，鵝蛋臉，雖然算不上個大美人，五官卻清秀異常，一臉靈氣。她的頭髮整整齊齊，向後梳成一髻；身穿一套深藍色衣裙，高領，長袖，看來相當保守。和梧申一樣，她有挺直的鼻子和上挑的唇角；但她臉上最吸引人的，卻是那雙烏亮而富表情的眼睛。這一對眼睛充滿著活力，煥發出強烈的生命之光，彷彿這一細小女人的生機，完全集中在這兩個黑得發亮的眸子裏。

「嗯。」宏明向她點一下頭，便又低頭，假裝讀報。

他聽著高跟鞋的聲音移向廚房，正覺得內心的壓迫減退，又聽到鞋音回向客廳。

「梧申呢？」蘭芳問。

宏明頭也不抬。

「不知道，」他冷淡回答。

「不是早該回來了嗎？」蘭芳說，聲音不悅。

宏明沒有把這句話當做一個問話，所以他覺得沒有回應的必要。她的語氣使他很不舒服，好像她在暗示梧申不在家，是他的罪過。然而他裝做無所謂，繼續看報。並爲了表示他根本沒把她的話放在心上，他對著報上一幅卡通畫，噗嗤地笑出一聲。

他再度聽見高跟鞋聲音離去。

宏明知道蘭芳在廚房忙著準備晚飯，於是他放下報紙，把自己深深埋進沙發裏，舒舒服服地伸了伸手腿。他開始想像今夜之內，他和蘭芳之間關係可能發生的改變，於是心裏泛起一股奇異的快感。他已有好幾個月沒接觸她身體。他不能忍受他要接觸她時，她臉上那種施恩的表情。

然而他是多麼愛她，多麼渴慾她！多少次，他想撕裂面具，向她狂喊：「我愛妳！我愛妳！」但他沒這麼做。她的優越態度，以及她那獨立與自滿，阻礙著他，使他沒這麼做。

於是宏明自尋安慰：他認爲，既然蘭芳不知道他爲她而受苦，她便無從得知他視自己爲一失敗者，如此，他至少保全了面子。事實上，他對蘭芳與梧申之間的親密關係，非常感到妬忌。他多想加入他們，與他們一同歡笑！然而他總離得遠遠的，唯恐他們認爲他少不了他們。他依賴著那副遮羞的假面具，掩蓋他赤裸裸的恥辱。

兩個月前，當母子二人開始爲莉莉而意見不合，宏明知道他的機會來了。他提醒自己，假若他不趕緊抓住這天大良機，他是永遠別想抬頭的了。蘭芳對梧申有很大影響力，宏明知道除非他以父親的身分，時時鼓勵梧申，梧申終會失去勇氣，而降服於蘭芳。父子二人一向相當疏遠，梧申起先當然沒想到向父親訴苦，或問他意見。宏明不得不採取主動。

就這樣，有一天，蘭芳不在家的時候，他指向窗外，僞裝不知，問梧申道：「咦，那女孩是誰?那在草地上逗狗玩的女孩，我以前從沒見過。」

梧申滿面綻開微笑。

「哦，那就是莉莉，對面林先生的女兒。他們搬來才幾個月。」

「眞的?」宏明假裝吃驚。「我倒和林先生打過幾次招呼。卻不知道他有個女兒，長得這樣漂亮!」

他假裝沒看到梧申臉上迷戀陶醉的表情。

又一次，他以隨便的口氣，對梧申說:「那林家的女孩——你認不認得她?她有沒有男朋友?不知哪個幸運的小伙子——」

「爸爸!」梧申突然揷口，滿臉得意之色。「告訴您一個秘密，她是我女朋友!」

「眞的?」宏明睜大眼睛。「這可是眞話?」

「千眞萬確，」梧申驕傲地回答。

「恭喜，恭喜!」宏明親熱地猛拍一下他兒子的肩膀。

從此以後，父子之間建立起一種從未有過的聯繫。雖然他們沒能完全克服彼此之間慣有的尷尬，梧申卻向父親傾訴了一切——他和莉莉的戀愛，媽媽對莉莉的偏見，他的爲難，媽媽的固執等等。宏明總是耐心細聽，表示同情。但他警告梧申，千萬不要讓蘭芳得知他們父子之間新建的聯繫。他說，若想糾正蘭芳的偏見，就必須採用一些「技巧」。

此外，他總留心著，不說太多話，以免顯得過分熱心。只在需要的時候，說那麼一句兩句鼓勵的話，給梧申足夠力量邁前，免得他半途而廢。

梧申對於那椿有關莉莉的謠傳，非常敏感。

「我本來想直問她的，」他對宏明說。「我的意思是，想問她關於那個男佣人的事。可是後來我改變了主意。我想讓她以後自動告訴我，比較好些。」

「想得不錯，」宏明道。

「爸爸，」梧申遲疑地說，「依您看，莉莉是不是——壞女孩？」

「當然不是，」宏明回答。「怎麼可能？」

爲了保證成功，宏明利用能助長梧申和莉莉感情的任何機會。他准許梧申每天下午，趁蘭芳不在，把莉莉帶到家裏來。而當她來的時候，他總隱退到自己房內，或出外散步，讓年輕的一對得以自由自在，爲所欲爲。

如今，事情終於進展得一如宏明所料，梧申已決定和莉莉結婚。埋在沙發裏，他再度伸了伸手腿。他設想蘭芳對這項意外的新聞，將起何種反應。現在，他相信梧申已有足夠的力量，堅持到底。蘭芳該已無法逃避這一慘痛的挫敗。

不錯，這對她確將是個慘痛的挫敗。但就他們夫婦生活而言，這卻應該是一個有利的轉捩點。總算起來，利多於弊；而且，誰知道？將來回想起來，這還很可能是他們婚姻史上，最有意義的一件事……。

宏明腦中不存一絲疑慮，他眞的相信，對於蘭芳的這一打擊，終將發生良好結果。蘭芳會因此覺悟自己也有失敗的一天：無論她有多強，她不能完全獨立。和別的女人一樣，她也少不了一個男人的安慰與扶持。於是她會領悟自己對丈夫太不公平，後悔沒把他看在眼裏。等蘭芳如此覺醒，夫妻兩人的立足點就無形中拉平。從此他們可以平等相待，相慰，彼此依賴，丟棄一切假面具，過幸福理想的婚姻生活。

如此描繪著綺麗的未來，宏明再度體略到一股強烈的快感。血液在他體內燃燒了起來。

吃晚飯的時候，宏明感覺非常坐立不安。他照常佔據餐桌一邊，蘭芳和梧申並肩坐他對面。他注意到蘭芳揀出盤中最好的一份菜肉，夾給梧申，但他不再感到絲毫妬意。

「梧申，」蘭芳溫和地說，「你應該多多在家呆著，別一放學就到外面瞎跑。整天泡在外頭，對你沒好處。」

梧申沒即刻回答。宏明屏氣凝神，以爲梧申會就此宣佈消息。但梧申終於只溫順地說聲：「好的，媽。」

他們繼續吃飯，好幾分鐘沒人說一句話。宏明開始憂慮，疑心梧申是否終究失去了勇氣。梧申一直垂著頭，滿臉嚴肅沉著。直到飯畢吃水果的時候，他才抬起頭來。他以充滿含義的眼色，望了宏明一眼。宏明向他點一下頭。

「媽，」梧申說道，「我有件事想告訴妳。」

可能由於他的口氣有點異於尋常，蘭芳微微吃驚地抬起頭。

「什麼事？」她問。

「是關於我和莉莉的事。」

蘭芳全身一震。

「你和莉莉什麼事？」她問，一臉警覺，盯視梧申。

「我們打算不久就結婚。」

「什麼！」她大叫，一躍跳起。「別開玩笑！」

「我不是開玩笑，」梧申道，避免看她。「我和莉莉不久要結婚。」

有半分鐘光景，她悶聲不響，臉緊繃，面色蒼白。

「你——你怎麼敢！」她咬牙切齒，狠狠說道。

梧申依舊不正眼看她。

「我向她求了婚，」他說，聲音微顫。「她答應嫁給我。」

「你——怎麼敢！」她重覆一遍。

梧申不理會她，開始剝一個橘子。雖然他的手指跳顫不止，他卻做出不在乎的模樣，一瓣一瓣將橘子送進嘴裏。宏明望在眼裏，對梧申的表現，感覺相當滿意。他很高興發現梧申到底遺傳得到了幾分自己的冷靜。

蘭芳開始收拾飯桌，眼睛卻盯牢梧申不放。梧申吃完橘子，拿出手帕抹了抹嘴，便站立起來。

「別走！」蘭芳厲聲叱道。

梧申聳聳肩，坐回椅上。

蘭芳睨視他。「你且說給我聽，」她諷刺道，「莉莉怎樣向你圓說她那樁醜事？」

梧申立即採取守衛攻勢。

「她不須向我解釋什麼。她不須向任何人解說什麼，」他以受傷的語氣回答。

「你倒大方，就這樣寬恕她的過去？」

梧申沉默片刻，於是引用他父親的話，說道：「別人的謠傳並不見得完全可信。」

「哦，梧申！你眞笑死人！」蘭芳說，聲音尖辣。「難道你還需要什麼證據！好，我可以替你找出證據來。下次我見到莉莉，親自問她看看。」

梧申一臉焦急、憤怒。

「妳別干擾她！」他喊道。

「你且說來聽聽，」蘭芳說：「假如我找出證據，證明一切全是事實，那你怎樣？」

梧申毫不畏懼地回望她。

「假如一切全是事實，我還是要同她結婚，」他堅決地說。「我不在乎那謠傳是眞是假。」

蘭芳愣了一下，接著臉上露出極端痛苦。突然她大發脾氣起來。

「你不在乎！敢說你不在乎！」她咬牙切齒，兩頰抽搐。「好一個賤女孩！連一個處女都不是！居然和男佣人私奔，懷了孕，害得她可憐的爸爸，在城裏東奔西走，找密醫墮胎！賤得連個佣人都甩了她！好個不要臉的——」

「夠了！夠了！」梧申大吼，全身顫抖，雙拳緊握。「她年幼無知！那不是她的錯！」

「什麼？不是她的錯！」蘭芳不信地叫道。接著，她自語般說：「好大的膽子！居然敢說不是她的錯，而是我的錯！」

突然，她移轉身，面對宏明。她靜立片刻，嘴角扭動，像要說什麼。可是忽然她像是改變了主意，緊閉起雙唇，投給他銳利的一瞥。

她轉開，再也沒看她丈夫一眼。她把碗碟移到水糟裏，扭開水龍頭，開始洗碗。

宏明靜坐椅上，覺得一股寒意侵入他體內。他腦中突然浮起一陣疑慮：我是否做得太過分？然而這是個危險的念頭，而且現在也不是思考分析的時機，於是，小心翼翼地，他將這份疑慮推到腦後，收藏了起來。

梧申站起，離開飯桌，向後門走去。

蘭芳霍地轉身向他。

「你去哪裏？」她問，臉上閃現恐慌。

「去找她，」梧申回答，打開門。「我們約好了的。」

「不准去，」蘭芳威脅道。

「我要去，」他堅決地說，跨前一步。「回頭見。」

「別去，梧申，別去！」蘭芳的聲音突然變成了哀求。「別去，梧申，不要離開我！」

她向門邁了幾步，雙手伸向她兒子。但忽然她止步，放下手，垂下頭。一手按住前額，她開始無聲地哭泣起來。

梧申沒有移動。好一片刻，他站在門邊，一手抓著門鈕，回頭注視孤立房中咽泣的女人。於是他掉頭，走出門檻，把門關上。

蘭芳繼續無聲地哭泣。宏明沒去干擾她。幾分鐘後，她蹣跚走回自己臥房，一手仍舊掩蓋著她的臉。

半小時後，宏明輕輕打開門，走入蘭芳臥房。蘭芳俯臥在床上，面孔深深埋在枕頭裏。她靜止不動，顯然已停止哭泣。

他已經好幾個星期沒踏進她房門一步。現在，他站她床邊，俯視她那苗條細小的身體，他心裏突然湧起一股似曾認識，但已長久忘懷了的甜蜜之感。於是他憶起，在他們新婚之夜，他也有過這同樣的感覺。

蘭芳把臉埋在枕中，對他確是一種協助。每當他不需面對她那眩人的、充滿生命的眼睛，他總覺自在得多。他在床沿坐下，很溫柔地拿起她一隻手。

她沒有反應。宏明正以爲她已入睡，卻發覺她肩膀開始聳動。她又在暗自飲泣。

輕輕地，宏明開始來回撫摸她的手背。

凝望著她嬌小顫動的肩膀，他心裏滿溢出無限的愛憐。她是個如此纖細的女人，和二十年前一樣纖細。而且她看來沒老多少。她是屬於那種永不見老的女人。現在，她的髮髻鬆鬆偏在一旁，卻加倍顯出一份不整齊的美。忽然，宏明的眼睛落在她髮髻裏的一小綹白髮上。他從不知她也已經有了白髮。他暗自驚歎了一會，眼裏湧起感激之淚。在此一片刻，宏明感覺他們兩人之間的距離，突然縮短，終於完全消失。

「蘭芳，」他動情地低喚一聲，抓住她的手，俯首吻她頭髮。

蘭芳沒有動彈。過了一會，她把手從他掌中抽出。

「蘭芳，」他說，「我愛妳。」

她依舊不動。

「事情是這樣的，」他開始，聲音平靜，遙遠，像在夢中說話。「在不知不覺之中，時間一年又一年過去。有一天，我們醒來，突然發現頭上已長出白髮，這才悟到我們已不再年輕。」

他停頓一下，開始愛撫她的肩、她的背。

「於是我們感到一陣寂寞，一陣緊迫得令人無法獨自承擔的寂寞。我們渴盼依靠，渴盼慰藉，渴望一個了解我們的同伴，一同分擔歲月無情的壓迫——」

蘭芳的身體又聳動一次，復歸靜止。

「你叫人失望透頂。」聲音發自枕頭裏面，倦怠，含糊，像來自另一世界。「你叫我失望，眞叫我失望。」

宏明的手凍結在她背脊上。一股冷氣刺入他心窩，像一把利刀。

「這些天來，我還一直存著希望，我對你還抱著這最後一個希望，」蘭芳繼續，音調空遠。「我盼望著你能幫助我、支持我，想出隨便什麼法子，阻止你自己的兒子和那墮落的女孩來往。」

宏明的手指開始劇烈顫抖。他把手從她身上收回。

「可是你沒有，你什麼都不管，」她說。「你那樣冷漠，一點都不關心。」

她停止說話，呼吸沉重，好像說這麼幾句話，就使她精疲力竭了似的。

宏明坐著，全身冷顫，茫然凝視俯臥在床上，將臉掩藏在枕中的女人。

「你走吧，」她說，聲音低微，幾乎聽不見。

「蘭芳——」他求道。

於是，床上的女人撐起身子，慢慢把頭轉向他。宏明一愣，驚於她面部的改變。那強旺的生命活力已消逝無跡，她臉上毫無表情，甚至連輕蔑的神色也沒有了。兩隻眼睛乾乾地望著他：空茫、無澤。亮光已經熄滅。

「走吧，」她軟弱懇求。「請你走開吧。」

——原載一九六四年三月《現代文學》第廿期，一九七〇年全部改寫，一九八〇年局部改寫

# 美　蓉

人人都知美蓉是個十全十美的女孩子。人人都說，她自然，她大方，她眞誠，她乾淨俐落。以前有過幾個人，不大同意大家的看法，說她自然得過分，流於虛假，大方得勉強，有點做作。可是這種矛盾的論調，經不起時間考驗，大家一聽，總一致搖頭，說道，像美蓉這樣一個完美的女孩，難免要遭人嫉妬；可是傷害她這般良善的心，豈不是太殘忍。結果是，這幾個冒失的人，不知到底因爲對自己的動機感覺慚愧，還是覺悟自己判斷錯誤，以後不但不再批評美蓉，反而變得對美蓉特別友善，就好像決心要贖罪那樣。

至於美蓉自己，當然她知道人家對她的好評，心裏很高興，但她覺得自己値得這一切讚譽。她自視很高，對自己每一個優點，知道得淸淸楚楚。她的文雅，她的整潔，不但在她的衣著、打扮和用具上，表現無遺，而且在她的言語、動作和行爲上，充分顯露出來。如果說她心中有所忌恨，她恨的是一切她認為俗氣的事；人們對她的佳評中，最使她歡悅的，莫過於說她「超俗」、「與衆不同」。而她確是超俗，確是與衆不同，因為她的所做所為，都是那麼一致地雅緻不凡。正如人人所說，美蓉就像淨化劑，就像美化劑，萬事萬物只要經過她摸觸，都變得乾淨俐落，都變得漂漂亮亮。

就譬如她和雷平的事吧。美蓉倒眞是下了一番苦心的。她今年台大四年級，轉眼間就是外文系畢業生，當然不得不對前途有個打算。想來想去，美蓉覺得還是出國這條路最好，去到美國，一定樣樣都好，樣樣都新鮮。問題是雷平。要怎樣處置他呢？美蓉知道雷平不出國，一來因為他家裏沒錢，供不起他留學，二來他竟志在建設台灣文化，從來沒有過留美的念頭。雷平在班上，一向成績第一，畢業後總該不難找到如意的職業，可是想來想去，美蓉覺得在台灣有好職業，比起留學美國，卻是差了一大截呢。在這四年間，美蓉和第一名的雷平親密交往，臉上已貼夠光彩；在衆人眼裏，她的身價已經高高提起，這收穫已經夠了。如今畢業在即，和雷平的關係如果再維持下去，不但再沒有什麼可得，恐怕還要有些麻煩呢。

況且張乃廷的事，也不能儘擱在那裏，不明不白。張乃廷是唸工的，和美蓉住同一條街。美蓉早就知道他對她有意，但她一直佯裝不知，因為她嫌他稍矮，長得不如雷平體面，而且據工學院的人說，他的功課平平而已，沒什麼超人之處。可是最近幾個禮拜，美蓉左思右想，覺得張乃廷其實不錯。她聽說他已申請得到美國M·I·T大學奬學金，秋天就要出國留學；她也知道他父親是××公司董事長，財望都很高。美蓉自從下此結論，說張乃廷不錯，她便開始給他一點好顏色，上學下學在公共汽車上碰面，她總抛給他一個特殊的微笑，下車以後故意慢慢走，等候他迎趕上來和她同行。她和他說話，聲音放得特別柔和，談話間，她又不時問他幾句關於他的學業、興趣等等，表示她對他並非漠不關心。每當美蓉不由自主拿他和雷平比較，她總這樣責備自己：「我怎能這樣重虛榮呢？矮一點有什麼關係，人家可得了奬學金呢。」

張乃廷雖然矮了點，眼睛可不瞎。他見美蓉給他好臉色，心裏高興萬分，左思右想，猜不出爲什麼美蓉這樣一個人人稱譽的女孩，會突然對自己好感起來。他簡直不敢相信這是眞的，何況他早聽說她和同班的雷平要好。可是這疑雲不久就消散了。美蓉有一次，嘆著氣對他說：「唉，張乃廷，你不知道，雖然人人都對我友善，我其實連一個眞正朋友都沒有。有個叫雷平的，人人都說我和他要好，其實，就是和他之間，我也能感覺到一大段距離……。」

美蓉覺得，在張乃廷這方面，一切都不需愁，可是在雷平這方面，就不得不動點腦筋了。問題不在於把雷平脫出手，問題在於要怎樣乾乾淨淨、漂漂亮亮地脫手。美蓉知道，如果她做得不夠漂亮，她的美名就會遭受影響，這使她不得不特別留意。「想想看！」

她提醒自己，「如果被人說閒話，多麼俗氣！」

細細思考觀察了一番，美蓉終於選定了汪麗。汪麗是較常和美蓉來往的女同學之一，老實，怕羞，不很聰明，和藹可親。大概因爲她長得不太漂亮，而且個性內向，她一直沒交過男朋友。美蓉看準她這一點，又猜測她可能因此有點自卑，便認定汪麗是最適當的人選。美蓉開始和汪麗親密交往。沒多久工夫，不僅汪麗本人認美蓉爲知友，大家都公然認定她倆是最要好的朋友。在雷平面前，美蓉尤其利用各種機會，炫示她和汪麗的友誼。好幾次雷平和她約會，她硬把汪麗也拖了一道去。

雷平在班上，既然成績居冠，加上他外貌瀟灑，同學們無不對他另眼看待。汪麗當然也不例外。美蓉和汪麗談天，不時稱讚雷平的爲人，使雷平在汪麗眼中，身價又提高三分。另一方面，美蓉有意無意說一些話，暗示她和雷平之間，只是「普通朋友」的關係，從來不曾對將來有過默契。接著，美蓉開始著手煽動汪麗的感情。

有一次，雷平約美蓉去傅園散步，美蓉把汪麗也帶了去，然後藉口說她忘了把筆記本交給教授，留他們兩人在傅園，老半天才回來。雷平一向彬彬有禮，當然沒露出掃興的臉色。事後美蓉對汪麗說：「妳注意到雷平的神色沒有？不知爲什麼，今天他和妳散步，顯得特別高興。我從來沒看過他這般高興。」汪麗說她並沒注意到，美蓉就說：「我和雷平一起慣了，他高興或不高興，我一眼就看得穿。」

又有一回，美蓉和汪麗閒聊，美蓉突然想起什麼似地，說道：「哦，對了，昨天雷平問起妳許多事。他問我妳有沒有要好的男朋友，我就說，還沒一個妳看得上眼的。他聽了微微一笑，好像很高興，不知他高興什麼。他又問我妳有幾個兄弟姐妹，我告訴他妳有個哥哥，卻說不出妳有幾個妹妹。妳看我糊塗不糊塗。妳到底三個妹妹，還是兩個？」美蓉說這些話，當然不是扯謊，她和雷平的確談到汪麗，談到她有無男友，有無兄妹。可是有個區別，如果值得一提：雷平並沒有問起這些，全是美蓉自動告訴他聽的。

就這樣地，美蓉每每以極其自然的口吻，隨隨便便的態度，和汪麗閒談，但句句話都敲動了汪麗的心弦。漸漸的，在美蓉的影響下，汪麗開始膽怯地期望著。她不敢相信雷平眞的對她好感，可是她開始注意打扮，等待著，幻想著。她變得有些憂鬱，每次看見雷平，就有點不自在。好幾次，朋友們發現她心不在焉，眼睛迷迷濛濛的，像在作夢一般。

美蓉知道時機已經成熟，有一天，趁下午沒課，她邀汪麗到她家玩。她把房門關起來，僅她和汪麗兩人在房，便於談心腹話。

她們先談了些無關緊要的話，突然美蓉沉默下來，若有所思。汪麗也沒開口。過了一會，美蓉溫和地說：

「汪麗，我有些話想問妳，又有點不敢開口，怕妳不高興。」

汪麗抬頭，迅速瞥美蓉一眼，臉色漸漸泛紅。她猜想到美蓉要問的是什麼，很慚愧一直沒把心裏這秘密告訴這樣一個關切的朋友。可是同時，她又有點不願把這秘密告訴人聽，一方面她害羞，但主要是因為她對自己的感情，還不能確定，還不大捉得住。而且美蓉和雷平那樣熟，說給她聽豈不彆扭。因此美蓉現在這話，使得她不知所措，無法作答。

「我知道妳近來有心事，」美蓉說，「我知道妳在戀愛。我看得出妳已經戀愛相當久了。」

汪麗自己一直無法肯定的感情，這下子被美蓉一言論斷為愛情，不但使汪麗相信她確在戀愛，並且使她相信她愛雷平許久許久了。她抬起眼睛，非常感激美蓉替她解決了心中的疑問。

「假如換上任何一個別人，」美蓉說，「我絕不會這樣問出口的。可是妳，汪麗，妳是不同的。妳是我最要好的朋友。妳一有心事，我馬上感覺出來，像心電感應那樣，於是我的心也變得沉甸甸的，怎樣也快活不起來。汪麗，真的，妳不妨告訴我一切。說出來妳會覺得爽快許多。如果妳有煩惱，縱使我沒法幫忙，在精神上，我要和妳分擔的。」她說這些話，聲音是低柔的，聲調充滿誠意。

汪麗抬頭，眼裏閃著淚光。她按了按美蓉的手，無限感動。

「告訴我，汪麗，」美蓉說，凝神注視汪麗的眼睛。「說給我聽，是誰呢？」

汪麗低下頭。「雷平，」她說。

「啊——雷平？雷平！」美蓉倒抽一口氣，失聲叫出。她退縮身子，拳頭抵住額頭，連聲道：「哦，老天，哦。」

「怎麼？怎麼回事？」汪麗急促道。

美蓉振作起來，甩了甩頭，露現一個勉強的笑容。然後，像是經過內心苦鬥似地，她用一種壓抑的聲調說：

「沒什麼，汪麗。眞的，沒有什麼。只是有點吃驚罷了。」

好久，兩人都沒有說話。汪麗臉上，疑惑的神情愈來愈重。終於她開口，遲疑地說：

「美蓉，我一直以爲妳和雷平只是普通朋友。我不知道妳和他——如果你們要好，如果妳喜歡他——」

美蓉抬頭，拍拍汪麗肩膀，臉上露出慷慨的決心。

「哦——這又是從何說起！」她慢慢搖了搖頭。「我和雷平，當然只能算是普通朋友。如果說喜歡他，當然我喜歡他，誰能不喜歡他呢？他那樣聰明，那樣溫存——」她的聲音緩下來，終於停止。

「美蓉，妳聽我說，」汪麗說，一臉認眞。「我覺得妳和他，實在比較相配。至於我，老實說，我還不大摸得準我是不是眞的在戀愛。」

「當然妳是在戀愛！」美蓉叫道。這話一出，她聽出自己口氣有點不耐煩，趕忙起身，走到汪麗的椅子背後，把手溫柔地放在汪麗雙肩上。

「妳不知道妳自己，」美蓉說。「戀愛中的人，都是這樣的。妳一定要相信我，我和雷平眞的只是普通朋友，不過來往得比較勤快罷了。妳千萬別以爲我是爲了妳，才這麼說的。」

汪麗聽了，安心許多。兩人又閒談了好一陣子，天快黑了，汪麗才告別回家。臨走時，她動情地拉住美蓉的手，說美蓉是她最知心的朋友。美蓉拍拍她肩膀，回答道：「妳不知道，汪麗，我眞願意爲妳做任何犧牲。」

在回家的路上，汪麗覺得心情異常輕鬆。一股說不出的喜悅，一陣陣從她心底湧上來。並不是爲了雷平。事實上，汪麗幾乎把雷平忘得乾乾淨淨。她到底還是不能肯定是否愛他。何況就算眞的愛他，她也未見得亦能被愛；而單方面的愛情，想想也沒什麼意思。現在使汪麗眞正喜悅的，是美蓉，是美蓉對她那深厚的友情。美蓉這種關懷，這種體貼，在她想來，眞是遠超過姐妹手足之情。一想到這裏，汪麗感覺全身溫暖，感動萬分。她回想美蓉剛才所說的每一句話，愈想愈相信美蓉和雷平，原不僅是普通朋友，美蓉爲了她，才犧牲自己，這麼說的。「多麼偉大的朋友！」汪麗想，於是她的眼睛開始模糊，淚水一滴又一滴地滾下她的面頰。

當天晚上，美蓉發出一封信，限時專送。

「雷平：

明天晚上八點鐘，在青龍音樂廳等我好嗎？有要緊話和你談。心煩意亂得很，現無法多談。明天見！

美蓉　四月一日」

美蓉原要雷平八點在青龍等她，但她終於決定早一點去，比雷平先到。七點四十分，她抵達青龍，較量了一番，找妥一個被芭蕉葉半遮的幽黯角落，於是她面對門，坐定下來。她要了一杯咖啡，從手提包裏取出手絹，然後把手提包端端正正放在身邊。她心想，這該一切都就緒了，但她念頭一轉，忙舉手把梳到耳朵後邊的頭髮弄亂一些。她垂下頭，任頭髮吊下來，半遮住她的兩頰。

手錶指著七點五十分，美蓉定睛注視廳門。她左肘按在桌上，拳頭抵住前額，右手裏的手絹捏成一團，抵在鼻子下。五十三分，雷平開門進來，向四周打量。美蓉連忙垂下頭。

「嗨，美蓉！」雷平喊，「妳怎麼早來了！」

美蓉沒抬頭。她感覺雷平走近。

「怎麼，妳哭？」雷平說，停步，驚訝，不安。

美蓉用手絹揑了揑鼻子，慢慢抬起頭，眼睛深邃而迷惘，凝視雷平。

「沒有，沒什麼，」美蓉說，聲音遙遠，無力。「我早來，我等不及看你，和你談。」

雷平面對美蓉坐下，滿臉迷惑的樣子。他收到美蓉的限時信，就已經很不安了，現在看到她這副落寞傷心模樣，突然感到一陣莫名的畏懼。於是他默坐著一言不發，兩眼關懷地注視美蓉，等著她開口。侍者走近，雷平也要了一杯咖啡。

「昨天一晚上，我簡直沒法子睡覺，」美蓉沉吟道。「我想來想去，不知道怎麼辦才好。」

「是什麼事？」雷平問。

美蓉微弱地吁一口氣。「我想我們是完了，」她說。

雷平楞住，不解地望美蓉。

「完了？」

「昨天晚上，我一直猶豫不決，可是今天，我下定了決心。」美蓉咬咬嘴唇，滿臉痛苦。「我狠狠下定了決心。」

「到底怎麼一回事？」雷平問。

「我狠狠下定決心，」美蓉重覆道。「我沒法子和你好下去，這是命定的。我沒有這份福──」

「美蓉，妳──」

「你別，你別打岔，讓我說完好嗎？」美蓉頓了一下。「這眞是命定的，不是你的錯，也不是我的錯。也許你可以說是我的錯，因爲這全是我的個性造成的。眞的，雷平，不知爲什麼，我生來就這樣重感情，重友誼，重道義。」

「美蓉，你瞧，」雷平說，「我完全不知道妳在說些什麼。」

「當然你不知道！」美蓉叫道，幾乎憤慨地。「你怎麼知道人家在爲你受苦！你沒看到汪麗，憔悴、絕望，向我傾訴她被愛情折磨。你沒看到她昨天，滿面淚痕，哭倒在我懷裏，跟我說，沒有你，她活不下去！」

「汪麗！汪麗？」雷平莫名其妙。「我完全不知道有這回事。」

兩人沉默了一會兒，雷平窘窘的，不自在。

「你不能想像我內心的矛盾和衝突，」美蓉緩緩地、淒楚地說。「我不妨告訴你，雷平，我實在並不是人人想像的好女孩。有時我很自私，而且會嫉妒人。」

「別這樣說，」雷平抓住美蓉的手。「妳心地眞好，妳比妳自己想像的要好一萬倍！

可是關於汪麗的事，我們實在沒法子幫忙。這不是我們的錯，我們老早就已要好，她總該也知道的。」

「可是我不能啊！」美蓉搖搖頭，嘆道。「從今天起，每當我和你在一起，汪麗的影子一定會擾亂我的良心，使我覺得有罪。你總也知道，汪麗和我一向很知心。昨天她訴苦以後，拉住我的手，說我是她最好的朋友。她說的時候，連眼淚都滾了出來。我怎麼忍心傷她心呢？」

「可是我們不能就爲她，犧牲我們自己的終身幸福！」

「我不能把自己的終身幸福，建築在好朋友的痛苦上！」美蓉叫道。突然，她把頭埋進兩手中，露出異常苦惱的樣子。「唉！爲什麼汪麗要向我傾訴呢？如果她不告訴我聽，我就能和你快快活活過一輩子；就是我看出她愛你，只要她不說給我聽，我也還能昧著良心，裝做看不見！可是她那樣向我訴苦，把我當做她最好的朋友——」美蓉停止，把頭埋得更深，發出「哦——哦——」兩聲像是嗚咽的聲音。

雷平起身，繞過桌子，走到美蓉一邊，緊靠她坐下。他伸出手臂，溫柔地摟住美蓉的肩膀。

「美蓉，」他說，嘴唇輕輕觸著她的吊垂的頭髮。「妳別心煩，一切都沒問題的。過幾天，我就去找汪麗，和她談談，把這情形解釋給她聽。」

美蓉猛地抬頭。「哦，不能！絕不能這樣做！」她兩眼盯他，嚴峻地說。「假如你去找她，我眞正不能原諒你了。爲了我，你必須要裝做不知道這一切。汪麗說心腹話給我聽，就因爲她信任我，把我當做至友。她要我替她嚴守秘密，不准告訴人聽，更不能讓你知道。」

突然，雷平感到心冷、絕望。他想這一切都無可挽回了。

「那妳打算怎樣？」他問。

美蓉沉默半晌，咬咬嘴唇。「幸虧畢業就在眼前，」她說，聲音淒涼無比。「那時我們分散，不必因爲天天見面，白白增加痛苦和折磨。從今天起，我想我不得不儘量躲開你，學習去遺忘一切。你一定要幫助我，雷平，否則我受不了的。你一定要幫著我忘了你，忘了和你度過的美好日子。畢業以後，要怎麼樣我一點打算都沒有。我爸爸一直要我留學，我對出國一點興趣都沒有，可是說不定我眞跑美國一趟，換個環境，忘記一切往事。」

就此兩人沉默下來，靜坐凝聽正在播放的貝多芬悲愴奏鳴曲。大約一刻鐘後，美蓉用手絹碰碰鼻子，把手絹放回手提包內，咬咬嘴唇，把頭髮掠到耳後，站起身。

雷平隨著站起。

「不，你別起來，」美蓉說，按下雷平的肩膀。「你別送我，我自己僱一部三輪車回去。」

「天這樣晚，還是我送妳回去好些，」雷平說。

美蓉深深地凝望雷平，低下頭。

「我求你，雷平。幫助我。」她淒哀地，聲音有點抖。「我不能再同你——我受不了的。」

雷平望著美蓉走出青龍，把頭埋進手裏，又坐了一會兒。他把美蓉的話從頭到尾又想過一遍。他發覺，雖然他和美蓉要好了幾年，他其實一點都不了解她。美蓉為汪麗所做的犧牲，在他想來，實在過分，實在不必要。他心想：「為什麼美蓉肯為汪麗犧牲這許多，卻不惜犧牲我呢？」

一朵疑雲突然掠過腦際。是美蓉想擺脫我嗎？⋯⋯他想起她說的關於汪麗的事。他覺得，汪麗既然是美蓉的好朋友，總該知道美蓉和他很要好，怎麼還會向美蓉這樣哭訴呢？他又想起美蓉那樣嚴厲地禁止他向汪麗解釋。而她所用那些詞句，痛苦呀，折磨呀，良心呀，遺忘呀，都漂亮得有點像話劇裏主角說的話。

可是這疑心一下子就消失了。他責怪自己多疑，羞慚不已。「一個人在失意的時候，總變得卑鄙、多心，」他想。「我怎麼狂妄到胡亂猜疑她這麼一個高尚的女孩！這就叫做以小人之心度君子之意。」他知道美蓉和汪麗，確實是知心好友，而女孩子之間，有什麼話不可談呢！汪麗信任美蓉，美蓉決心不使汪麗失望、傷心，這只證明她高尚、厚道，又有什麼可怪的呢？

況且，說美蓉要擺脫他，眞太無憑無據。美蓉一向待他那樣好，只要瞧她今天那副頹喪的模樣，就知道她做此決定，內心有多大痛苦。雷平從沒聽說她有旁的男朋友，他也深信她沒有，那她擺脫他做什麼呢？就算她眞的不要他，他倆又沒訂婚，又沒結婚，彼此一點責任都沒有，美蓉大可直截了當說出來，一切就解決，誰還那般無聊，轉這樣大個彎子。

雷平向侍者招手，又要了一杯咖啡，一邊啜飲，一邊回想這幾年和美蓉的一切。想來想去，他覺得美蓉這女孩實在太完美，太不同凡響，自己眞正配不上她。從美蓉剛才的臉色、言語，他知道事情大概沒有挽回的餘地。他心裏難過得很，但說來奇怪，他又有種感覺，好像他卸下了一個幾年來壓在他肩上的負擔。雷平曾聽人說，和一個沒有缺點的人相處，生活不會幸福。美蓉既然如此完美，沒有缺陷，將來若眞同她結婚，每天面對這塊無瑕璧玉，一定難免自慚形穢，恐怕眞的快樂不起來呢。

在三輪車上，美蓉舒展了一下軀體，仰頭望望滿天的星斗。她任晚風吹散她的頭髮，心裏感覺一陣說不出的輕鬆、爽快。這下子，一切終於都解決了，而且解決得非常漂亮。

她相信自己並沒出任何差錯。也許，在離開青龍的門口之前，她應該停一步，回頭，留戀地投給雷平最後的一瞥。她當時急於離開，沒想到這樣做。但她想，這樣一個小疏忽，總不致太要緊的。

美蓉兩手指頭交揷，掌心撐住脖子後面，仰首向徐來的晚風輕輕吁一口氣。她想明天，也許後天，張乃廷會再次試邀她看電影，或去聽音樂。這回她該不該再拒絕他呢？上次他邀她，她笑著拒絕，輕輕說了聲：「也許以後！」使得他雖然被拒，心裏還樂陶陶的。但她決定，最近之內，她必須再繼續含笑婉拒，否則被人碰見和他在一起，就搞得一團糟了。她必須牢牢記住，自己現在是傷心人。從明天起，去學校不能太打扮。晚上千萬不能睡飽，白天才露得出疲倦困頓的樣子。

她開始想像未來。去美國，該帶多少件旗袍，多少雙高跟鞋？耳朵該不該穿了孔，去美國戴耳環呢？她又考慮應不應該在出國前，和張乃廷訂婚。左想右想，她覺得訂婚不是妙策：第一，可能引起雷平疑心；第二，難免招惹一些閒話；第三，誰知道去到美國，會有什麼改變？說不定美國遍地是英俊瀟洒的Gentleman，都長得高高的，又全是些博士也說不準。

「而且訂婚！」她不屑地撇撇嘴。「多俗氣！」

柔風吹在她臉頰上、脖子上，眞是舒暢無比。美蓉輕輕闔上了眼睛。薄薄的春裝包住她，在風中飄揚，輕輕拍著她的腿。她覺得整個人要飛起來了似的。不由自主地，她開始哼起快樂的小調，但突然想起自己是傷心人，趕忙住口，將頭髮一把掠到耳根後，自責似地扮了個鬼臉。

——原載一九六六年八月《現代文學》第廿九期

# 最後一節課

回到教員休息室，李浩然拿出手帕，抹掉額上的汗，倒杯冷開水，端在手中，坐進一張籐椅子裏，一口氣把水喝乾。在這種大熱天下午上課，實在不是滋味。從褲袋裏，他取出一包新樂園，點燃了一枝，順手把煙灰缸挪近，開始一口一口地抽起煙來。

他教的是初三甲、乙兩班英文。他的課都排在上午，但因他是初三甲班的導師，很關心他班上學生升學考試的問題，所以常趁下午自修課的時間，給他自己班上額外補習英文文法。今天星期二，初三甲下午最後兩節是自習，所以雖然天氣悶熱，李浩然卻照例到學校來。講了五十分鐘前置詞，講得他不但口乾，而且有點頭昏腦脹起來。李浩然是個難得的好老師。教書不單是他的「職業」，教書幾乎可說是他生活的全部。他的同事們，哪裏有一個像他一樣，把時間全花在學生身上？他們全有家室，不像李浩然，光棍一個。李浩然今年已經三十九歲了。大陸淪陷之前，他在燕京大學只唸了兩年外文；逃來台灣後，爲了謀生，就在台北這所私立學校擔任起初三的英文課程來。如此，十七、八年的時間，像流水一般過去。他眼看著許多教過的學生，進高中、入大學，大學畢業後，有的成家立業，有的出國深造。而他，李浩然，還在這個中學，還是初三的英文老師。

這所中學，是台灣僅有的幾個男女合校的中學之一。李浩然一向比較偏愛男生。事實上，「偏心」是李浩然當老師唯一的缺點。但這個缺點，除了他本人外，很少人觀察得出。當然，人人都知道他關心初三甲，遠勝於初三乙，但他是甲班的導師，所以這一點也不值得奇怪。人們卻不知道，他對自己班裏的學生，在心底裏，並不平等看待。每一年，他都有一個，或兩個特別喜歡的學生，也有幾個特別討厭的學生。他非常羞於自己的偏心，認爲是他性格上最大的缺點，因此總是壓抑著、隱藏著，不讓人看出來。一般來說，他喜歡的，總是內向、沉默寡言的男生。他最不喜歡的，是愛說愛笑，自以爲漂亮，帶著輕佻味兒的女生。

李浩然一口一口噴著煙，眼前浮現起楊健那張充滿痛苦的臉。他知道，剛才他耗費口舌，講了老半天前置詞，楊健卻一個字都沒聽進去。他坐得直直的，眼睛怔怔望著前面座位，望著張美容和王挺兩個人。李浩然看見張美容和王挺低聲說笑，傳遞紙條，本想把他們叫起來，大罵一頓，但不知爲什麼——也許是爲了懲罰自己偏心——他故意裝做沒看見，一直講課到鈴響。

李浩然當導師，除了關心班上的功課，對同學之間的瑣事，也知道許多。他曉得誰和誰要好，誰同誰吵架，也曉得誰和誰被人家開玩笑地稱做「一對」。他裝做不知道這一切，覺得留意這些「無聊」事，有失老師的身分。但他總是情不自禁，用眼睛，用耳朵，留心觀察，然後自下結論。

想著楊健那張痛苦的臉，那對充滿嫉妒、絕望的眼睛，李浩然心裏，爲這個孩子，感覺絞痛起來。他做過十幾班級任導師，偏愛過不知多少個學生，但他覺得，從來沒有一個學生，像楊健這樣，討他這樣喜歡。他精神上對這孩子這種愛、這種關懷，強烈得幾乎使他能在肉體上感覺出來。每天一進教室，他第一眼總是投射在楊健身上。他常不由自主地冥思，反覆猜想楊健知不知道他對他的偏愛。楊健是個極內向的孩子，沒有朋友，很少開口說話，功課平平而已，個子相當高，長得很瘦，很白，像是營養不良。李浩然時常沉思，想追究自己何以這般疼愛這個孩子。是不是因爲自己小時候，唸中學的時候，和這孩子個性相同——寂寞，內向，沒有朋友？還是因爲楊健和自己一樣，從小失去父親，孤苦伶仃？

李浩然接任這班導師，沒有多久，就注意到楊健這個孤獨沉默的孩子。他立刻就喜歡上他。他把楊健的家庭背景，調查得清清楚楚，得知他是獨生子，八歲喪父，母親開裁縫店，母子倆相依爲命。他對楊健的感情與日俱增。他開始遐想，假如楊健是他的兒子，那該多好。他愈想，愈相信自己若有兒子，必和楊健一個模樣。他從來沒有想過改變他的獨身生活。他早已習慣了獨居，結婚一事，在他想來，不但不可能，而且不可想像。但是，認識楊健以後，他開始莫名其妙地，時常感覺難堪的寂寞，一陣陣向他襲來。在這種時候，他總這樣自問：「我老了嗎？……不錯，我開始老了……假如我結婚，有了孩子，情況會好些吧？」

這念頭使他很不自在。他不喜歡想女人的事。不知是自卑，是害羞，還是憎惡，他總是不願意想女人。女人使他聯想起一個女孩，連帶著一串難堪無比的回憶。二十多年前的創傷，傷口早已停止流血，一塊疤卻永遠結在那裏，永遠提醒著他，像一面鏡子，強迫他面對自己的醜陋。那尖銳的笑聲，「癩蛤蟆，癩蛤蟆」的喊聲，至今還偶然在惡夢中，把他一身冷汗地逼醒過來。但那卻是許久以前的事了。他在南京唸中學時，愛上同班一個名叫張麗玲的女孩（但那是愛嗎？或只是少年人盲目的崇拜？）總之，他默默思慕了她一學期，沒勇氣和她講一句話。他記得他當時那種充滿快樂的痛苦，那種充滿絕望的渴盼。

後來，他終於寫了一封長信，表白他的心事，鼓起勇氣，寄去她家。他記得把信投進郵筒後，他站在郵筒旁邊的懊悔和恐慌。第二天他不敢上學，裝病請了一天假。第三天，他懷著忐忑不安的心，進入教室，卻見張麗玲抿著嘴，偷眼看他，臉上露著笑意。當天放學後，班上大掃除，張麗玲主動走來，和他一同擦窗戶。他臉燒，心跳，快樂得差點暈過去。而張麗玲的眼睛，面頰，都泛著笑意——一種使他當時迷惑不解的笑意。

那天回家後，李浩然又顫抖地寫了一封信，約張麗玲在公園見面。

李浩然實在沒料到張麗玲眞會赴約。她是那麼出風頭的一個女孩，漂亮，活潑，總被一羣女孩包圍著，嘰嘰咕咕，快樂得像隻小鳥。如此一個女孩，怎麼看得上他這樣一個平庸、孤僻，又算不上瀟灑的男生？所以當他走進公園，一眼瞧見張麗玲已坐在石櫈上等著，他簡直不敢相信自己的眼睛。他害臊地、彆扭地，走上前去。張麗玲猛地抬頭看他，她臉上滿是笑意，綳得像個氣球，就要爆炸開來一般。就在這霎那，一羣女生從樹後躍出，齊聲合唱：「癩——蛤——蟆！癩——蛤——蟆！」於是張麗玲的臉蛋炸開，又尖又銳的笑聲猛爆了出來。

李浩然常恨自己沒能在那羞辱的片刻死去。他再也沒有回那所學校。他自幼時父母雙亡，便寄住叔叔家。叔叔當時正要搬去北平，他就也跟著遷居北上。人雖然一走了之，可怕的記憶，卻永遠跟隨著他，像鬼魅附身，驅之不去。

李浩然又倒杯冷水，喝下幾口。他拿著玻璃杯，在手中轉動著，玩了一陣，放下，繼續抽煙。他很爲楊健躭憂。再沒幾個月就考高中了，他考不考得取呢？功課本來就不夠好，還要談戀愛！……李浩然搖了搖頭。接著，他想，不論楊健考取或考不取，兩個月內，楊健總歸要脫離他的生活圈子了。他感到一陣難受。

好幾個月前，李浩然心裏萌起一個念頭，這念頭曾縈繞著他，使他白天吃不下飯，晚上睡不著覺。「不知楊健的母親，究竟是怎樣一個女人？」他料想她大概和他差不多年紀，守寡了這許多年，不知她有沒有意思……？他反反覆覆想了許久，心裏幻想著，假如楊健眞能變成他兒子，就能永遠守在一起，永遠不必分離。這幻想纏了他好幾個禮拜。於是，有一天，他懷著忐忑不安的心，走到信義路楊健的家。他假裝看完電影路過，走進他們裁縫店裏。楊健猛見老師進家裏來，羞窘得滿臉紅暈。李浩然望見他，心裏湧起無限的愛意。但當他見到楊健的母親，他突然感覺自己荒唐得可笑。她倒是長得不錯，年齡也和他相仿，對兒子的老師，更是畢恭畢敬。但李浩然斷定她絕不是那種肯再嫁的女人。而且，就算她肯再嫁，他眞要娶她嗎？……又一次地，他覺得結婚一事，與他沒有緣分。他是命定了要單身的。

但他是多麼的渴望著能做楊健的父親！在他心底裏，他早就把楊健收養做兒子了。他覺得，世界上任何一個父親對自己兒女，都及不上他對這孩子的愛。他深深了解，並同情楊健的寂寞。而楊健的痛苦，又是怎樣深刻地感染著他！每星期，學生繳進週記本，李浩然總是把楊健的簿子先抽出來，頭一個看。當然，楊健不曾把他戀愛著張美容的事，直寫出來。但李浩然從字裏行間，清清楚楚窺探得出楊健心底的苦悶，孤獨。無論在課內，或在課外，李浩然總暗中留意著楊健的一舉一動：他那凝望張美容的神態，那突然的臉紅，上課時心不在焉的模樣，向王挺暗投的妒恨的眼色，全都洩露出楊健心底的秘密。他讀楊健的週記，眞恨不得在批評欄寫道：「莫要煩惱，我的孩子！……忘掉那女孩吧，她豈配得上你？」但當然，他沒這樣寫，他怎能寫下這種評語，喪失老師的身分？他又想找楊健來單獨談談，但還是感到不妥。他能對他說些什麼呢？楊健當然不肯把心事道出，他怎能先行開口，徒增楊健懊惱？而且，雖然他極欲向楊健表白他對他特殊的愛和關懷，他卻視這種渴慾爲可恥的弱點，於是他鎭壓著，想一方面向自己證明自己有克制力，同時在別人眼中，能保持老師的尊嚴。

說起「尊嚴」，李浩然時常覺得它是他唯一僅有的財產。他隻身來台，又沒結婚，一個親人都沒有；他住的是學校宿舍，賺的錢每月用盡，實在可說空無一物，兩袖清風。但他知道他有著不可侵犯的「尊嚴」。學生們雖然不見得喜歡他，至少都尊敬他。當然，他知道學生在他面前喊「李老師」，背後卻直稱「李浩然」。但學生對待他，絕不敢像對別的老師那樣，亂開玩笑，或無理取鬧。他必須牢牢保住這僅有的財產。

上課鈴已經響了好一陣子。李浩然抽了最後一口煙，在煙灰缸底把火滅了，喝掉杯中剩下的冷開水，站起身來。他又一次抹乾額上鼻上的汗珠，突然他覺得頭有點暈沉沉。

這種天氣，就該留在家裏睡午覺，還趕著來給學生補習，學生也都懶洋洋的，眞是自討沒趣。他剛才留給學生一些功課，叫他們用前置詞in, on,和of，各造十個句子。他決定去教室監督一下，看看他們是否在做功課，便回家睡覺。

李浩然走近教室，聽見教室內吵鬧得很，但他一進去，大家立刻安靜下來，紛紛開始做功課。「好一批無知的孩子！永遠需要人看著！」他懊惱地想，眼睛卻瞥向楊健。楊健以手支頤，坐著發呆，簿子攤開在桌子上，手裏拿著鋼筆，但顯然心神飛得老遠。

「大家快做功課！」李浩然喊道。

楊健像從夢裏醒來，咬咬嘴唇，聳動肩膀，開始低頭寫字。李浩然兩手交揷胸前，在室內輕步踱來踱去。他看見王挺又偷傳一張紙條給張美容。張美容看了字條，「嗤」地笑出一聲，急忙掩口，怕被老師聽到。楊健停筆，抬頭，狠狠瞪了王挺的背後一眼。李浩然看在眼裏，很想命令張美容把字條交出，看裏面到底寫的什麼。但他沒這麼做。他覺得這樣做未免有失尊嚴，而且他知道自己的動機不很光明，於是他忍受著，壓抑著，又裝做沒看見。

他靠著牆，離楊健沒幾步遠，瞇眼端詳注視楊健伏在桌上寫字的模樣。爲什麼他長得這樣瘦？是不是肉吃得太少？瞧他的手，白裏透靑，指頭這樣纖細，只比女孩的手大一點，並不很像男人的手。他該正當靑春發動期吧？……瞧他嘴唇上，已長出不少毛，稀稀的軟軟的毛……李浩然用力甩了甩頭，手在空中一揮，像要從腦中揮走什麼似的。他的臉微微發燒。

悄悄地，他走到楊健座位旁邊。楊健正在埋頭造in的句子。李浩然一眼看見簿子上，幾行瘦削的，齊向左邊歪斜的英文字體：

*1. I saw her in my draem.*

*2. She is the prettyest girl in the world.*

*3. She is not in love with me.*

*4. I am in*

突然，楊健覺察老師站在身邊，忙用左手掩蓋造好的句子。李浩然聳聳肩，望望天花板，裝做心不在焉，並沒看那些句子。他感覺腦袋裏有把鎚子，敲打他的頭。

他決定回家睡一覺。他走向門口。

「李老師！」一個女生的聲音。

李浩然停步，回頭，見張美容舉著右手。

「李老師，」張美容說，滿臉堆笑。「癩蛤蟆，癩蛤蟆怎麼拼？」

「癩——什麼？你說什麼？」李浩然不相信自己的耳朵。

突然，張美容咯咯咯尖聲笑起來。接著，全班嘩的一聲，也都笑了起來。張美容笑得伸不直腰，用力扯了一下王挺的衣袖。她想禁住自己不笑，反而更加尖銳地又爆了出來，止不住了。

「張美容！」李浩然厲聲叱道。他的臉在這瞬間變得鐵青，兩眼凸出，像要從眼眶裏跳出一般。

大家頓時靜下。張美容強行按捺，用手緊緊壓住嘴巴，才制止了笑聲。李浩然虎視眈眈，瞪著她。

「你剛才說什麼？」

張美容想回答，又怕自己再笑出來，尷尬了好久。

「癩蛤蟆，」她終於說，「我要造句，不會拼——」她忍不住，伏在桌上，又咯咯尖笑起來。

李浩然一張臉，緊緊的，又青又白。坐在老師近處的學生，看見他兩頰肌肉微微抽搐。大約有半分鐘的時間，他木然站著，一動不動，眼睛狠狠盯著伏在桌上笑得死去活來的女孩子。

於是，突然，他兩步跨到張美容座位邊，像捉貓般，一把將她從座位揪起。張美容大吃一驚，笑聲頓失，臉上現出詫異、惶恐。

「說——！快說！你罵的誰？」李浩然咆哮。

張美容張口結舌，半天說不出話。她東張西望，像在詢問同學們，到底怎麼一回事。大家卻鴉雀無聲。誰都沒見過李老師發脾氣，驚奇之餘，哪裏還有人敢發言。李浩然一手還抓著張美容右膀子，揑得她作痛，但她見老師這般憤怒，不敢動彈。

「我不是故意的，」她說，眼睛一紅。「實在是忍不住，才笑出來的。」

「你罵的誰！」李浩然叱道。

張美容畏縮一步。「我哪裏罵人了？」她一臉驚愕。

「你喊誰癩蛤蟆？」

張美容愣了一下，突然露出恍然大悟的樣子。她輕吁一口氣，臉上漾起要笑又不敢笑的神情。全班同學開始低聲交談，有人在偷笑。

「李老師，這眞是誤會了。我怎麼會——怎麼敢——」張美容頓了頓，抿抿嘴，像想笑，又像不好意思開口。「我怎麼敢喊李老師——」

李浩然跳起。「我？我！誰說我！」他大吼，氣得喘息。「誰說的我！」他聲音顫抖，嘴唇跳動，眼裏噴出火來。於是他嘴巴一歪，說道：

「你道我不知你罵的誰？你道我不知？」

張美容嚇得目瞪口呆。她的臉一陣紅，一陣白，眼淚就要滾出來。「我沒罵人，」她喃喃說。

「她眞的沒罵人，」王挺說。

「還袒護她！」李浩然轉身，怒視王挺，像要吃掉他一般。「你道我不知你們兩人罵的誰？」

「我們兩人？」王挺道，左右環顧，搔搔頭皮。「這就奇了。我沒說半句話嘛。」

「還裝什麼蒜？可要我說出來？」李浩然說，勝利似地，聲音刻毒，充滿諷刺。「你們膽敢笑他癩蛤蟆，可是我說句老實話，」他狠狠搖了搖張美容肩膀，「老實說給你聽，你配不上他！差得遠呢，你才配不上他！」

張美容轉向王挺。「他說什麼？」她低聲問。

王挺搖搖頭。「誰知道，」他低聲答。

全班議論紛紛，教室裏聲音很響。

李浩然瞇起眼，譏嘲地望望張美容，又望望王挺。他腦袋裏的鎚子，敲打得愈來愈猛，整個頭像要炸開了一般。他知道自己已經陷入極難堪的處境，退路已經沒有了，唯一的出路，就是前衝。

「還裝不知道，」他哼地冷笑一聲。「誰都知道你們罵的是楊健。」

「楊健？」全班閧然。大家不約而同轉頭，一百多隻眼睛，集中在楊健臉上。

唯獨李浩然，沒看楊健一眼。他依舊嘲諷地、輕蔑地，望著王挺和張美容。

「楊健？究竟怎麼回事？」張美容說。「爲什麼罵楊健？他好端端坐在我後面，和我什麼相干？」

「這眞奇了，」王挺大聲地說，充分表露對老師的不滿。「我和張美容，憑什麼喊楊健癩蛤蟆？」

班上發出嗤嗤的竊笑聲。

「我們問他看看，好不好？」張美容說，回轉頭。

李浩然這才把視線投向楊健。楊健坐在那裏，半張著口，兩眼骨碌骨碌溜動，頭轉向左，又轉向右，好像不能明白，又像不相信自己耳朵。他一張臉變得像死人一般慘白，兩手死死抓住桌沿。

突然之間，李浩然明白了。他臉上譏諷之色頓失，面容忽然變得和楊健一樣灰白。他眼裏現出慌恐、絕望。現在他才明白，楊健原來一直深鎖著心底的秘密，不但班上同學都不知道，連張美容本人，也一點不知楊健的戀情。只因爲他自己對楊健過分關心，總是留意他的一舉一動，這才把他的隱秘窺探出來。而他竟誤以爲別人，也和自己一樣，早就看穿楊健的心。

李浩然的頭痛得很厲害。他不能思想，但迷糊中，他知道自己完了。他已經失去一切。在這幾分鐘內，他喪失了儲蓄將近二十年的尊嚴。這是他自找的。他原可不必受此屈辱。他原可留在家裏睡午覺。

「你說嘛，楊健，」張美容說。「老師說我罵你，說我和王挺罵你，我哪裏罵了你？你說我罵了你沒有？」

楊健望了張美容一眼，嘴唇嚅動幾下，卻發不出聲音。他垂下頭。過了一會，他的眼睛又開始移動，慢慢由下而上，終於停留在李浩然臉上。這對眼睛流露的，是仇恨，是屈辱。

「我哪裏罵了你？」張美容又說。「你說我罵了你沒有？」

楊健從老師臉上，收回視線，看張美容。李浩然看著這對仇恨的眼睛，突然之間，轉變得柔和、憂傷。楊健又嚅動雙唇，想說什麼，還是說不出來，只對著張美容，微微搖頭。由於想說話而說不出，他的面頰一陣又一陣抽動，像痙攣一般。忽然，他的嘴唇開始猛顫，於是「哇——」的一聲，他伏在桌上嚎啕大哭起來。

這一哭，驚動了整個教室。這個平日沉默寡言，獨來獨往，沒人注意，沒人了解的同學，竟忽然如此哀慟地大聲痛哭，每一聲都是憤怒的吶喊，每一聲都是屈辱的哀號。同學們面面相覷，低聲交換意見，誰都搞不清楚究竟是怎麼一回事。

李浩然站在一旁，一時倒被大家遺忘了。這是他今生第二次，恨自己不能在這一瞬間死去。他覺得必須向班上解釋，說些什麼，挽回這已經不可挽回的局面。他走到講台，用拳頭敲打講台桌子。

「大家安靜！」他大聲說，「大家安靜！」

教室馬上靜下來。只有楊健的哭聲，還一聲一聲發出。大家目不轉睛，望著老師，像要聽他揭曉謎底一般。李浩然教了將近二十年書，卻從來沒有一節課，學生這樣聚精會神。他兩手按住講桌，撐住身子，眼睛直楞楞前視，望著教室後面的白牆。

「諸位——」他緩緩開始。「諸位同學，我現在，要鄭重向你們大家道歉，」他頓一下，嚥下一口口水。「剛才這一切，全是我個人不好，鬧出來的。我不妨告訴你們，今天下午，我的頭，痛得非常厲害。每次我頭痛得厲害，就神志不清，頭腦——頭腦——錯亂——」他停頓，看學生的反應，卻見大家面呈好奇、狐疑。「實在就是這樣——神經錯亂。剛才，張美容同學問我一個生字，問我——問我癩蛤蟆，」堂上發出幾聲嗤笑，「我正頭痛，聽錯了，好像聽到——聽到她和王挺，說了另一個同學的名字——」堂上忽起騷動，大家你看我，我看你，彼此咧嘴、搖頭。李浩然看出大家不相信他的話，卻自管繼續下去。「我非常——非常——對不起張美容，和王挺，還有——還有——」他臉一歪，痛苦地，說不出「楊健」二字。突然，他鼻子一酸，眼淚掙扎著要流出來，眼前一片模糊。「我請求大家，忘掉剛才的事，也不要向別班的人提起——」眼眶容納不住，一串淚水滾下他面頰。

下課鈴響了。平時，放學鈴一響，大家總是爭先恐後，擠出教室回家。可是今天，大家一動不動，好像捨不得離開這個教室，捨不得離開這精彩的一幕。李浩然用像哭的聲音，喊了聲「下課！」大家才慢條斯理，收拾書包，一邊收拾，一邊還互相交換著眼色。

李浩然知道，這一羣學生，現在嚴肅的外表，裏面藏著的，卻是歡快無比、幸災樂禍的心。他們一離開教室，馬上就會開心地談他、笑他，把剛才發生的一幕，告訴朋友，告訴父母，告訴所有認得的人。但能怪他們嗎？誰忘得掉這樣一齣滑稽的戲？老師發脾氣，已經就難得了，何況又是那樣莫名其妙地發脾氣罵人。就因為一個學生，想知道癩蛤蟆怎麼拼。豈此而已？發過脾氣，還連連向學生道歉，又怕傳出去，被別班同學笑話。說是自己神經錯亂，說得簌簌掉眼淚。還是個男老師哩！

李浩然走到窗口，望著窗外，站了許久。當他回轉身來，教室裏的同學，差不多全走光了。楊健還在那裏。他還伏在桌上，手抱著頭，卻不再發出哭聲。張美容站在他旁邊，彎著身，低著頭，親切地，不知在和他說些什麼。她舉起一隻手，輕輕碰了碰他的頭。

李浩然悄悄走出教室。回家的路上，他一直垂著眼睛，怕看到別人的臉。他從來沒有這般寂寞過。

——原載一九六七年四月《現代文學》第卅一期

# 魔女

宿舍裏靜寂無聲。同房間其他六個同學，早已安然入眠，倩如聽得到她們輕微而均勻的呼吸。她從床上側起身，在黑暗中，看到她書桌上的鬧鐘，已指著兩點半。而美玲的床鋪，卻還是空的。從十二點，宿舍熄燈後，倩如就躺在床上，一分鐘一分鐘捱過。在黑暗中，她睜著兩眼，凝視旁邊空空的床位，感覺心頭的急躁與不安，一陣陣加深。還不回來！爲什麼還不回來？……會不會又和他在一起？……

她突然覺得美玲近來有點在迴避她。到底美玲和趙剛兩人，關係進展到什麼地步？要不是前天晚上，她從圖書館回宿舍時，恰好看到他們兩人走進校門，她絕不會料到他們居然開始幽會起來了。她當時一怔，趕緊躲到一棵樹後面，免得被他們闖見。他們止步，交談了幾句，她看見美玲嬌嗔地笑。臨別時，趙剛順手摟了一下美玲的腰。就是這迅速的、隨手的一摟，開始使倩如感覺事態的嚴重。

她必須對這一切負責。是她，把美玲和趙剛拉攏在一起；是她，給他們機會，要他們好起來的。她的直覺果然不錯——她早料到趙剛是個沒有責任感的男人。但直到她看見他給美玲那一摟，她才領悟到自己做得太過分了。她害怕承擔後果。但我勸告過媽的！她想。不但勸告過，還乞求過。我告訴媽，不是我一定不肯她再嫁，而是我不要趙剛這種人做我的繼父。但媽不聽。她悠悠地望我，卻不聽我，搖搖頭，像是命已註定，說是事情早已定妥，改變不了……

媽媽的再婚，破壞了倩如心中對媽媽一向保持的完美印象。倩如不能原諒媽媽如此使她失望。從出生以來，她一向愛媽媽甚於任何人。她因長得像媽媽，而常常感覺驕傲。她愛媽媽的一切：那細緻的身材，那清秀的臉蛋，那溫和的卻又堅定的個性。而最使倩如傾心的，是她的一種很特殊，很難形容的表情——一種遙遠的，若有所思的，近乎憂傷的神色。這種神情總是在不意間，突然出現在媽媽臉上，於是媽媽像忘卻一切身外之物，也完全忘掉自己的存在似的。

在倩如眼中，媽媽曾是一切美德的化身。過去，她從沒做過一件錯事。她永遠是對的。她心地寬大、明澈。鄰居朋友沒有一個不佩服她，也沒一個不敬畏她三分。她的品格既這樣完美，性情又外柔中剛，人們和她在一起，難免有點戰戰兢兢，總覺得她像是他們的「良心」。因此，人們雖然敬愛她，有時卻不敢正視她，甚至想逃避她。媽的性格是內斂的。她很文靜，不愛動。除了每月去一次鹿港，探訪倩如的外婆，她總是蟄居在桃園家裏，很少出門。倩如常聽人說起夫妻吵架之事，這使她非常不解。在倩如記憶中，她的爸爸和媽媽，結婚二十年中，就從來沒吵過一句嘴。他們永遠互相諒解，相敬如賓。兩年前，倩如的爸爸心臟病去世。媽媽把自己鎖在房裏，哭了七天七夜，哭得臉都陷下去，顴骨突了出來。

在黑暗中，倩如翻了翻身，把頭埋進枕頭裏。是不是爸爸去世，給媽太大的打擊，而有點傷了媽的神經？她想。否則，媽的轉變，又能怎樣解釋？倩如喪父後，一個月內，便進入大學，搬來台北，住進大學女生宿舍。倩如是獨生女，一向是她爸爸媽媽的寶貝，所以住校使她很不習慣，常常想家。她常常週末回桃園，和媽媽住。她發現媽媽瘦削下去的臉逐漸恢復過來，兩頰開始泛起了健康的紅暈。倩如還注意到，媽媽特有的那種遙遠的、忘我的表情，比以前更時常出現在她臉上。有時甚至談話談到一半，媽媽會突然忘了自己在說話，眼睛迷濛遙望，微偏起頭，嘴角浮起若有若無的微笑，像期待著什麼，渴盼著什麼，又像完全沉醉在回憶中那樣。

倩如忘不了她收到媽媽那封短簡時的震驚與不滿。媽怎能轉變得這樣快，這樣突然？那時爸爸去世還未滿週年。媽突然來信，說她已決定再婚，要倩如週末記得回家一趟，與未來的繼父相見。倩如讀著信，簡直不能相信自己的眼睛。她萬萬沒料到媽媽會起再婚的念頭。而且竟這樣快！……她感到非常不滿。此外，她又因媽媽事先沒與她商議，便做此重大決定，而覺憤懣、傷心。那週末回桃園，她首次見到趙剛。她直覺地看準他是個性格不穩定、沒有責任感的男人。若說外貌，他倒眞是長得不錯。他看來四十多歲，淺咖啡色的肌膚，高高的個子，挺直的鼻樑，額頭微凸，黑濃的眉毛下，兩目炯炯發光，頭髮整整齊齊刷向後面。他是個攝影師；唸大學時，媽媽和他同過學。倩如覺得他有一種自以爲是藝術家的假派頭，很使她看不順眼。她討厭他和人說話時，緊緊盯著人看的那種神態。她覺得在他眼裏看到了輕佻、自滿。

然而，最使倩如難受的，是媽媽和他在一起時的那種唯恐使他不悅，幾乎可說是諂媚的態度。彷彿媽媽由於某種緣故，而對他抱歉似的。又彷彿媽媽有點害怕他似的。倩如看著媽媽這樣子，心裏對趙剛萌起一股強烈的敵意。以前，在倩如印象中，媽媽一向高昂著頭——由於自知心地光明、品德高超而高昂著頭。但在這個趙剛面前，媽媽竟顯得如此卑微，像個做了錯事的小孩，等待著懲罰似的。倩如看在眼裏，不禁爲媽媽感到屈辱。她開始因此有點恨起媽媽來了。

倩如不能了解媽媽到底看上趙剛哪一點。難道只是他的外貌？……但媽媽一向冷靜，具有最正確的判斷力，絕不可能以貌相起人來。何況她已是年上四十的人，當然不會像個十幾歲的女孩，只憑一時的衝動，決定下婚姻大事。倩如左思右想，終於斷定必是趙剛趁著媽媽新寡寂寞，用各種花言巧語，唆使媽媽答應嫁他的。媽媽啊，你聰明一世，卻也會糊塗一時啊！

見了那次面後，不知多少次，倩如央求媽媽不要再嫁，如果眞要再嫁，也別嫁給趙剛這種人。她告訴媽媽，趙剛不配她，不像是好丈夫類型。她又告訴媽媽，她不要趙剛做她的繼父。她求媽媽搬來台北，母女倆同住，互相解除寂寞。如果媽不便搬動，她願意搬回家住，每天乘火車來台北上學。但這些話，一點都沒發生功效。媽媽聽了，總是悠悠地搖頭，眼睛茫茫然望著前方，好像自己已經不再是命運主宰。「沒辦法的——一切早決定了的，」她說著，那特有的遙遠而憂傷的表情，又爬到她臉上來。

倩如見趙剛後，一個月內，媽媽就結了婚。倩如因爲學校正在考試，沒去參加婚禮。但她聽說婚禮儀式很簡單，只請了很少一些客人。婚後他們去南部度蜜月，兩週後回到桃園。趙剛本來住在台中，但婚後遷居桃園，住進倩如的家。他自稱攝影師，但據倩如所知，他只是背著一架照相機，四處跑跑而已。偶然幾次，他拍的相片，出現在報紙上。

表面上，倩如接受了媽媽的婚姻。但心底裏，她不能原諒媽媽如此使她失望。週末她盡可能避免回家。但她又因媽媽沒邀她而惱怒。自從婚後，媽媽不知因爲忙，或因爲知道倩如對她婚姻不滿，很少來信和她聯繫。偶然來信，也只寥寥幾句，並不表示想念她，也好像沒有期待她回家的意思。倩如如果回去，總是儘量躲在自己房內，不打擾媽媽和趙剛。她當然不曾喚趙剛「爸爸」。她在他面前，總避免稱呼他。在媽媽面前，她有時直稱趙剛，有時稱他「你的丈夫」。

從枕頭裏，倩如抬起頭，又望望鬧鐘。在黑暗中，指針閃出磷光，指著三點十分。

而美玲還不回來！

倩如覺得良心的負擔愈來愈重。要是美玲和趙剛在一起……她不敢想下去。她相信美玲這種女孩，會覺得趙剛瀟洒、迷人。在宿舍裏，美玲曾惹過不少閒話。據說她每次戀愛，對象總是中年男人。倩如記得美玲首次見趙剛時，臉孔突然泛紅，眼睛發出柔光。而趙剛回望她時的情動之色，也沒逃過倩如的眼睛。

倩如開始後悔。她實在不該在春假期間，帶美玲一道回桃園。但她當初怎料得到事情會搞成這樣？春假時，宿舍裏的同學全回家度假，只剩下她和美玲。美玲因爲家住高雄，往返太遠，所以沒回去。於是她邀美玲一同回桃園，樂得有個伴，不致在趙剛和媽媽面前感覺太彆扭。她怎麼料得到美玲和趙剛，竟一見如故？他們兩人彼此發生好感，又怎怪得了她？

倩如如此想著，想推掉責任，但心底裏，她知道推卸不掉。春假她帶美玲回去，固然是無意的，但春假以後，她又三番四次邀她同往桃園，卻不能說不是故意的。倩如不願承認，但她很明白自己的動機並不高尙。她的目的，是要向自己，並向媽媽，證明她是對的，媽媽是錯的。她要證明自己對趙剛的看法正確，藉以懲罰媽媽使她失望。所以，當她發覺趙剛和美玲開始眉來眼去，她趕緊掉轉頭，僞裝不知，心裏卻很激動，混雜著勝利的快感。「媽啊，我早告訴你的，」她想喊：「我早告訴你的！」

宿舍房門咔嚓一聲，慢慢開啓。在黑暗中，倩如辨認出美玲的身影，走進房來。美玲輕輕關上門，躡手躡足，摸索著，向裏面她的床位走來。到了床邊，她很快脫下衣服，脫下鞋子，爬到床上。

「美玲，」倩如輕聲喚道。

美玲沒有回應。

「美玲。」

「嗯，」美玲回答。「還沒睡？」

「沒有，」倩如說。「你這樣晚回來，我替你擔心著呢。」

美玲把棉被拉扯了一下，蜷縮起身子。

「好睏，」她說。

好一陣子，兩人都沒說話。

「你看電影去了？」倩如問。

美玲翻轉身，俯臥，臉埋進枕頭裏。

「嗯，」她說。

倩如知道，最末一場電影，十二點左右必散場。但她沒說什麼。她很想問美玲，和誰一道去看的電影，可是她問不出口。美玲沒自動說出來，就已是很壞的預兆了。她沒有勇氣問下去。她也不願逼美玲說謊話。

第二天，意外地，倩如收到媽媽一封信。

「倩如，我親愛的女兒：

許久以來媽一直想給你寫這封信，可是不知怎的，一拖再拖，竟延誤到今日。媽覺得有滿腹的話想對你說，卻又不知怎樣開始才好。

倩如，媽知道，媽的婚姻使你不滿。媽也知道你不喜歡你的繼父。自從媽再婚之後，你對媽不如以前親近，我們之間像是有了一段距離。這使媽痛苦萬分，夜裏常爲此失眠。倩如，倩如！你不知道媽多麼的愛著你！你是媽唯一的孩子，唯一的寶貝。媽已失去了你爸爸，若再失去你，媽一定沒法子活下去了……

要是你以爲媽婚後，對你比較冷漠，那你就錯了。媽只是更加的深愛著你。倩如，回家來吧！一有機會，盼你儘快回到媽身旁，讓媽疼疼你。媽眞想同你談一談！

倩如讀著信，感覺淚水湧上來，模糊了她的視線。她深深受到感動。而同時，她又痛苦地領悟到自己是多麼的對不起媽媽。噢，我必須挽回一切，她想。即使遲了些，我也必須挽回一切！……她當即決定逃掉下午和次晨的課，回家探望媽媽。她將設法從媽媽打聽出趙剛昨夜是否三點以後才回家。如果是的話，他一定和美玲在一起。那麼，她將向媽媽懺悔，告訴她一切，求她的寬恕。她並將回校，和美玲談判，逼她和趙剛斷絕來往。

回到桃園，一進家門，倩如看到媽媽外貌的改變，不禁吃了一驚。在這幾星期內，媽怎麼變得這樣蒼老了！……媽媽對她的歸來，似乎一點都不感到意外。她微笑著迎接倩如，但她的微笑，卻是如此的淒楚！媽瘦了，雙頰陷了下去，前額和眼角的皺紋，加多了，加深了，變得非常明顯。倩如看著，心裏感覺一陣難受。

她左右環顧，想探出趙剛是否在家。

「哦，他不在，」媽媽說，淡淡一笑。「他昨天上台北，替台北報社拍一些相片。可能明後天才回得來。」

倩如感覺心裏猛然一縮。

「你近來好不好？」媽媽說，親切地，把她牽到沙發，一同坐下。「學校裏上課，上得怎樣了？」

「還好，」倩如說。她按住媽媽的手，抬起頭來。「媽，我收到你的信。」

溫柔地，媽媽拿住倩如的手。

「那很好，」她說，微笑。「我們先把晚飯吃了，再談談吧。」

母女兩人對坐吃飯，倩如望著媽媽，憶起幼時種種往事。她突然覺得回到過去的日子，回到媽媽再婚之前的美好日子。她從來沒像現在這樣，感覺和媽媽如此接近。媽媽親切地替倩如夾菜。她問起倩如學校裏的情形、考試的成績等等，但當倩如回答著的時候，她卻又似乎不太能集中精神去聽，臉上時而浮現出若有所思的神情。

飯後，母女回到客廳沙發喝茶。倩如猶豫著，不能決定是否該把心事傾訴出來。她多麼想告訴媽一切，自己擔當起一切罪咎，乞求媽媽的寬恕！但她猶豫不決，因爲她知道，一旦媽媽曉得趙剛和美玲幽會之事，即使她擔當一切罪咎，媽媽也難免會覺得趙剛背棄她，因而難過、傷心。倩如覺得自己已經太對不住媽媽，她怎能再增添媽媽一絲煩惱？

「媽，」她說，「你也談談你自己怎樣？你這一向可好？媽近來瘦了不少。」

媽媽舉頭，溫和而憂傷地注視倩如。

「媽非常想你，」她說，遲緩地。「譬如昨天晚上，媽一人守在家裏，心裏直在想：不知倩如好不好？不知她正在做些什麼？」

「哦！」倩如笑了起來。「昨晚我還不是跟每天一樣，在圖書館看書，磨到十二點，便回宿舍睡覺。」

媽媽淡淡一笑，拿起茶杯，喝下一口茶。她拿著杯子，並不放下，兩眼視而無睹地望著它，嘴角的淺笑尚未退去。

「你那個朋友，美玲，她——」媽頓了頓。倩如不禁一震。「她，昨天晚上，是不是和你在一起，在圖書館？」

倩如覺得全身血液衝向頭部。她突然明白媽媽原來已經知道趙剛和美玲的事。她望望媽媽，見她一動不動，面色蒼白，等待倩如回答。

倩如鼻子一酸，眼淚奪眶而出。她再也忍不住，忽地旋身，把臉埋進媽媽懷裏，抽泣起來。

「媽——媽——」她嗚咽道，「都是我不好，把她帶到家來——原諒我，媽，請你——饒了我，全是我不好——」

突然地，她感覺她的頭被猛推舉起。她睜眼，見媽媽兩手鉗住她的頭。媽媽面孔緊繃，臉色慘白，嘴唇微抖，兩眼一眨不眨，盯視著她。

「你——你看到他們？」媽媽說，聲音迫促、粗嗄。「他們，去了哪裏？她——她，回宿舍睡覺沒有？」媽媽兩目突出，兩手愈壓愈緊，把倩如的頭壓疼了。

但這僅持續一會兒。媽媽的手很快鬆弛下來，同時臉色也緩和了下來。歉然地，她開始撫摸倩如的頭髮，垂下眼睛，憂傷地望向倩如淚眼縱橫的臉。

「我嚇著了你，是不是？」媽媽柔聲說。「眞對不起，倩如。但你瞧——我完全知道的。我料到你繼父和你那朋友幽會著的。」

於是，像崩了堤的河水一般，倩如開始向媽媽傾訴一切。她告訴媽媽，她並沒證據昨夜美玲一定和趙剛在一起。也許情況遠不如她們想像那樣嚴重。她向媽保證，無論如何，她回校之後，一定和美玲談判，逼她和趙剛斷絕來往。她請求媽媽，不要太責怪趙剛。就算他和美玲幽會了幾次，她相信趙剛心底裏只愛媽媽一人……

「媽，最重要的，我求你原諒我，」倩如的眼淚又湧了上來。「是我不好，故意把美玲帶了回來，給他們機會的。我想，大概是因爲我有點嫉妒趙剛。我爲著自己，也爲著爸爸，而嫉妒他，恨他把媽搶走，才造出這個陷阱害他的。媽，你眞能饒了我麼？」

媽媽憂傷地、淒楚地，望著倩如，摩挲她的頭髮。

「當然，倩如，當然，」她說。「你是個好孩子。」

「不對，媽，不對。我想我還沒對媽講眞正的實話，」倩如說。她恨不得把心挖出來，給媽媽看，因爲言語困難，不容易解說清楚。「我想，並不只是我嫉妒他。我還要向自己證明我對趙剛的看法正確。媽，你記不記得，我告訴過你，趙剛不配你，不是好丈夫的類型？我既說出這話，就覺得必須證明我說得對；因爲假如我不對，媽就會認爲我完全是由於自私、嫉妒，才這樣批評趙剛的。媽就會把我當做一個自私的壞孩子，而我也就會瞧不起我自己了。可是，媽，我現在明白，我爲了證明自己對，而不惜帶給你煩惱，這才是眞正自私得可怕呢！」

倩如舉起頭。她發覺媽媽深深地凝望著她，似乎有點不解，又似乎受到感動。

「倩如，」媽媽說，神態茫然，「你是一個很有良心的孩子。」

「哦，媽，請別這樣說，我只盼著你原諒我！」倩如喊道。她一心盼望著媽媽責備她幾句，然後原諒她。不料媽媽非但不罵她，反而說她是好孩子，使得她心裏更加難受起來。她斷定媽媽一定還沒懂得她。

「媽，我想——我想我還沒說全，」倩如說，努力想把自己剖析個淸楚。「除了證明我的看法正確，我把美玲帶回來，也爲的懲罰你，可以說是向你報復——」

媽媽身體猛然一僵，退縮向後。她驚懼地望望倩如，眼裏露出惶悚、不安。

「懲罰！——報復！——」她喃喃說，近乎自語。

倩如從沙發滑下，跪在媽媽脚邊，兩手放在媽膝上，仰望她。

「媽，原諒我！」她說，乞懇地。「我知道我不對，我知道我沒權利……可是，媽，我總覺得你一向那樣完美，像聖女一樣，趙剛一點都配不上媽，媽嫁給他，我好失望！而媽又不聽我，也不稍等一下，那樣快就嫁給他——」

媽媽依舊畏縮沙發一角，癡癡呆呆凝視倩如。

「懲罰——！報復——！」她喃喃重覆，聲音顫抖。

突然，倩如感覺恐慌起來。她想媽媽不會原諒她了。她著急起來，抓住媽的手，緊緊握住不放。

「媽，聽聽我，我知道我錯了！」她急急說，唯恐媽媽不信。「我現在知道，媽媽這樣完美的人，選擇了趙剛，趙剛必有他超人的優點，只是我不懂事，沒看出來罷了。我又有什麼權利對媽失望？媽，我答應你。今後我一定會慢慢喜歡趙剛，我們三人一定會相處得好好的——」

「唉，倩如，你是對的，」她說，悠悠地。「你對他的看法是對的。」

「哦，媽，別這樣說——」

「你是對的，」媽插口，擺擺手，不容倩如抗議。她的臉，在這一刻，變得憂傷無比。說話聲音遙遠、飄忽，像是從另一世界發出來的。「你的看法是對的。他一向如此，一向就是個性格不穩定，沒有責任感的男人。我知道他每一個缺點，知道得太清楚了！

可是我愛定了他，命中註定了的。這些年來，我愛他，瘋狂地愛他，沒有了他，我一天也活不下去。已經二十多年了——」

「二十多年！」倩如驚叫，一躍而起。

「這二十多年來，沒有一天我不愛他、不想他。唸大學時，我頭一次見了他，就知道我這一生，只能爲他活著，沒有旁的什麼意義了。但他卻是個最墮落的、不務正業的花花公子。他瞧不起婚姻。寧可嫖妓女，不要一個固定女人。他有時收養情婦，有時情婦收養他。但總是喜新厭舊，總沒一個固定的。可是我愛他，我愛定了他——我死心塌地，只爲了他活著——」

「媽，你別說下去，」倩如坐立不安，簡直不相信自己的耳朵。「媽不必告訴我這一切——」

「可是我要告訴你這一切，」媽媽說，望望倩如，但眼睛卻是空茫的。她的聲音遙遠、平靜得出奇。「我要你知道這一切。我要你知道，我不是你想像中那完美高超的媽媽。我騙了你爸爸一輩子。我騙了所有的朋友和鄰居。我騙了天下所有的人——除了他。」

「媽，我去倒杯茶給你喝，」倩如說，拿起空杯，轉身就想走開。不料媽媽一把抓住她胳膊，拉她坐下。

「別走，倩如，」她說，嘴角泛起一絲自嘲的微笑。「我都有勇氣說出，你怎麼沒勇氣聽呢?這是你面對現實的好機會。你該張開眼睛，好好看一看你這完美媽媽的眞正面目。今天你若不聽，你永遠沒機會聽我說了。好好聽著，倩如。我騙了你爸爸一輩子。我沒一天愛過他。他過世時，我傷心欲絕，但我哭的不是他，我哭的是我爲他枉費的二十年青春!」

倩如躲開媽媽的眼睛。她的震驚已稍消退，繼之而起的，是一種迷惑不解的感覺。

「二十年的青春!」媽媽長嘆一聲。「這二十年中，唯一支持我，讓我活下去的，是每月一次和他相會。我去鹿港看你外婆，主要目的，是去台中見他。每月僅一次幽會，他又不必負什麼責任，他倒是樂意的呢。我的二十年生命，就在等待幽會的渴盼中，一個月又一個月熬了過去。

「而這期間，人人以爲我是德性高超的女人。人人把我當做模範妻子、模範母親。你爸爸，至死以爲我愛著他，我眞有點可憐他起來了。我和他，和平相處二十年，從來沒爭吵過。你以爲這就叫愛情?我沒跟他吵架，只因爲我不在乎，對他一切全不在乎。哦，倩如，你沒法了解。你沒法了解，除非有一天，你也像我一樣，死心塌地愛上一個人。可是世界上，沒有人能像我愛他這樣，愛得這樣凶、這樣猛。倩如，我告訴你。眞正的愛情，是永遠的痛苦。」

媽媽停了停。她像在夢中，眼睛茫然遙望，臉現淒楚、悲哀。突然，倩如對她感到無限的憐憫。

她挪近，坐到媽媽身邊，把手輕輕放在她肩膀上。

「媽，我知道，你一定受過很大的痛苦，」她喃喃說。除了憐憫，她無法確知自己心中的感覺。她沒有時間思考。然而，她覺得，媽媽所受的痛苦，應該能夠彌補她的過失……

「永遠的痛苦，」媽媽繼續，像在自語。「那種熬得死人的嫉妒！……我嫉妒他接觸的每一個。嫉妒得能夠發起瘋來咬死人。可是我又不敢，不敢跟他取鬧。我萬萬不能失去他。」

「可是，媽，他終於娶了你，」倩如說。「他終於和你結婚，就表示他眞正愛著的，還是只你一人！」

有氣無力地，媽媽緩緩搖了搖頭。

「你知道麼？你知他怎麼同我結婚的麼？」她說，嘴邊浮起一絲自謔的笑痕。「是我求他的。我求他，我分析給他聽，他和我結婚，對他一絲無損。他早把祖宗留下的遺產，揮霍得差不多沒了；我告訴他，只要他娶我，他可以舒舒服服住我們這棟漂亮的房子。他又有我這個奴隸，死心塌地服侍他一切。他可以爲所欲爲，我絕不干涉他。我還告訴他，要是他不合意，他可以隨時搬出、隨時離開，我絕不阻擋他。我求了又求，好不容易，他才答應的呢。」

倩如望著媽媽，突然心中感到一陣厭惡。她覺得媽媽在這瞬間，變得非常陌生，她幾乎認不得她了。而媽媽卻沉浸在自己思維中，像是忘了倩如的存在。

「二十多年中，我不知求過他多少次！」媽媽繼續，幽幽地說。「我求他，我告訴他，他不必同我結婚，只要收我做他的情婦，我就心甘情願。只要給我那麼一年兩載，和他日夜廝守，那麼，等他對我厭了，我死也甘心，死也瞑目。」

突然，她轉向倩如，眼裏露出嘲諷。

「你知道嗎，倩如？」她說。「那二十年中，只要他答應我的乞求，只要他說一聲是，我一天也不會等的。我會馬上丟下你和你爸爸，奔進他的懷裏。」

倩如開始覺得有點作嘔。她凝視身旁這癡狂的女人，簡直不能相信這就是自己的媽媽。但她依舊拒絕相信媽媽所說的一切。

「媽媽，快別這樣說，當然媽只是嘴裏這樣說說罷了，」倩如說。「不管怎樣，媽，我知道你愛我。你說了你愛我的。」

媽媽不解地望望倩如，微嘆一聲。她眼裏的嘲諷，突而轉變成憐惜。她垂下頭。

「眞對不起，倩如，」她低聲說。「你是個好孩子。我不配有你這麼個好孩子。可是，我既然跟你坦白了這許多，不妨跟你坦白到底。眞對不起，倩如。我從沒有眞正愛過你。

我對他的愛，這樣重，我已承擔不起，我哪裏還有力氣去愛別人？若除去對他的愛，我的心便像枯了的井，一點汁都擠不出來了。」

「可是媽說了的，」倩如喊道。「我才收到媽的信，媽說了你多麼愛我！」

媽媽朝她望望，似乎不解，但隨即，她像想起什麼似的，吁了一聲，搖搖頭。

「哦，那封信！」她嘆道。「倩如，眞對不起你。我不想再欺瞞了你。我寫那封信，爲的是想使你感動，贏得你的心，我好慫恿你去逼美玲，逼她把他還了給我。我約好不干涉他。可是我想，我可以經由你，阻止美玲和他來往。哦，倩如，你不知道，我這些天，有多痛苦！他一去台北，我就想像他和那女孩子在一起，和她怎樣個親熱法。我老了，不再能和美玲那樣的女孩相比了。我每天提心吊膽，怕他告訴我，他對我倦了，要搬走了。我一定活不過那一天的。」

倩如立起身。她覺得頭暈、翻胃。她想恨媽媽，可是恨不起來。她只覺得她卑微、可憐。

突然，媽媽從椅上滑到地下，跪在倩如跟前。

「我求求你，倩如，」她抬頭，乞哀地，兩手合攏，緊握胸前，像在祈禱。「無論如何，你讓美玲把他還給我。你答應我，好嗎？我知道你有權利懲罰我。可是，我求求你。你可以打死我，你可以踢死我，可是千萬別拿美玲懲罰我！求求你，答應了我，好嗎？」

她的臉，在這一瞬間，顯得疲憊無比，蒼老得可怕。

「好的，我答應你，」倩如趕緊回答，避免看她。她現在唯一的希望，便是趕快擺脫這個可憐、蒼老、中了邪的、不可挽救的女人。

「我不求你原諒，我不配，」媽媽頹然說道。她伸出手，想拉倩如的手，但見倩如畏縮，便收回手，垂下頭。

「可是，倩如，請你不要恨我太深，」她緩緩繼續，顯得精疲力竭。她依舊低著頭。「也請不要恨他。我沒法確知，可是說不定——說不定他是你眞正的爸爸。」

逃命似地，倩如逃開這跪在地上的女怪物，逃出這熟悉的家門。她沒有停步，沒有回頭，一直奔向公路局車站，喘著氣，卻加速脚步，彷彿身後有魔鬼追趕著她似的。從她額上、背上，冷汗一滴又一滴沁了出來。

——原載一九六七年十二月《現代文學》第卅三期

# 秋　葉

慵懶地，宜芬倚蜷在舒軟的沙發裏，透過精緻的玻璃牆，望著屋外紅色、黃色的楓葉，一片片飄落在枯樹下、人行道上。對街草地上，自己屋前草地上，枯葉都已經堆積很厚，至少有三、四吋，卻沒人打掃，沒人理睬。

這是美國中西部典型的深秋。也是宜芬來美國的第一個秋天。屋外，來往車輛異常稀少。俄本納是個大學城，平常總有不少學生或教授的汽車來往。可是上週末起，感恩節假期開始，學生們多半離城回家，與親人團聚。於是，這個城市，一下子冷清了下來。

宜芬想站起身，泡一杯咖啡喝，卻又懶得移動身體。因爲啓瑞不在家，她不必盡妻子之責，替他煮早飯，她也就懶得弄給自己吃。所以，現在雖已十點半，她從起床還沒吃過什麼東西。啓瑞是昨天下午動身去紐約的。他是東方歷史學名教授，史學界每次開什麼會，他總必須出席。這次開會前後三天，他可在感恩節當天趕回，及時和她與敏生，吃頓團聚飯。這倒不是他們隨從美國習俗，過什麼感恩節。啓瑞是根本不理會這一套的。而是因爲敏生，難得能從芝加哥回來度幾天假，啓瑞巴不得能夠不去紐約開會。

宜芬忘了想喝咖啡的念頭。她開始想著敏生。芝加哥大學今天下午才開始放假。敏生不知道是否已理好行裝，一下課就啓程？他信中說下午五時左右可回到家。所以大概吃過中飯就會動身的吧。他並不知他父親去紐約開會的事。宜芬必須向他解釋，而這使她覺得有點不自在。她嫁給啓瑞快一年了，別的方面差不多全已習慣，就只是敏生——她怎樣也不能想像自己是他的繼母。她今年三十，他二十一，只相差九歲。

眞的，她怎能想像敏生爲她的兒子？鴻毅差不多也只有他這般年歲。她在台灣，大學未畢業，就不顧家庭反對，和鴻毅戀愛結了婚。結果，不到兩年，父母的憂慮成爲事實。不幸的鴻毅，飛行訓練尙未完結，就遇難亡身。她年紀輕輕變成寡婦，只得住回娘家。一年復一年，雖有不少親友勸她改嫁，要替她做媒，卻都被她一口回絕掉。兩年前，她母親心臟病去世。這一打擊，震撼得她顧慮起自己未來。恰好一個朋友有意把她介紹給居留美國的王啓瑞教授，把他的聲望說得很高，又說他有雄厚的經濟基礎。這朋友還特別申明，雖然啓瑞不幸離過婚，但罪咎完全在於他的美國太太。說是那美國太太，婚後十幾年，突然與人私奔，留下一個男孩，算是由父親一手撫養長大。就這樣，宜芬開始和啓瑞通信，互告生平，交換相片。啓瑞年已五十，相片上，臉孔看得出已印有歲月的痕跡。但他五官端正，顯然是個可靠正直的人。兩人彼此印象都不錯，婚事也就這樣決定了下來。

她是今年二月來到美國的。那時，伊利諾州的冰雪方溶，大地開始復甦。啓瑞的房屋，比她想像中豪華許多，每個房間都鋪有柔軟的地氈，房屋設計優美，設備也齊全。可是室內佈置，完全東方色彩，壁上所掛對聯書畫，都是中國古代文化的遺產。當時正值寒假，啓瑞在家陪了她好幾天，又帶她去參觀校園，認識一下環境。他也帶她拜訪了幾個同事。她英文講得不好，所以看到美國人，總只笑笑點點頭而已。

也就在那個寒假，她首次看見敏生。她眞正大吃一驚。第一，她沒想到這個被母親遺棄的孤子，居然已是比父親高出半個頭的青年。第二，她雖知他母親是美國人，卻未設想過啓瑞的兒子，具有西洋特徵的面廓。敏生的髮色和眼珠，是屬於東方人的。但他白皙的皮膚，高凸的額頭，深邃的眼睛，挺直的鼻樑，都顯而可見是西洋血統的影響。另外，更使她吃驚的是，這個在美國長大的男孩，居然講得一口極流利的中文。而且，他的進退舉止，知禮能讓，也像個孔孟傳統下的純粹中國人。他對父親，非常恭敬謙讓，不必要的話就不說，含蓄得出奇。這種性格，在現代的中國人說來，就已不大多見，而表露在這具備一半西洋血統的青年，就顯得更特別，甚而有點不調和。他是芝加哥大學的學生，唸的是建築工程四年級。那次他回家，大概由於父親剛結婚，不想打擾，只向繼母行了見面禮，很快就回學校去了。

婚後，宜芬逐漸得悉啓瑞與敏生之間的父子關係。啓瑞愛子之心，異乎尋常之深。但愛之深，責之切，他對敏生的教育，一點都不馬虎。他是個事業心很重的人，然而他的獨生子，在他心目中，絕不比事業次要。他原可不必送敏生去芝加哥大學就讀。這裏州立大學，學費比起芝加哥大學，便宜不知多少。而且住自己家裏，每年可省下兩千多元的膳宿生活費。但芝加哥大學是全國數一數二的名校，建築系陣容又強，啓瑞便毫不猶豫送了他入校。此外，他還買給敏生一輛嶄新時髦的淺藍色「野馬」牌汽車，供他往返芝加哥使用。啓瑞經濟基礎雖然穩固，生活堪稱富裕，但他拿的到底不過是資深教授的薪俸。因此，他花在敏生身上的費用，實在算是一筆相當可觀的支出。

啓瑞是在大陸淪陷之前，直接從大陸來美留學，而在美國居留下來的。住在美國這許多年，接觸的差不多全是美國人，可是奇怪的是，他的生活方式與思想方面，一點都不肯洋化。去學校授課，他不得不從俗，穿上西裝；可是他回家來，第一件事，就是脫下西裝，換上中國長袍。他不喝咖啡，不吃三明治。喝的總是很濃的茶，早晨一定吃稀飯。談吐之間，他時時透露對西洋文化的排斥。他之所以如此，可能因爲他是東方歷史的權威，熟悉透徹中國古文化的歷史價值，而固持著東方人自古的優越感。宜芬百思不解，他這種性格的人，當初怎麼會想到要出國。更令她費解的是，他怎麼竟然和美國女人結婚。想是他那時候，沒什麼中國女生留學美國的緣故。從敏生幼小的時候，啓瑞就每天抽出時間，教他說中國話、寫中國字。他灌輸給他儒家思想，訓導他以古典禮儀、倫理道德。啓瑞如此注重教子之責，自己還能創下成功的事業，實在可算是樁奇蹟。只因他苦幹成性，視工作爲享樂，沒有任何其他嗜好，才有今天的成就。大概鑒於自己婚姻的不幸，啓瑞對於美國女人，反感尤深。他一再提醒敏生，他，王敏生，是一個中國人。啓瑞絕不贊成敏生和美國女孩結婚，免得踏上自己覆轍。啓瑞說，近來台灣來的女學生那樣多，敏生不難找到一個理想的對象。

就因如此，啓瑞對戴安娜小姐，那樣存著戒心。敏生去芝加哥入學之前，啓瑞曾要他答應，每週用中文寫一封信回家，一方面訓練他寫中文的能力，一方面要他報導生活詳情。最近，敏生在信中，幾次提到戴安娜。譬如「星期六，和戴安娜去動物園」，「和戴安娜去看了場電影」，等等。信中他並沒解釋明說，也沒暗示與她有什麼戀愛關係，但啓瑞已經開始非常不安了。他幾次對宜芬說，美國女人手段厲害，只怕敏生一不小心，就會上鈎。啓瑞打算等敏生感恩節假期回來，好好和他談談此事，給他一些必要的警告。他赴紐約開會之前，還特別吩咐宜芬：「等敏生回來，望妳先代我探聽一下他和戴安娜的實際交情，相機婉轉勸誡一下。」

宜芬坐直身子，看了看手錶。怎麼快中午了！她想著，一下子從沙發跳了起來。她的懶散，一瞬間消失。她想起在傍晚之前，還有許多事待做。

她先到厨房，泡杯咖啡喝下，又做一個簡單的三明治，吃下，當做午餐。她喜歡喝咖啡，也不討厭三明治，覺得簡單、省事。吃完，她走到洗澡間，打開櫃子，取出一疊洗燙乾淨的被單枕套，走進敏生的房間。

敏生上次回家，是在暑期班結束，而秋季未開學之間的一個月。那是八、九月間的事，離現在已兩個多月了。他回校後，被單就一直沒有換洗過。宜芬掀開敏生的床蓋，拉下舊被單，鋪上乾淨的。當她把床鋪拉平之際，她像是突然回想起什麼，兩手的動作緩慢下來。

她想起八月裏一個下午。像現在一樣，她也在爲敏生換著被單。當她鋪好床抬起頭，出她意料，敏生竟恰好進門，見到她，吃了一驚，想要退出，卻已太遲。宜芬本是看見敏生坐在客廳看雜誌，以爲不致打擾到他，才進來替他換被單的。現在不意被他闖見，她竟有種做了錯事被人窺見的感覺。

「對不起，」宜芬窘道。「我不知道你要進來。」

敏生臉孔紅了一下。

「眞的，妳不必這樣，」他說，尷尬地。「我可以自己鋪的。」

這只不過是日常生活的一件小事，早該忘記的，可是宜芬卻記得很淸楚。她不知爲什麼記得這樣淸楚。

敏生這大孩子，宜芬想。現在，他有了她這只比自己大九歲的繼母，總會有點不舒服吧。首次見面時，他曾禮貌地深鞠一躬，喚她一聲「母親」。但以後，他見到她，總是避免直接稱呼。宜芬實在也樂得如此。她也因爲有了他這般年紀的繼子，而難免感覺尷尬。但她是多麼高興自己終於獲得一個兒子！她和鴻毅沒來得及生孩子。現在和啓瑞，又可能已太遲了。

但是，年齡僅差九歲的母子，關係應該是怎樣的呢？如何才算恰到好處？要如何愛他，才算不侵犯他的獨立；要如何責他，才能不侵犯他的自尊？爲人繼母，有無權利取代生母的地位？要怎樣做，才能保護他，同時卻又避免窺探或刺傷他內心感情的隱秘？

這些問題，宜芬曾想過多少遍，卻未獲得一個可以依歸的答案。到目前爲止，她和敏生的關係，也很難以一語界說。他們不算生疏，不算親密，可又並非「恰到好處」。他們經常是生疏的，可是有幾次，他們曾親密過。親密的機遇，總是很偶然到來，而且經常只包含在一言兩語，一舉一動之間。幾乎可說是一種偶發的相互的默契。就像敏生不意闖見她換床單那事，宜芬就歸之爲親密的際遇。又像那次他告訴她一些兒時片段的回憶。又另一次，他提到他生母，並拿她的相片給她看。

然而，最親密的一次，是他臥病引致的。那是九月初，離他回校沒多久。敏生染上流行性感冒，發了幾天燒，醫生吩咐吃藥，多休息。啓瑞極為關心，囑咐他整天躺著，不要起床。每天到一定的時間，宜芬就照護他把藥服下；三頓飯也由她另外準備，送進他房間。一天中午，啓瑞照常在研究室沒回家，宜芬隨意吃了點東西，便把準備好的午餐端進敏生房間。她把餐盤放好在床邊小桌上，說了兩三句話，正待轉身離開，敏生卻阻止她。

「妳自己吃過了？」他問。

「吃過了，」她說，對他笑。

「有沒有其他的事？」

「倒是沒什麼。」

「那就陪我坐一會，好嗎？」他說，笑笑。「整天倒在床上，好無聊。」

她很樂意地把椅子拉近，坐在他床邊，看他吃飯。他稱讚她做的菜好吃。一樣一樣，他把飯菜完全吃盡。

「妳來以後，爸爸生活眞是安逸多了，」他說，若有所感。「也眞虧得爸爸——他可眞是吃過不少苦頭的。」

宜芬含笑，表示感激，卻不願鼓勵這話題，以免顯得像在責備他的生母。她沒有責備她的權利。

然而，敏生依舊露出有所感的樣子。

「媽離開時，我才十歲，」他說。「爸爸雖然僱人照料我，自己也倍加對我愛護，可是，沒有了媽媽，到底很是不同。」

他拿起杯子，喝下一口水。

「那時，眞的非常寂寞。」

他說話時，眼睛下垂，聲音低沉。

「記得有一次，我生病——」他說，卻中止，沒再接下去。他咬了一下嘴唇。接著，他側臉向旁，用手指彈了彈眼角。

宜芬移開話題，眼睛朝著別處，用輕鬆的口氣，開始談起下週末一同去野餐的計劃。很快地，敏生脫出傷感的回憶，變得輕鬆起來。他堅稱身體已癒，要起床走走。他翻開被，披上睡袍，雙脚落地，卻找不到拖鞋。

「拖鞋大概在床底下，」他說，坐在床沿，仰頭朝她微笑。「幫我撿起來，好嗎？」

宜芬彎下身，拾起拖鞋，放在他脚板下。他一直朝著她微笑，天眞地，近乎頑皮。

「當心把我寵壞了，」他說。

可是，如果宜芬當時認爲母子之間，親密的關係從此確立，那她是想錯了。敏生對她又變得非常生疏。在他回校前一週末，他們一同到學校附近一個小公園野餐。他也只是彬彬有禮，客客氣氣，吃了點東西，便把父母留在一邊，自個兒溜到一棵大樹下，斜躺下來，悠哉遊哉，翻閱起他那本有關房屋設計的雜誌來。

透過客廳的玻璃牆，宜芬看見黃昏中，那輛曾經相識的淺藍色「野馬」，駛進了街角。她從沙發跳起，突然覺得自己身上的橘色緊身旗袍，過於正式，並不適合迎接兒子歸來的場合。這麼一想，她覺得她一下午籌備的燭光晚餐，更是正式得可笑。在這一瞬間，她對自己做了的一切，全感後悔。她覺得，自己那樣著意取悅啓瑞的兒子，眞正滑稽可笑。

然而現在，一切都太遲了。她聽見「野馬」駛進車房。

宜芬出門迎接。

敏生打開車門，手裏拿著旅行袋，下車，見宜芬，向她微笑，點頭招呼。他身穿綠色運動衫，下面卡其褲，一身便服，反使他顯得更加年輕，更加瀟脫。他走到她身旁，什麼都還沒說，就用眼睛欣賞了一下她的旗袍。

宜芬非常後悔。她眞是過分得滑稽、可笑。

「敏生，你大概不知道，你爸爸不在家，」她說。「他星期四，感恩節才回來。」

「不在?去了哪裏?」敏生訝異地問。

「去紐約，參加歷史學會。」

不知何故，宜芬突然覺得非常無趣。是一種對自己的不滿，以及被自己愚弄了的懊惱的感覺。

「什麼時候去的?」他問。

「昨天下午。」

「哦!」他說。

他們一同走進屋內。

敏生提著行李，走向自己臥房。突然他停步，張望餐廳。廳內，餐桌已擺設齊整，雪白發亮的桌布上，規規矩矩，放著兩份餐具。桌子當中有一盆鮮花，完全西洋式。桌子兩端燭台上，豎立著修長雪亮的白蠟燭。

「妳，這，」他轉向她，半信半疑。突然，他臉一閃，喜形於色。「妳擺這，單爲我?」

就這麼一句話，就這麼一點感動的表示，使一切都變爲値得，變得有意義了。片刻之前襲擊她的無趣之感，與對自己的不滿，突然之間，已消逝得無影無踪。

「不爲你，爲了誰?」她笑道。「住學校，辛苦了這許久，也該慰勞一番的。」

「那我該換上一套西裝，」他興奮地說，一臉天眞。

「別開玩笑，」她阻止他。「我才正想著要去換下這套旗袍呢。」

兩人相視而笑。

「哦，好餓！」他歡叫一聲，踩著彈簧似的年輕的步子，提行李進自己房間。

從這刻起，一種預先完全沒料到的奇蹟，在宜芬身上展開。她突然變得年輕了許多。三十歲雖不算老，但她因結過兩次婚，又遭遇過不幸，所以在心情上，早已邁入了中年。來美國後，她成爲王教授夫人，每天和年已半百的啓瑞相處，就更使她失去了活潑朝氣。然而，現在，她突然感覺自己枉費過去的青春，一下子全都回了來，取之不盡似的。當然，她仍覺自己比敏生年長。但她不再感覺自己是個戰戰兢兢的繼母。她變得像個體貼的姐姐，快樂的遊伴。這眞是怎樣解說呢？是否單是受了敏生青春氣息的感染？

而敏生，今晚，也眞與往常不同。他像是掙脫了禮節的外殼，變得活潑、開懷，暢談不已。宜芬從未聽過他這樣高聲大笑。她眞不相信，像他現在這樣一個活潑健談的孩子，曾使她覺得生疏過。

「妳來美國都快一年了，」敏生說，「這附近可玩的地方，妳去過幾處？」

「你爸爸帶我參觀過校園，」宜芬說。「還有，上次我們一道去野餐過。」

「沒去過阿里頓公園？」

「沒有。」

「樹林湖？」

她搖頭。

「林肯墓？狄凱特公園？水晶湖公園？」

他簡直不能相信。

「你爸爸很忙——」她說，想爲啓瑞辯護，可是她接不下去。眼淚掙扎著，奪眶流出。

敏生無意，竟傷到她的心，他怔了一下，遲疑一會，走近她。

「實在告訴妳，」他說，俯首望她，語氣異常親切。「我正是巴不得妳沒去過這些地方。明天，後天，我要自己帶妳去各處玩玩。」

他對她微笑。

「我要妳做我的女伴，」他說，「好嗎？」

宜芬擦掉眼淚，做出一笑，向他點頭。這瞬間，她覺得自己忽然變成一個百依百順的妹妹，聽從哥哥一言一語。可是，過了一會兒，她向敏生搖搖頭。

「這樣不好，對你很不公平，」她幽幽說。「你只這麼幾天假日，城裏你總有不少和你一般年紀的朋友——」

「好像妳已是個老太婆似的，」他取笑她。

「我是比你年老，」她說。

「老多少？」他回駁，「一點都看不出來。」

「算了吧！」她說。可是她心裏，一陣喜悅，瀰漫開來，暖遍她周身。

「我要妳做我的女伴，」他說，「聽見沒有？」

又一次，她像一個柔順的妹妹，點了點頭。

次日黎明，在半睡半醒的片刻，宜芬就有種異樣的感覺。她還在朦朧中，意識未甦，但她感覺到青春包圍著她，快樂包圍著她。於是，忽然，她醒了。她想起了昨天的一切。她想起今天，她又變回一個年輕少女，要出外郊遊、玩樂。

啊！青春。青春。

她一躍起床，拉開窗簾，推開窗戶，深深吸一口冷涼的新鮮空氣。天還沒完全亮，卻已看得出今天將是個大晴天。她很快洗漱完畢，坐在梳妝台前，捻亮枱燈。

對著鏡中的自己，她不覺吃了一驚。心情上，她固然感覺年輕，卻沒料到，一夜之間，她的面容看來也年輕了不少。鏡中，她雙頰上泛著自然、健康的紅暈，這是她已喪失多年了的。此外，她的眼睛，看來比平日烏亮；酒窩也像更深了一些。她一心歡悅，微微施些脂粉，遮蓋住眼角唇邊的細條紋路。她穿上一件杏黃色洋裝，頭上紮起同色的一條髮帶。再一照鏡，她不禁滿意地對自己笑了起來。

她輕輕打開房門，躡手躡足，走去厨房，唯恐吵醒敏生。敏生昨天開車好幾個小時，想必相當疲勞。她開始做早飯，動作輕快無比。還沒做完，敏生就開門走出，身上穿著睡袍。

「怎麼，這樣早起？」她說。「我吵醒了你吧？」

「哪裏，早就醒了。」

敏生走近，瞅起眼，頑皮地，上下打量她周身。

「嘖，好漂亮！」他說。「還說比我老呢。」

她感覺臉上羞紅起來。

「別開玩笑。」她噘起嘴唇。

吃完早飯，他們準備了雙份三明治，帶了幾瓶汽水，便出門啓程。乘著淺藍色時髦的「野馬」，坐在年輕快樂的敏生身旁，耳裏聽著他斷續的哼歌，眼睛望著窗外的青天和畝畝向後退去的玉米田，宜芬感覺生命的活力，在她身上每個細胞中舒展開來。

一小時後，他們駛進了阿里頓公園。這公園很大，是這裏州立大學的地產，林木繁多。現在晚秋季節，樹枝乾枯，落葉遍地。敏生減慢速度，在枝幹交錯的夾道中，緩緩前駛。時而，車頂上發出與枯枝摩擦的響聲。

美國人遊公園，一般僅限於週末，因此偌大公園，人跡異常稀少。有時，開車一、二十分鐘，卻不見半個人影。費了一小時左右，他們才駛遍公園，看了分散在各處的名人石像和藝術雕像。於是，他們選定一塊風景甚佳的空地，下車，鋪下一條毯子，坐下開始野餐。

如果只仰首望天，而不環顧四週的枯樹落葉，確實很難叫人相信這樣鮮藍的晴天，卻屬於現在晚秋初冬的季節。這種天，應當是屬於晚春初夏。然而空氣卻是冷涼的。一股風吹來，冷得宜芬不禁噓了一聲。

「妳冷？」他問，「要不要進車子裏？」

「是有點冷，」她說。「可是，還是想在這兒坐一會。」

「面朝這邊，風就不會吹到臉上來，」他說。

他脫掉身上的夾克，披放在她肩上。

「這樣，好一點吧？」他說。

就這個動作，就這個把夾克披放她肩上這個動作，不知何故，觸著了她的心，使她眼睛溼潤起來。她把臉側過一邊，免得被他看到。已經有許多年，許多年，她沒有像小姐一般，這樣被人服侍過了。突然，她羨慕起那個名叫戴安娜的小姐來。她一定很美吧，她想。像皇后一樣，被他服侍著吧。

「芝加哥好不好玩？」她問。

「比起這裏，可玩的地方多得多了。又有許多博物館。」

「也有動物園，」她說。

「布魯克動物園，」他說。「妳怎麼知道？」

「你信裏提起過。」

「眞的？」

宜芬微低下頭，垂著眼睛，手指撥弄著身上敏生夾克的鈕釦。

「你說了和戴安娜小姐一同去過的，」她說。

他呆了一下，像是出他意料。她斜眼看他。忽然，她注意到一絲詭譎的神色，在他臉上閃過。接著，他現出感覺有趣的樣子。

「我想起，確是提過的，」他說，輕描淡寫。

「你爸爸很擔心，」她遲疑道。「你知道，他不喜歡你交美國女朋友。」

又一次，他臉上閃過一絲詭譎。

「我曉得的，」他回答。

好一會，兩人都沒說話。

「她，是不是很漂亮？」她垂著眼睛。

「戴安娜？啊，她很漂亮，很漂亮。」

突然，他臉上那感覺有趣的表情加劇，終於哈哈縱聲大笑起來。

「很漂亮！」他笑道，一臉調皮相。「可是比起妳，卻又差了一截！」

「算了吧！」她也笑了起來。她有點惱於他這種不嚴肅的態度，可是他的輕鬆，馬上感染了她，使她又快活起來。

下午，他們去林肯的故鄉，參觀林肯住過的房屋，林肯安眠的墓地。往返開車四小時，途中，敏生非常健談。他不管她懂不懂，一邊開車，一邊道出許多有關建築設計的理論，甚至批評林肯墳墓的設計。他也告訴她一些美國大學宿舍的趣聞。宜芬很有興趣地聽著他一言一語。

傍晚，他們在城裏一家叫做「香港」的中國餐館吃飯。兩人胃口都很好，一同把桌上所有飯菜吃得乾乾淨淨。吃完，敏生問她累不累，她說不累，他就問她有無意思去見識一下美國的酒吧。

「酒吧！」她吃一驚。

「我知道一家離學校不遠，學生喜歡光顧的。有『嬉皮』樂隊演奏，很熱鬧。當然，如果妳不想去，就不必去。」

「我要去，很想去，」她說，突然興致勃勃。「只是，我沒料到美國大學生，也上酒吧間的。在台灣，只有美國人和水兵之類，才去那種地方。」

「由此證明，東方人比西方人高雅，」他揶揄地說。

「我沒那個意思，」她趕緊說。

「不必向我道歉，」他笑道。「我，王敏生，是個中國人。」

他說時，雖然是笑著的，顯然並不暢快。某種自嘲之情，夾雜其中，使人懷疑他的話，是否另有弦外之音。她不能理解。

然而這只是短暫的。他很快就恢復坦率活潑，付了帳，引著她坐車，駛去校園附近的酒吧。

所謂「嬉皮」樂隊，主要是由一批喜歡熱門音樂，而又需要賺外快的「嬉皮」大學生組成的。可惜現在正逢假期，樂隊人員多半離城，所以暫時休演。但酒店是開著的。裏面，唱片代替樂隊，喧喧攘攘。所以，雖然看不見不修邊幅的長髮「嬉皮」，有點可惜，倒也不乏其熱鬧。

侍者端來兩杯啤酒。敏生端起酒杯，把玩一下，面露得意之色。

「我已經滿了二十一歲，」他說，「喝酒不犯法。」

他一口喝下大半杯。

「爸爸一定不相信我來過這種地方，」他說，現出天眞頑皮的樣子。「妳可別告訴他。」

「你對爸爸，一向那樣拘謹？」她問。

他沉默一會，面孔嚴肅起來。他又開始把玩酒杯。

「一向是那樣，」他低沉地說，若有所思。「這是他的教育。他把我塑造成他理想中的兒子。我不想使他失望。」

「可是，你不全是那樣的，」她說，「你有活潑的一面。」

「人都有許多面，像建築物一樣，」他非常認眞地說。「每一個角度，都有不同的面，就看你從哪個角度去觀察。所以，說來說去，問題全在於角度。」

他又喝下一口啤酒，沉吟片刻。

「爸爸就是沒懂這一點，」他說。「他沒懂得人性是多面的。」

她從來沒看過他這樣認眞、嚴肅。她認識他活潑的一面，認識他拘謹的一面，卻未見過他現在這種審思分析的一面。人是多面的，他說。我已看過他的三面，他還有多少面呢？

她微微迷惑地望著他。她發覺他長得異乎尋常的瀟灑。那姣好的面龐，是東方與西方美好一面的組合。這樣的臉，配上他現在這種凝思的神態，使他一下子變得遙遠，不可企及。而這卻是啓瑞的兒子。也是她的兒子。兒子？她想。不，他不是我的兒子。他是一個謎。

「怎麼的？在想什麼？」敏生說。

「哦！」她被拉回現實，對他咧咧嘴。「沒什麼。」

敏生剛才臉上那份深思的表情，頃刻間又已消逝無跡。他又是個活潑得近乎調皮的青年。

「喝些啤酒看看嘛？」他說。

她端起杯子，呑下一口。

「不好喝！」她苦笑，扮個鬼臉。「我不喜歡。」

「那我替妳喝了吧！」他說，從她手裏接過酒杯，一口氣喝乾。

他們回到家時，已是晚上十一點了。當宜芬洗完澡，上床躺下，她感到一股使她全身酥軟的甜蜜的疲倦。

第二天早晨，宜芬梳洗完畢從房間走出，發現敏生已做好早餐，在等著她了。她一時覺得非常不好意思。自從來到美國，她平日極少出門；出去買菜，又是開車往返，所以運用兩條腿的機會，實在很少。昨天走了一點路，今晨就遲了一小時才醒來。敏生難得回來度假一次，卻讓他自備早餐，實在說不過去。她想向他道歉，但一看到他道早安時那種天眞、自然、快樂的模樣，她就知道完全沒有道歉的必要了。

「睡飽沒有?」他笑道,「妳看起來很新鮮。」

「飽得很。你呢?你睡好沒有?」

「睡得很好,」他回答,「做了一個美夢。」

兩人吃了早餐,喝下咖啡,坐著閒聊半天,一直到將近中午,提早吃了午飯,才離開家門。

水晶湖公園離家不遠,也就在俄本納城內,車行二十分鐘就到了。這公園裏,因爲有一個湖,就有了這個名字。這公園遠不及阿里頓公園大,但景緻很特別。園內有許多分歧而又互通的小徑,蜿蜒曲折,徑寬僅容車身,兩旁全是楓樹。樹上,斑斑駁駁,還留有紅色黃色將落未落的楓葉。他們的「野馬」,在小徑上穿梭緩行,繞過一座假山,他們就看到了水晶湖。

他們下車,步行湖邊。

湖裏的水,並不十分潔淨,不配被形容爲水晶。水面上飄浮著不少零亂的落葉。敏生說,春夏之際,總有許多野鴨子在湖內游泳,可是一過秋天牠們就不知到什麼地方避寒去了。一座精巧的弓形橋,彎彎地跨越湖上,遠望過去,使宜芬聯想起中國古畫中的虹橋。他們沿著湖邊,走了一程,越過橋,登上對岸的假山。假山中,有不少被灌木隔成的靜僻角落,設有長條石椅,供人休息賞景。他們就在其中一處,可以俯視虹橋的地方，坐了下來。

「這眞是個好地方，」她說，輕吁一聲。

「小時候，我常常一個人跑來這裏，」他說。

她有點吃驚。

「美國小孩一般很好動，」她說。「大概很少有耐性賞景的吧？」

「我不是美國人，」他說，一笑。

他們沉默了一會。她感覺他的活潑又在消失之中。他凝望空間，顯然有所思。

「那時，我眞的非常寂寞，」他說。

一股同情，在她胸中湧起。她覺得她的心，爲了他，疼了起來。

「我想，我能了解你的心情。」她憐惜地望他。

他搖搖頭。

「不，妳不了解，不可能了解，」他說，深思地。「沒有人能了解。沒人能了解我那種對自己的探索，對眞實的追尋——」

他中止，苦笑一下。

「瞧，」他說。「一想要把思想變做言語，就會遇到這種麻煩。就會把自己內心的糾結，理論化、哲學化。我不喜歡這樣。」

他沉默一會。

「可是，我還是想說給妳聽，」他說。「也許，妳能懂得其中一些。」

他停頓片刻。

「有一點，我要妳知道，」他說。「我愛我媽媽。我非常愛她。」

宜芬很覺意外。她想說什麼，可又不知說什麼才好。

「我非常愛她，」他繼續，凝望空間。「我尊敬爸爸，我佩服他，感激他。可是，我愛的是媽媽。」

「你爸爸，知不知道？」

「當然不知道，」他說。「也不會相信。他那樣正直，是非觀念那樣重，理智完全控制感情，把倫理道德當做萬古眞理——他，他不能了解。他不能懂一個兒子會愛一個不負責任、遺棄家庭的母親。他不能懂。可是我愛她。我一直愛著她。」

宜芬充滿同情。可是，同情之外，又有一種說不出的難受。

「可能，她出走時，你還年幼，你有點把她理想化了，」她說。「你對她的愛，也可能多半是自構的幻覺。」

他搖搖頭。

「並非如此，」他說，肯定地。「我還時常見到她。」

「什麼！」她嚇一大跳。「你見到她？」

「她就住在芝加哥。幾年前，終於被我打聽出來了。就因爲她在那裏，我才堅持要入芝加哥大學。爸爸原來是想把我送去MIT的。」

「可是——」她仍不能相信。「你爸爸知不知道？」

「當然不知道，」他說。「他的道德是非觀念，怎能容他了解我，他一手教出來的中國兒子，會去追隨一個遺棄自己和自己爸爸的母親？在他想法中，這樣一個可恥的母親，就是在路上遇到，也該裝做沒看見。」

「你媽媽，現在變得怎樣？」她問。

「實在很可憐，」他說，憐惜地，搖搖頭。「她私奔以後，不到兩年，那男的就遺棄她，留下給她一個女兒。後來她又結過一次婚，可是沒多久丈夫就車禍死了。現在她在一家百貨店做事。」

「她對你怎樣？」

「很不錯，」他說。「雖然，我想她更愛她那個女兒。我也喜歡戴安娜，常常帶她出去玩。」

「戴安娜？」她吃一驚。「就是你信上提過的——？」

「不錯，就是她，」他說。「她今年十歲。」

兩人無言，靜默一會。

「想起來也眞滑稽，」她說。「你爸爸還那樣擔心著呢。卻不知戴安娜是何許人。」

他笑了一下。

「妳想想看！我若交什麼女朋友，這種事，我怎會告訴爸爸！」他說。「實在，我想，我是有點惡意，在信裏提起戴安娜，私下作弄一下爸爸。」

突然，宜芬對啓瑞，感到十分可憐。她沉默數分鐘，終於抬起頭。

「你媽媽——她，後不後悔離開了你爸爸？」

敏生默默望了她一會。他顯然猶豫著什麼。

「實在告訴你，她一點都不後悔，」他說。「有時想想，她實在只是運氣不好。要是當初她找對了丈夫——」

他停頓，彷彿不知如何接續。

「我常想，」他終於說，遲疑地，「她同人私奔，爸爸也要負責的。可以說是他逼了她的。」

突然，宜芬心中感到一陣刺痛。對啓瑞的憐意，便加尖銳起來。她不能忍受敏生，在她面前，竟如此批評她的丈夫。主要倒不是爲了啓瑞。而是他這樣批評啓瑞，眞是太不把她看在眼裏，太不尊重她了。她開始對敏生感覺憤怒，想叫他住口。

然而敏生，過分深入於自己思維中，絲毫沒注意她。他繼續說話。

「媽媽離開家後，不久，我就開始了長期的探索自我的掙扎。我問自己：我是誰？我到底是誰？我究竟是爸爸，還是媽媽？是東方人？是西洋人？是中國人？是美國人？我循規蹈矩，我知禮能讓。但這算不算我？是不是我的本性？我眞是那個每天拘拘謹謹，少言寡語的君子？如果是的話，爲什麼我不快活？爲什麼感覺脫節？而我心中極欲放縱的感情，極欲表達的思潮，又算得什麼？怎樣解說？兩股力量，在我胸中，相扯相鬥，輸贏難分。我有被撕裂的感覺，永遠痛苦，得不到安寧。」

在他說出這段話的時候，宜芬方才的憤怒，無形中消散無跡。代之而起的，是無止無限的同情、愛憐。

「你一定非常痛苦過，」她說，溫柔地凝視他。

「現在好得多了，」他說，對她笑笑。「鬥爭還是沒有完結，我還是沒找到眞我，可是現在，我想開多了。至少，我已發覺了人是多面的。問題在於判斷哪一面最佔優勢。」

他望著她，臉上逐漸綻開笑容。這笑容裏，表露出無限感激。

「我很高興，終於把這些話說了出來，」他說。「現在，我覺得妳能懂得我。可是別讓我儘談著我自己。妳也談談妳自己，好不好？」

「哦，」她說，對他笑。「我比你簡單許多，道不出什麼文章來。」

「談談妳頭一個丈夫，」他說。「我很想知道。」

這句意外的話，不知何故，突然觸及她心底深處。這是無可理解的。已經好幾年，她沒想過鴻毅了。即使想起，也不再感覺悲傷。可是，敏生現在這麼一句話，突然使她一陣辛酸，眼淚禁不住泉湧流出。

「啊，對不起，眞對不起，」他說。慌張，失措。「我，全沒想到——」

他往身上亂摸一陣，找出一條手帕，遞進她手裏。

於是，她按捺不住，用手帕按住眼睛，嗚嗚地哭了起來。

哀慟中，她感覺他的手伸過來，摟住了她的肩膀。她更加悲切地哭泣。眼淚溼透了手帕，滴到她腕上，沿著手臂，一串串滾下來。她出聲哭，一聲接著一聲，不加快，也不鬆弛，卻怎樣也停止不下來。敏生不再試著道歉了。他不說一句話，手臂環抱著她，任她哭個痛快。他靠著她很近。她感覺他的面頰，一次兩次，觸著了她的頭髮。

終於，她的哭聲自動減退，變成了斷斷續續的抽咽。她用手背和手帕，揩掉縱橫臉上的淚涕，舉起頭，歉然地，做出一個笑容。

「眞對不起，」她說。

他俯首望她，異常溫柔。

「我才眞是對不起妳，」他說。「我眞正沒想到——」

「沒關係的，」她說，又做出一笑。「我要告訴你聽。我眞的想告訴你聽。」

於是，斷斷續續，抽咽欷歔，她開始告訴他一切。她告訴他，她和鴻毅怎樣相識，怎樣戀愛，怎樣不顧家庭反對結婚。她告訴他，鴻毅，如何年輕，如何體貼，他愛吃什麼菜，愛說什麼笑話。她告訴他，她愛狗，鴻毅愛貓，兩人爲此，怎樣鬥嘴嘔氣。說到有趣的地方，她破涕而笑，說到可氣的地方，她噘唇表示不服。敏生一直傾耳細聽，有時陪著她笑。他依舊緊靠她，環抱著她。

最後，當她說到鴻毅飛行失事，她痛不欲生的一段，他摟緊了她。她敍述完畢，他輕輕推起她下巴，用手指頭，爲她抹去臉上最後的幾滴淚珠。

不知有多久，他們就這樣緊靠坐著，沒有移動，沒有說話。兩人的痛苦，在這一時刻，融滙在一起，互相交流。於是，他的痛苦變成她的痛苦，她的悲愁變爲他的悲愁。於是，痛苦消失，悲愁消失，留下來的，是一種超越個人悲苦的廣大無際的憂傷。

他們從石椅上站起來的時候，已是暮色濃重了。西天一抹晚霞，一團絢爛的紫紅，凝結留戀在那裡，軟弱，無能爲力，等待著專橫的夜，那廣漠無邊的黑暗，侵佔她，吞噬她。假山的坡度是傾斜的。敏生牽著宜芬的手，引她下山。下到了平地，他們也沒把手分開。

在虹橋上，兩人不約而同，停步佇立，俯視下面。剛才日光下看來不甚潔淨的湖水，在昏幽中，卻顯出純潔如玉。絢爛的暮靄，反映在被風掀起縐紋的湖面，與隱幽的枯樹倒影互相掩映，一閃一熠，寧謐、悠遠。

他們沒有說話。只是凝望著、沉醉著。

在這一片刻，他們消失了自我，與宇宙、大自然，融滙成一體。這一片刻，他們接觸到永恆。

然而，一下虹橋，這一神秘奇特的接觸，就消逝去，再也找不回來。但他們不覺遺憾。他們知道，在他們生命中，曾有這麼片刻，他們接觸了永恆。

沿著湖邊，手牽著手，他們一步一步前行。他們的脚步緩慢，慳吝，好像不得不走，卻又預知每走一步，就更遠離一步心愛的夢幻；每走一步，就接近一步不可避免的哀傷。

他們終於走到了停車的地方。他打開車門，鬆開她的手，讓她坐進車內。天色已暗，他捻亮車燈，小心翼翼，繞過假山，穿出蜿蜒的曲徑，駛向公園門口。他們一直沒有說話。

抵達家門，把車停入車房，兩人在屋前站了一會。他們望著屋門，踟躕徬徨，卻不入內。好像這棟房屋，對他們是一種威脅。好像這棟精緻豪華的房屋，預卜著惡兆；一踏入內，就有什麼魔力要把交融的兩心撕散。

他們拖延著，手握著手，步行至附近一家小店，吃晚餐。兩人都沒胃口。

遲疑地、慳吝地，他們又往回走，手握著手。

可是，一進家門，她立刻鬆開他的手。她沒再望他一眼，筆直走進臥房，關上門。

她沒有捻亮電燈。窗外，街燈的微光照射進來，隱隱幽幽。她沒有卸妝，沒有脫衣，癡癡坐在床沿，許久，沒有移動，沒有思想。

於是，她起身，打開衣櫥。摸索著，她取出一件藍色半透明的尼龍紗睡衣。這是全新的。她買來，本想與啓瑞結婚之夜穿，結果沒穿的。

她展開睡衣，小小心心，鋪在床面上，低頭凝望良久。於是，她脫鞋，脫絲襪，開始卸衣。她脫掉外套，脫掉洋裝，脫掉髮飾，脫掉襯裙。接著，她脫去乳罩，脫去裏褲。赤裸著全身，她站在梳妝鏡前，藉著昏幽的街光，凝神注視自己。

她套下尼龍紗睡衣。

躊躇著，她躺下，仰身平臥床上。她靜躺良久，沒有移動；，眼睛睜開，楞楞望天花板。於是，她兩手移放胸脯，撫摸著。

就這樣，她靜靜躺臥。一小時，也許兩小時。

於是，她坐起。她感覺口渴。她要去廚房，弄杯茶喝。

她外面不加衣服，打開房門。在門邊，她遲疑片刻。我，非喝那杯茶不可嗎？

她沒有理會自己。赤著足，輕輕走向廚房。

他房間點著燈。門虛掩著。

走到廚房，她輕手輕足，打開碗櫥。她拿出一只玻璃杯。茶壺裏還有剩茶。她倒出一杯。

她擡起頭。他站在廚房門口，望著她。

她沒有吃驚。

他臉色異常蒼白。上身沒穿衣服，睡袍前面敞開，胸膛裸露。

「給我一杯，」他沉著說，眼不離她。

她沒看他一眼。轉身，又拿出一只杯子，倒滿茶。

她左右手各一杯，走近他。他沒把茶接去。她前，他後，走到他房間門口。她停止。

他仍不伸手接茶。她走進他房間。走近床，把右手一杯放在床邊桌上。

他一言不發，接過她左手那杯，也放在桌子上。

於是，突然，像被雷擊中，他噗的一聲跪倒她跟前。他張開臂，緊緊抱住她雙腿，把臉貼壓向她軀體。他激動得全身顫抖。他臉充滿痛苦，轉左，轉右，緊貼摩擦，要把臉上每一部位，都接觸她，貼遍她。

「宜芬，宜芬，」他喃喃，「我愛你，我忍不住——」

他嘴唇到處探索，這裏，那裏，要鑽入她肉體裏。

「我明白了，宜芬，我明白了，」他喃喃不止，「到底我是媽媽——是她的種子——」

他開始欷歔。

於是，她微欠身，拿起他的頭，摟進她懷裏。她開始撫摸他面孔。她觸他頭髮，觸他眼睛，觸他鼻子。他捧起她的手，壓向他猛顫的雙唇。

她把他從地上扶起。他的外袍，癱跌在一旁。

兩人對立，痛苦，絕望，互相凝視。

於是，狂風暴雨般，他們開始擁抱。他摟緊她，狂吻她嘴裏、嘴外。隔著單薄睡衣，她的雙乳緊貼摩擦他赤裸的前胸。淚水從兩人眼中沁出，你貼我沾，分不清她的淚、他的淚。斷斷續續，他喃喃道出她名字，吻著她，字音不清。他摟緊她腰背，貼壓向他，她覺出他身體那處，強烈驚人的反應。

「宜芬，宜芬，我要你，我忍不住，」他顫道。「妳愛愛我，給了我，好嗎？」

他一隻手，從她寬鬆的衣領後面探入，搓她的背，按她的腰。又繞過來，觸她乳房。他狂吻她頸窩，臂膀。

「妳給了我，宜芬，好嗎？」

他抱擁她，移近床。他兩頰沾淚，滿面絕望，全身抖動。他把她壓倒床上。

「好嗎，宜芬，給了我，愛愛我，好嗎？」

忽然，她掙脫坐起，推開他，左右一望。她退縮，眼裏閃出恐懼。低頭一看，她猛抽一口氣，一把揪起鬆垂的睡衣。「不行，敏生，不行，」她說，開始呻吟。她兩唇顫抖，滿面悽苦，掙扎站起，一步一步，踉蹌後退。她的眼睛，懼惑，迷亂，一直沒離開他。退到房間門口，她哀吟一聲，轉頭，竄回自己房間。

她仆倒床上，抱住枕頭，呻吟著，身體扭擺移動，痛苦難熬。眼淚泉湧而下，染得枕上、被單上，溼淋淋一片。哦，敏生，敏生，她心裏喊，一遍一遍。殺死我吧，殺死了我吧。

兩次，她聽到房門外，遲疑不決的脚步。一次，她聽到房門輕輕叩響。哦，敏生，敏生。進來吧。拿我去吧。把我糟塌了吧。用你強旺的青春，殺死我吧。殺死了我吧。

不知多久，她就這樣躺著、掙扎著。

天方微白，她聽見他房裏，衣橱抽屜開關的聲音。不久，房屋後門呀地開啓，又砰然關上。車房發出引擎發動、汽車倒退的聲響。於是，一切復歸死寂。

伏在床上，她乾乾抽泣，沒有了眼淚。

——原載一九六九年七月《現代文學》第卅八期

# 週末午後

星期六下午，將近黃昏時分，我在厨房裏準備晚餐，一抬頭，從窗口瞥見我五歲的女兒世和，和住在我們對面的九歲男孩安特魯，在我們家斜對面的空地上玩砂石。和平常一樣，世和穿著一件襯衫與牛仔褲——她一向憎厭女孩子們的漂亮衣裳。大概因爲她是我們家裏唯一的女孩，樣樣學哥哥的榜樣，性格和興趣都傾向男孩，也較喜歡找男伴遊玩。不巧她那兩個哥哥，偏偏不屑與她爲伍，若非兩人聯盟與她作對，便是把她遠遠丟在後面。世和沒法，只好一有機會，就和鄰居幾個美國男孩子一同玩耍。

我繼續切菜切肉，好幾分鐘沒有抬頭。等我再往窗外一瞥，卻見一個六十歲左右的婦人，一手牽著世和，一手牽著安特魯，向我們家大門走來。接著門鈴一響。我趕緊洗了手，出去開門。

「你女兒擲石頭，」老婦氣咻咻地衝著我說：「她擲石頭，打破了我汽車的擋風玻璃！」

我一時莫名其妙，呆站在那裏。

「后普扔了一塊石頭，」安特魯向我解釋。后普是世和的英文名字。「這位婦人開車駛過，后普正巧向街上丟出一塊石頭，就打破了擋風玻璃。」

「你們必須賠償！」老婦氣忿地叫嚷：「非賠償不可！」

我這才注意到，她哪裏是「牽」著孩子？卻是死勁地捏牢兩個孩子的小手腕，唯恐讓罪犯逃掉似的。

我進屋內，把事情告知外子祥霖。祥霖說：「既然打破，有什麼辦法？賠她就是了。」

我回到大門，很客氣地對老婦說：

「您帶我去看看車子好嗎？請不必煩惱，如果打破，我們一定會賠償的。」

「我可以喊警察來，」老婦十分不友善地說：「我可以喊警察來，逼迫你們賠償。」

這句話，突然之間，使我極端不悅。尤其當我得知她原來就住在我們同一條街的街尾，稱得上是「鄰居」，我眞有一種異常難受的感覺。

老婦兩手依然緊抓小孩手腕，帶我一同走到停在對街的一輛嶄新汽車旁邊。我一眼望去，見擋風玻璃完整無缺，沒有破損跡象，覺得很奇怪。

「摸摸看！」老婦終於放開小孩子的手腕，伸手摸向擋風玻璃正中部位一小塊地方。

「摸摸看！真的是破了！必須整片玻璃換新！」

我照著她指示的部位摸去，確實有一塊銅板一般大小的地方，有點凹凸不平。

「非整片換新不可！」老婦嘮叨不止。

「是什麼樣的一塊石頭打到的？」我問道。

「沒看清楚，」老婦說：「反正一定是塊不小的石頭。」

我們朝地下張望尋找，卻找不見一塊可疑的石頭。

我轉向世和，很平靜地問她：

「告訴媽媽，是怎樣的一塊石頭？多大？什麼形狀？」

世和垂著眼，肩膀一聳，兩手一攤，低聲喃喃：「我不知道。」

我轉向安特魯：「你看到了嗎？多大的石頭？」

「大約這般大，」安特魯用手指比出一個圓形。突然，他用一種既像抗議又像請求的音調，對老婦大聲說：

「但她不是故意的！她不是故意扔的！」

老婦不理睬。

「真的，顏太太，」安特魯轉向我：「后普不是故意扔的！」

「當然，當然，我知道她不會故意扔的，」我十分溫和地回答。我心裏很是不忍，覺得老婦實在不應該，也沒必要，用這樣嚴厲的態度，把兩個小孩都嚇得面無人色。而安特魯，在這樣的恐嚇之下，竟還關心同情世和的處境，勇敢地替她說話，使我心中甚爲感動。

石頭雖然找不到，擋風玻璃有一小塊凹凸不平，卻是事實，我只好邀請老婦進屋裏來，商量賠償的方法。

我正在研究汽車保險公司或家庭保險公司是否可以負擔一部分這類的賠款，或者必須由我們自己支付全額，忽然聽到祥霖在門外大聲的叫：「哪裏有什麼破損！根本沒有破損！」

老婦立刻怒容滿面。「什麼沒有破損！」她氣沖斗牛，喧嚷起來：「明明打破了，還想抵賴？」

她衝出大門，我緊跟在後。

原來，當我和老婦在客廳商量的時候，祥霖去檢視了一下車子，馬上看出擋風玻璃凹凸不平的那一小塊，是雨刷留下的一點骯髒的膠質體，黏在上面已經多日。他用抹布和除垢劑，已經擦個乾淨。

老婦氣呼呼地來到汽車旁邊，面對清潔光滑的擋風玻璃，一摸再摸，找不到半點凹凸不平處，咕噥道：「奇怪，剛才明明有的！你也摸到了的！」突然，她有點惱羞成怒地轉向小孩，喝道：「不管怎樣，還是你們不對！本來就不該向街道擲石頭的！」

「不妨喊警察來，判斷一下到底有沒有破損。」祥霖不客氣地回敬了她一句，一臉不耐煩地回屋裏去了。

老婦一時誤解，以爲祥霖眞的回屋裏打電話叫警察，臉容頓時變得緩和，說話語氣也溫和起來。她訴苦似地對我說，平常她並不是一個喜歡刁難人家的人，只因這輛新車是她兒子的，她兒子不准她開，而她偷開，所以假如弄壞，一定會被兒子罵死。她轉向安特魯與世和，玩笑道：「下次你們看見我開自己的那輛黃色舊車，儘管向它擲石頭好了！」說著自己哈哈大笑起來。

當時我對老婦態度的突變，有點不解，只當她是感覺慚愧的緣故，事後我才悟到，她很可能是擔心我們反告她一狀，說她無事生非，擾亂和平。又因沒有找到石塊可做證據，我們假若硬要告她有意欺詐，她恐怕也有口難辯。難怪當她搞清楚祥霖並沒去叫警察，她彷彿大鬆一口氣，揮手駛車離去。

就我自己來說，也眞正大鬆一口氣！眞是幸虧世和擲的石頭，沒有擲壞老婦的汽車！我提醒自己，今後一定要比較嚴格地約束孩子們的行動，免得再惹出同類的事件。

祥霖卻一直認爲此事有些蹊蹺。他一向最疼愛世和，總說她又乖又懂事，因而堅持不肯相信她向汽車擲石頭。安特魯還在街上玩耍，祥霖便出去和他交談，問他世和究竟站在什麼地方，向街上擲石頭。安特魯指出的地點，離街心有三、四十呎遠。

「后普怎麼擲得了這樣遠？」祥霖問。

「我也正爲此感到奇怪呢，」安特魯回答。

祥霖私下對我說，他十分疑心安特魯自己擲了石頭，看見闖了禍，便把罪過推給世和。「剛才我擦洗擋風玻璃的時候，他特地跑來對我說：『顏先生，后普不是故意的，她不是故意扔的。』我見他一臉緊張的樣子，就覺奇怪。他好像唯恐我們處罰或盤問世和。」

我想起安特魯在我面前，也一臉緊張地說過同樣的話，便也開始懷疑起來。雖然汽車沒受損壞，現在已經沒事，這個疑問卻困擾得我十分難受。我決定追究到底。

我把世和叫到身邊，很溫和地同她說話。

「后普，」我說：「你擲的石頭，到底有多大？你對媽媽說，媽媽一定不罵。」

又一次，世和肩膀一聳，雙手一攤，喃喃道：「不知道。」

「怎麼會不知道？像這樣大？或這樣大？」我圈起手指比示。

世和支吾不答。

「后普，你眞的擲了石頭沒有？」我問道。「說實話——你必須對媽媽說實話。」

世和忸怩一下身體，半晌才回答：「我不能說的。」

「怎麼不能說呢？」

「安特魯說的，他說，不准告訴媽媽，不准告訴爸爸，也不准告訴哥哥。」

「但你應該照實說話，」我勸道：「你做了壞事，就必須承認。可是如果不是你做的，而別人說是你做的，你就應該爭辯。」

「可是他會揍我！」世和說，「他也不肯再同我玩了！」

我思索一下，回答道：「要是因爲你說實話，就揍你，就不同你玩，這樣的朋友，我們可以不要。可是我相信安特魯不會揍你，也不敢揍你。他一定是一時慌張，怕受處罰，才這般的不誠實。可是我們不應該怕受處罰，就說謊話，也不應該怕挨揍，就說謊話。不管什麼樣的情形，說實話總是不錯的。」

我把世和摟在懷裏。

「后普，」我說：「以後都講實話，好嗎？」

「好的。」世和很認眞地點點頭。

天色漸漸黯了下來。從窗口，我辨認出安特魯，還在他們家的門口遊蕩。我打開大門，獨自一人走到前院。

「安特魯！」我叫道。「你過來一下好嗎？」

沉沉暮色中，安特魯十分敏捷地走過來，很有禮貌地站在我跟前。

「安特魯，」我溫和地說：「后普對我說，她其實沒有擲石頭。你是知道的。你知道她沒有擲石頭，爲什麼你卻在那老婦人面前，說后普擲了石頭？」

安特魯臉上，隱約閃過一絲自衛的、機警的神色。

「顏太太，」他說：「我一再的對那婦人說，后普沒擲石頭，那婦人固執得要命，硬是不信。」

這樣一個明顯的謊言，出於一個九歲孩子之口，如此不假思索，態度又如此天眞無邪，一時令我吃驚得目瞪口呆。

「我對那婦人說，」他重覆道：「后普和我都沒擲石頭，根本沒人擲石頭，她硬是不信。」

「安特魯，」我說，儘量壓抑胸中的不悅。「你這說的就不是實話。你明明在老婦人面前，對我說，后普擲石頭，打破了擋風玻璃。你說她不是故意的，但你說是她扔的。」

安特魯沉默半晌。

「對不起，」他終於說。聲調卻是那樣的謙虛，也還那樣的天眞無邪。

我兩眼凝視著他稚氣的、靈活的、頗有點神經質的面孔，很嚴肅地緩緩開口。

「那是很不應該的——指怪別人做了他實在沒做的錯事，」我斟酌字眼，企圖使他明白我已看穿眞相，卻又避免直接戳穿他。「或者，由於自己做了錯事，怕受到處罰，就歸咎別人，讓別人冤枉受罪。」

安特魯直立在我跟前，一聲不響。

「以後，不要再做這樣的事，知道了嗎？」我和氣地說。

「知道了。」他溫馴地回答。於是乖乖轉身，很穩重地，一步一步走回他家。

我以爲這件事就此解決，豈知不然。

第二天晚上，我的兩個男孩在閒談時，偶然向我提起，安特魯對人家說，后普向她媽媽撒謊，石頭實在是后普扔的。

我一聽到這話，頭一個反應是極端的忿怒。怎麼有這種可怕的孩子！說謊說個不停！我有種衝動，想立刻到安特魯家去，把這件事情的始末，告知他父母，讓他們好好「修理」他一番。他們夫妻二人，都在外面做事，早出晚歸，平常沒什麼時間管教孩子，孩子兩點半放學回家後，沒人管束，時常就在街上遊蕩。可是據說他們一旦捉到孩子做壞事，就會狠狠的鞭打責罰，並拘禁整個禮拜，除了上學，絕對不准出門一步。我早有過經驗，知道制伏安特魯的最好辦法，便是對他說要向他父母告狀。去年夏天某日，他向我兒子借一件玩具，我兒子怕他弄壞，不願借他，他便大發脾氣，抓來幾把爛泥，擲到我們家的玻璃窗子上。我明明看到他擲的，但當我出門責問，他竟矢口否認。直到我說要跟他母親談談此事，他才承認過失，並自動地提來一桶水和一塊抹布，替我們把窗子洗得乾乾淨淨。

好一陣子，我眞恨不得馬上去向安特魯的父母抱怨。我想，要是安特魯因此挨打，也是他活該的！……可是接著冷靜一想，我覺悟到我自己也有一大失錯的地方。

我覺悟到，昨天晚上，我實在應該特別囑咐孩子們，絕對不要同人家談論誰擲石頭的問題，免得叫安特魯在同伴面前喪盡面子。一個九歲的孩子，也是有他的自尊的！

於是我責備兒子道：「你們不應當向人提起這件事！安特魯自己心裏明白就夠了，你們爲什麼還要揭穿他、取笑他？他爲了保全面子，當然只好否認，反過來說是后普撒謊。」

「我們哪裏有取笑他！」兒子申辯：「是安特魯的哥哥問起的。他問我后普怎的扔石頭闖禍，我說，不是后普扔的，是安特魯扔的，他怎樣也不信，說他們一家人，他爸爸媽媽，全都曉得是后普扔的。他又問我，怎麼說是安特魯扔的？我說是后普告訴媽媽的。他就把安特魯叫來問，安特魯回說是后普撒謊。」

我想了一下，覺得兒子實在沒有什麼不對，另一方面，我對安特魯這次被逼得又說謊的尷尬處境，也多少有點憐憫起來。於是我對兒子說：

「明天上學，你見到安特魯，代我傳一句話。你跟他說，要是他認爲后普撒謊，放學以後就來我們家一趟，告訴我后普如何撒謊，我好懲罰她。」

次日，兒子放學回來，對我說：

「安特魯向我承認了石頭是他扔的。但他要我答應，以後再也不要提起這件事。」

「眞的不要再提了！」我說，心裏一片舒坦。

「媽媽，」兒子說：「我們已經想好了要送你什麼生日禮物。」

「哦？」我笑問：「先告知我，行不行？」

「不行，這是秘密，」兒子滿臉的得意和神秘。「明天你自然就曉得了。」

他轉身離開，突然，又想起什麼似地回過頭。

「對了，媽媽，」他說：「安特魯要我跟你說，祝你生日快樂。」

——原載一九七七年四月廿一日《聯合報》

# 詭道

我家最近加蓋了一個房間。從這樣一件好像很平常的事情，我獲得的知識實在太多太多。我指的倒不是房屋建造的方法與步驟，雖然在這方面，我也學到了不少。我說的是超越這件工程本身的「人」的問題，以及連帶的社會問題。這次的經驗，帶給我的多種認知及感悟，是我一輩子也忘不了的。

這其實是一個很小的工程。美國很多房子，後邊連有一塊露天的水泥地，叫做Patio，可供做戶外烤肉或閒坐乘涼的場所。我們家的Patio，面積相當大，有兩百六十四平方呎，我們又沒有吃戶外烤肉的習慣，祥霖便妙想天開，決定利用這塊水泥地基，建蓋一間「健身房」。這是一個極好的主意，因孩子們很喜歡打乒乓球，家裏卻沒有足夠的地盤放置乒乓球桌；此外，我們有好幾種鍛鍊身體的工具，放在起居室裏，覺得太擁擠，也不雅觀。如果蓋出一間健身房，這些問題便都可以解決了。祥霖說，既有現成地基，這件工程應該毫不困難，房間一邊也是現成，只是把三邊圍起來，裝置窗戶及玻璃門，做個屋蓋，連到房子的屋頂，再開三個天窗，裝兩個電燈電風扇，也就可算完成了。祥霖用尺量來量去，把健身房的結構細節，先都在腦子裏想好了。

下一步是找一個營造商。對這方面的事，我們一無經驗，只知奧斯汀有上百個營造商，而建築業目前極不景氣，很多營造商破產，所以這種小工程，一定也有很多人要爭著做。事也湊巧，我正翻著電話簿，不知該首先接觸哪一家建設公司，祥霖從我們家門外撿進來一張廣告傳單。傳單上印著精美的字體：

你想整修房子嗎？
加蓋一個房間嗎？
我是經驗豐富的營造者，
也是與你同住一區的鄰居。
請打電話給我，
讓我使你夢想成眞！

大衛・曹特（營造者）
住址：×××
電話：×××

「怎麼這樣巧？」我嘖嘖稱奇，「也許是有緣份呢。」

「那就叫來談談看好了。」祥霖回答道。

我早聽說，做這種工程，應該找兩三個營造商面談，就價錢及其他方面，做過比較以後，再下最後的決定。所以我打電話給曹特先生時，特用虛擬語氣，表示我們只是在初步考慮加蓋一個房間。我不想讓他先抱太大希望，免得如果落空，他會不好受。在這種事情上，我是有點要不得的心軟。

曹特先生年約四十，是一個褐色眼睛褐色頭髮的白人。身材不很高，體格卻很壯，圓臉，五官長得很不錯。他穿著格子襯衫和牛仔褲來我們家，態度隨和，平易近人，像一個典型的好鄰居。談開來，我們得知他太太和我們一個熟朋友在同一藥房當藥劑師，更增加了一份親切相知的感覺。他專心聽著祥霖對健身房的設計構想，認爲很可採用，接著提出幾點意見，都是十分中肯。我們對他產生了很好的印象。

「你是不是建築師？」祥霖問。

「其實並不是。」曹特笑著回答。「說來叫人難信，我念的是『神經生理學』，拿了個碩士學位。畢業後做了幾年事，每天關在實驗室裏工作，覺得很沒意思。房屋設計，我是不學自通，大概天生就有這方面的才能。我又喜歡運用雙手，在戶外勞動，所以放棄科學研究，投入了營建事業。」

曹特雙目炯炯，神采奕奕，顯然是個聰明靈活的人。頭腦優秀卻又偏好勞動，這種人並不很多。

「活在世上，還是要聽從自己的性向，做自己想做的事。」曹特總結道。

我和祥霖，都服了他，當下心裏有數，健身房之建蓋，非他莫屬。我們請他把價錢估計出來，再做第二步的商議。

數日後，曹特拿著一個公事包和一大牛皮紙袋來我們家。

在客廳坐定後，他從公事包裏取出幾張筆記紙，上面是一行行手寫的字和數目字。他掀翻一下，對我們說，他已估計出蓋健身房的價錢。

「我開頭算出來，不相信，以爲是算錯了，不該這麼貴。」他說道。「我又算了幾次，卻都沒錯，確實超出一萬元。」

我與祥霖，對建築費用的行情一無所知，但覺得一萬元左右，可以付，便表示能夠接受。

「現在，要決定的是用哪一種地板。」曹特從牛皮紙袋裏取出七、八種塑膠地板的樣品。「這些樣品是里昂公司供應的。我包下這件工程，打算樣樣由我自己和我手下兩個工人來做，就只鋪地板一件，打算叫里昂公司做。」里昂公司是奧斯汀最大一家經銷地氈和地板的商店。

七、八件樣品中，只有一件是一呎見方的塑膠小板片，其他全是大片的。大片的地板，表面都有光澤，是所謂的「no-wax floor」，意即不必打蠟。小的板片卻沒有光澤，必須時常打蠟。

「大片地板的唯一壞處，是破了一個小地方，就得全部撕下來換新。」曹特分析道。「如果是小片的，破一塊，換一塊，簡單得很。」

「那就用小片的吧。」祥霖說。

我卻羨慕大板片的光澤，又想到打蠟的麻煩，不大願意。

「這種不必打蠟的地板，」我指著大板片問道：「有沒有做成小塊板片在賣的？」

曹特看了我一眼，搖搖頭，回答：「沒有。」

我只好也同意用小板片。

「里昂公司已估計出來，這種小板片，鋪兩百六十四平方呎的面積，是四百塊錢。」

曹特又翻了翻筆記紙頁，總結道：「全部工程，連同地板，一共是一萬零五百二十五元。」

我們口頭接受了這個價錢。

「我用的全是最好的材料。」曹特說：「市面上一些打折的廉售品，我是不屑一顧的。」

次日上午，曹特已繪成健身房的設計詳圖，拿到市政府申請建築許可證。他也送了一份拷貝來給我，並說馬上就要動工。

「沒簽約就動工？」我笑道。

「要簽，要簽。」曹特也笑起來。

我約他傍晚，祥霖在家時，帶契約來簽字。

「對了，有件事忘了提。」我說：「你的價錢估計單，能不能給我一份，晚上帶來？」

曹特望著我的臉，回答道：「可以。」

我有點不好意思。我怕他以爲我不信任他，而傷感情。

「我只是想留做以後參考。」我略帶歉意地解釋。

「沒問題。」他回答，毫無不悅之色。

晚上他一來，便興奮地宣佈已取得建築許可證，次日即可開工。他對這件工程，興趣顯然特大，他說，這兩年來他蓋的全是商業建築物，現在要回到住宅建設的市場，很需要顧客的推薦。他要把這個健身房蓋得十全十美，以取得我們的口碑。他拿出打字機打成的契約，上面寫明總共的價錢，以及分三次付款的安排。我和祥霖都樂意地簽上了名字。

「價錢估計單——帶來了嗎？」我問道，仍覺腼腆。

「在家裏，沒帶來。」曹特回答，好像已忘記上午的允諾。

「我還是想要一份，」我說道：「如果你不在意的話。」

「我不在意。」曹特客氣地回應。

次日，果然就開工了。曹特手下兩個工人，一個名叫安第，墨西哥裔，是個木匠，一個名叫布魯斯，白人，是油漆匠。但兩人除了木工及漆工，好像什麼都會。曹特更是樣樣懂，樣樣幹。有時他和兩工人一同勞動，有時因爲有別處的工作，自己不來，讓安第和布魯斯，或其中之一，留在我們家做。但不論曹特有多少別的忙事，每天一定會來一次兩次，檢視安第和布魯斯的工作成績。他確是個勤奮能幹的營造商人兼工人，我是十分滿意，時常當面稱讚他。我說，我看得出他對建築行業，確實懷有一腔由衷的熱情。有了這種心態，沒有不成功的道理。

「非成功不可！」曹特執著地說，一笑。「我爲它放棄了科學研究事業！」

他卻仍沒給我價錢估計單。我覺得再跟他討，實在顯得自己太囉嗦，而且，他既是個敬業的人，若以爲我懷疑他，心裡一定不好過。我決定不要它也罷了。

才兩個星期，健身房就很有一個樣子了。我依照約定，已經付過兩次錢。現在大約就只剩漆牆、鋪地板，以及裝置電燈電扇。

里昂公司派人來鋪地板，是在一個星期六。那是個六十歲左右的墨西哥工人。我看著他把強力膠刷到水泥地上，然後一塊一塊貼上塑膠板片，覺得這件工作並不困難。我們的房子，已有十四年舊，浴室地板出現了龜裂跡象，早該換新。我細心觀察這工人的鋪地方法，私下忖度，浴室的地板，由我們自己來換，應該沒有問題。

「板片怕不夠呢。」工人說，一腔西班牙的口音。

「會不夠？」我問。「我本還希望多出幾片，我能留下來以後補破。」

「是呀，是呀。」工人連聲應道。

結果，板片眞的不夠，共缺四片。不知是曹特的錯或里昂公司的錯，兩百六十四平方呎的地盤，卻只準備了兩百六十塊的板片。可能是他們精打細算，減掉三面牆壁佔去的地面，認爲可以少用幾塊板片。卻沒想到房間地面的邊緣，板片雖然必須削小，卻都在半片以上，所以不能把削下的部分，再拿來利用。工人說，店裏好像沒有這種板片的存貨，必須再向外地訂購，但一兩天內必到，他就馬上回來替我們鋪齊。

「我有曹特先生的電話號碼。」工人說：「一回去，我就打電話給他。我也會替你跟他多要幾片，將來可能有用。」

星期一上午，我下樓來時，安第和布魯斯早已來在院子裏了。我照例出去跟他們打招呼。這兩人，都是三十出頭，雖然曹特不在場時偶然會偷懶，卻是手藝很好的工人，看來也相當老實。有時候天氣熱，我看他們工作辛苦，就泡大杯的冰檸檬汁給他們喝，他們總是很高興。我想他們對我印象是不錯。

「早安。」我說道。

「早安。」兩人回應。

「今天漆牆？」

「要漆牆，也要做窗櫺。」布魯斯回答。

我正轉身想回屋內，安第突然問道：「顏太太，你看到一罐白油漆沒有？」

「白油漆？」我指著樹下放著的兩個油漆罐子，問道：「不在那兒？」

「那些是漆屋外用剩的空罐。我們是在找新的一罐——漆裏面牆壁要用的。」

「那我沒看到。」我回答。

「曹特說，他星期五拿了來，放在這兒的。」

「也許他記錯了。」我說。

「曹特十分肯定，說是不會錯。」安第回應。

覺得不大舒服。這是什麼意思？難道是懷疑我們偷了油漆不成？安第和布魯斯，有沈重之色，也許曹特冤枉了他們？

「上週六，只有鋪地板的工人來過這兒。」安第說：「曹特認爲是他偷的。」

「不會吧！」我大表懷疑。「我一直在旁邊，看他鋪地板。鋪完他就走了。」

「我也覺得他不會。」安第喃喃說。他是墨西哥裔，可能是想衛護自己的族人。「以前他也替我們鋪過幾次地板的。」

我進屋裏，把事情告訴祥霖。祥霖說，曹特一定是心裏想過要把油漆拿來，卻沒拿來，而搞錯以爲已經拿來放在我們家了。

「每天傍晚我灌溉後院草地，工人留下什麼，我都清清楚楚。」祥霖說：「星期五如果留下一罐白漆，我一定會看到了的。」

曹特這個人，對待手下工人的態度如何，我不大清楚。然而他待我總是非常親切；好像我是他的朋友，而不是做生意的對象。他口齒伶俐，跟我講起話來，態度天眞無忌，語氣有時近於調皮。我雖覺他有點過於隨便，卻又覺得相當可愛。接觸的次數一多，我發現他頭腦很精，頗富機智。他有一套「先發制人」的本領。我們的健身房，屋頂蓋成而接上我們房子屋頂後，下雨出現了漏水的跡象。曹特爬上屋去檢驗一番，對我們說，問題不在於新的屋頂，而是我們房子屋頂原來就有缺陷，他已施以補救，不會再漏了。次日又下雨，還是漏。如此前後修理三次，才治好了漏水的毛病。曹特每次都強調是「原有的缺陷」。我和祥霖表面不說，私下卻懷疑是他連接得不好，因我們住這房屋十幾年，屋頂有缺陷，應該會知道。

曹特一定是感知我們內心存疑。在得知終於不再漏水時，他朝著我，吐一口氣，調皮地笑道：

「唔！還好不漏了！我對自己說，這可不得了！顏先生顏太太，不知心裏在怎樣想，以爲我連屋頂都不會接呢！」

「哪裏！哪裏。」我趕緊回答，心中頗感愧怍。先前的懷疑，即刻完全消失。

鋪地板的工人，原對我說星期一下午會來把地板補全，卻沒有來。次日我問安第，安第說，里昂公司答應要來，爲什麼還不來，他也不知道。後來我跟曹特提到這事，曹特面有慍色地說，是那地板工人差勁，本來的那些板片，應該是夠用的。

「我想你錯怪了他。」我說：「我在旁邊看著他鋪，他並沒浪費板片。」

「照他的鋪法，是不夠。」曹特說。

「我和我先生研究過，怎麼個鋪法，好像都不夠。」我說道。

「是不夠，是不夠。」曹特口頭附和，語氣之中卻似隱含著惱意。

不知曹特是後來找到了油漆，或是另外又買了一罐，布魯斯很快就把健身房的牆壁及窗檽都漆好了。裏頭一漆，差別甚大，儼然已是一個體面的房間。只有地板，我始終不大喜歡。角落尙缺幾片，不是問題，而是鋪出的地面，總是給我一種「未完成」的感覺。由於毫無光澤，而我們選擇的又是灰白的顏色，一整片地，看起來實在跟水泥地差不多。我雖對地板失望，但這是我們自己的選擇；曹特每日辛苦，一心要討我們歡喜，我覺得沒權利也不忍心澆他半點冷水。所以在曹特面前，我總是表示百分之百的滿意。

只有在裝電扇的時候，我對曹特產生了些許懷疑。由於那幾天我們自己恰好也在臥房裝置天花板電扇，市上所售電扇的牌子和價錢，我都搞得相當淸楚。曹特買來的兩把電扇，不但是訂價最低的牌子，而且正在大量傾銷，半價廉讓。我想起曹特說過他從來不買廉售品，心裏便不大高興。我私下對祥霖說，曹特可能並不十分老實，祥霖卻認爲是我多疑。「你怎知他估計價錢時，不是以這牌子爲準？碰上半價廉售，是他運氣好，怎能怪他？」祥霖說得確有道理。我雖不免後悔沒堅持把估價單要來，以資對證，卻也認爲萬不應該亂下結論，冤枉了一個如此熱心敬業的營造者。

到了星期五，健身房已算蓋完，只有地板還不全。曹特說，里昂公司的經理已保證，明天一定派人來把它完成。「下星期一，我們會來淸掃乾淨，就算大功告成了。」曹特愉快地宣佈。我知道他講這話，用意之一，是預告我最後那筆三千多元，馬上就該付了。

前兩次要我付錢，他也是用暗示言語，好像跟我拿錢，很不好意思似的。

我們站在健身房裏，聊了一陣。我再一次稱讚他的才能及對工作的熱誠，對他說，我眞十分滿意，以後有人問起，我一定大力推薦他。曹特滿臉喜色。「看到你高興，我也才會高興。」他笑容可掬地回答。當天恰好有個做春捲批發生意的朋友，從休士頓來訪，送給我一箱冷凍春捲。我取出一部分，包起來，叫曹特拿回家去和太太孩子分享。曹特就住在離我們幾條巷子的地方。我想著，他是好鄰居，過幾天不妨到他家一趟，認識一下他太太。

次日，星期六上午，里昂公司果然派了工人來。卻不是上次的老工人，而是一個年輕小伙子。曹特也來，親自監督，看著那年輕人把板片削小，插入房間角落。這次板片倒是多出幾塊。我很高興地留下來，心中頗感激老工人沒忘記替我傳話。

鋪地工人離去後，曹特對我說，昨天晚上吃了春捲，味美無比，全家人都很感謝。

同天下午開始，接續好幾天，所發展出來的一連串情事，是我完全沒預料到的。

講來也可笑，這一切，始於我出門買狗食。我們家的狗「斯巴基」，最近愈來愈胖，爲了減肥，吃的是特製的配料，只在獸醫診所出售。我開車到診所，大門卻鎖著，原來是午餐休息時刻，距下午開門還有半小時。我正不知該如何打發這半小時，突然看到診所旁邊有一家「彩色地板店」。我心想，浴室地板就要換了，不妨先看看有什麼樣的貨色可選。於是我踱過去，開門入店。

舉目一望，我眞是大吃一驚。老天！一排排的展示櫃台上，怎麼全是精美油亮的地板小板片！各種顏色都有，各種花樣都有。這是怎麼回事？曹特不是說，有光澤的地板全是大片的嗎？

我一邊欣賞著板片樣品，一邊責備自己沒有見識。近十餘年來，地板材料的進步如此之多，我竟然不知不覺！我看了看價錢：有一片八毛九毛的，也有一片將近兩元的。在櫃台一角，我找到一片與我們健身房相似的地板，標價三毛。我指著這板片，問店員的意見，店員說：「這種的不用看，不是好貨。」

我回家，慫恿祥霖一同再到店裏，選購浴室的新地板。挑了一陣，終於選定每片一元六角的地板，與健身房地板同是大理石顏色，但光澤華美，不必打蠟，板片也厚實得多。當天晚上，我們撕扯下洗澡間的大片舊地板，花了好幾個鐘頭，測量排列又削割，終於成功地鋪完。新的浴室地板，光潔如玉，色澤閃閃，我們眞是愈看愈愛。

有此一較，健身房的地板就更不中看了。我跟祥霖說，乾脆算是丟掉了給曹特的四百塊錢，我們去買同樣的板片，再鋪它一層。我計算了一下，兩百六十四個板片，也只是四百多元。祥霖說，可以考慮看看。

第二天，我決定到里昂公司一趟，比較一下價錢。里昂公司比起彩色地板店，名聲大得多，生意也做得更廣，說不定在打折什麼的。由於是星期日，我先打電話去詢問今天是否營業，結果得知，在我們家附近的分公司不開門，但位於北奧斯汀的總公司卻開著門。我查看市區地圖，從我們家到總公司，來回有一小時的車程。但我是個一不做二不休的人，而且閒在家裏，反正沒事，便決定還是跑它一趟。

我帶著一片昨日購買的地板，以及一片健身房的地板，開車到北奧斯汀去。

大概是星期天的緣故，偌大的總公司，沒半個顧客，僅有一個三十歲左右的店員在坐鎮。我出示昨日購買的板片，詢問店員，這兒有沒有同樣的貨出售。店員說有，領著我去看樣品，果然相同。但他們售價較高，每片要兩元多。

「價錢包括人工費。」店員解釋道：「我們會派工人去替你把地板鋪好。」

「人工費是怎麼算？」我問道。

「每片是五毛。所以扣掉人工費，價錢就和彩色地板店差不多。」

我從紙袋裏，抽出健身房的地板片給店員看。

「這種板片怎麼樣？」

店員瞥了一眼，回答道：「沒人用這種的了。」

「你們不是有賣嗎？」我想到曹特出示的樣品。

「早不賣了。因爲沒人要。」店員回答：「當然，如果你要，我們還是可以代你訂貨。」

這時，我已悟到事情頗有蹊蹺。我感知自己受騙，卻不能確定施騙的是曹特，或是旁人。我懷著謹愼之心，沒告訴店員他們公司派人來我家鋪地板的事情。

「我家正在加蓋房間。」我對店員說：「營造商向我們推薦這種地板。」

「眞的？」店員面露驚奇。「是哪個營造商？」

謹愼地，我避不透露曹特的名字。

「是我們一個鄰居。」我隨便回答：「也許他對地板所知不多。」

「現在眞沒人用了，」店員說：「誰那麼閒，還花工夫打蠟？」

我很高興沒讓他知道地板已經鋪上。否則，他一定認爲我是個大傻瓜。

「照你的想法——」我問道：「兩百六十四平方呎的面積，鋪這種地板，四百元，怎麼樣？」

「四百元！」他抬高聲音，慧黠一笑，搖搖頭。「太貴太貴！」

店員說，蓋廉價房屋的營造商，兩年前還用這種地板，里昂公司替他們鋪，材料加上人工，每片是八毛五分。

「那麼，減掉五毛錢人工費，每片材料是三毛五分囉？」我問道。

「零售定價約是如此，」店員說：「但這種貨，你去廉價地板店買，經常都在廉讓，一毛多就買得到。」

我很感激店員供給了我這些消息。店員十分友善，遞給我一張名片，叫我有問題的話，可隨時打電話去。名片上印著店名，以及他自己的名字——比爾·畢亞。

回到家裏，把整件事情想過一遍，我對曹特感到非常的不滿。第一，爲什麼說有光澤的地板，沒有一呎見方的小板片？從事營建事業的人，不可能不知道的。爲什麼說謊？第二，何以索價如此高？照店員的說法，應該只是兩百多一點。同樣是里昂公司，怎會價錢不一，收四百元？而這四百又不包括——或，不應包括——曹特的營造利潤。利潤是另算的，是全部支出總額的一成或兩成。

我愈想愈惱，決定就這件事，與曹特攤牌。

星期一一早，安第和布魯斯先到，正在準備清掃和洗窗戶。我也沒道早安，衝著就問：「曹特來不來？」臉色大概不甚好看。兩人疑惑地看我一眼，布魯斯回答：「來，馬上到。」幾分鐘後，曹特果然來到，從屋外繞行到後院健身房。

我板著臉，對曹特說有事情要跟他談，便把他帶到客廳裏去。

「眞不知要如何說起。」我以滿腔不悅，開始抱怨：「是關於地板的事。」

於是我從頭，講我偶然進入彩色地板店，看見一排一排的樣品，全是精美光亮不必打蠟的小板片。

「爲什麼你說有光澤的地板都是大片的？」我質問：「老實說，我眞不喜歡健身房的地板。我沒對你說過不喜歡，是因爲我覺得我們既作此選擇，沒道理澆你的冷水。但我們作此選擇，完全是根據你的話，以爲小板片都是沒有光澤的。」

「哦，是這樣嗎？」曹特平靜地應道。

「哪裏想到，店裏幾乎全是有光澤的！」

「是有很多有光澤的。」曹特允承道。

「但你拿那些樣品來，要我們選，好像就只那幾種可以挑選似的！」

「哦，那倒不是。」他回答。接著，強調地說：「那些全是里昂公司的樣品。」

「我也去了里昂公司。」我說道：「我去的是北奧斯汀的總公司，因爲禮拜天分公司不開門。那兒一個店員，或許是經理，看到我帶去的健身房地板片，說那種貨已經沒人用了。」

「顏太太，這事你不知道，」曹特口氣十分嚴肅：「里昂總公司和分公司之間，有很嚴重的人事衝突，鬥得非常厲害——」

「這不是問題。」我切斷他的話。「我根本沒提起里昂分公司。店員並不知道地板已經鋪成。我故意沒說，免得他把我當大傻瓜。」

「怎麼這樣講。」曹特說。

「我告訴店員，我們的營造商推薦用這種地板，他大感奇怪，還問起你的名字。」我停頓片刻。「我沒有告訴他。」

曹特悶聲半晌，突然大聲抗議。

「他不能亂下結論！」曹特叫道，聲音憤懣激慨。「我們蓋的是健身房，就得用不同的材料！」

他虎視眈眈地盯著我手中的店員名片。

「這人是誰？叫什麼名字？名片給我看！」

我腦子迅速一轉，認定不會有什麼關係，便告訴他店員名叫比爾・畢亞。

「畢亞還說，收費四百元，貴得離譜。」我說。

「我有收據！」曹特急辯：「我有里昂公司的收據，三百九十五元！我可以拿給你看！」

我把畢亞所說，每片八毛五分的事，全道出來。曹特靜聽一會，突然板臉發問：

「你發現這些，到底是哪天的事？」

這一句話，背後的含義，我當時沒有領會。事後回想，可能的含義有二：一、他懷疑鋪地板的墨西哥老工人對我說了什麼話。二、他以小人之心度旁人之意，懷疑我和祥霖早有所覺，卻裝做不知，直等到健身房全部完工，才提出問罪，挾此把柄，想狡賴最後的一筆付款。

當時我卻只覺得這話很怪。

「剛才不是說了嗎，」我回答：「當然就是前天和昨天的事。」

曹特沈默一會，說道：「這樣好了。今晚我把價錢估計單帶來，和顏先生面對面，一項一項討論，看能弄出什麼結果來。」

「那倒不必。」我回答，對他話中之意，一知半解。「我只覺得，我們不須付給你地板的四百元。」

他的表情，毫無反對之意。

我把浴室新地板的板片拿給他看，對他說，我們想用這種板片，把健身房的地板全蓋起來。

「只買材料的話，在彩色地板店買，也不過四百多元。我們想買來自己鋪。」我說道：「但也可能叫里昂公司做，那就要六百元。」

「我叫里昂公司做。」曹特搶著說：「他們若眞敲了我竹槓，我叫他們鋪新地板，重新算帳！」

我心裏想，買板片自己鋪，最是省錢。若叫里昂公司做，我也寧願自己叫，省下曹特要另加的兩成費用。於是我回答：

「不必了。你拿掉四百元就是，我們要盡量省錢，大概會自己做。如果要叫里昂公司，我打個電話去總公司就行。」

「這樣不好！」曹特大聲反對。「這不是我的作法！我要負責——到顧客心滿意足為止。你把樣片給我，我這就去彩色地板店買，下午就給你鋪起來。由我買，由我鋪。價錢還是原來的四百元。多出來的我賠，你也不必付了。」

我聽了，覺得曹特這人到底還不錯，而我們省錢省力得到新地板，也是可以高興的事。所以曹特離開時，我沒再給他難看的臉色。

不多久，曹特打來電話，說彩色地板店的存貨不夠，今天沒法鋪，但已訂貨，後天一定會到。「星期三，板片一到，馬上給你們鋪。」他一口保證。我回答說，等兩、三天沒有關係。

又過一個多小時，曹特來還我浴室地板的樣片。

才一進門，他便衝著我說：

「那比爾‧畢亞，是個年輕小店員，什麼都不懂的！」曹特眼裏閃出報復得逞之光。

「他會受到譴責，大概會被解雇！」

我目瞪口呆，不能了解。

「爲什麼？」我茫然問。

「他也不先搞清楚地板是做什麼用途，就隨便亂下結論，這是大不應該！」曹特理直氣壯地說：「我們蓋的是健身房，是要在裏頭作運動的。沒光澤的地板，才不會滑，才不危險。這就是我推薦那地板的原因。」

「怎麼是這樣？」我說：「你給我們看樣品時，說那種有光澤的大板片，唯一的缺點是破了一個小洞，就得一大片換新。你一句沒提滑不滑的問題。」

「我沒提，可是心裏是想著的。」曹特回答。

如果地板會滑——我又有點拿不定主意了。但我不大相信曹特的話。

「眞的會滑。」曹特堅持道：「你要邁可打電話給你嗎？他會講給你聽的。」邁可，想必是里昂公司的人。

「那倒不必。」我回答。

我想起數日前，問過曹特地板要多久打蠟一次，他回說「兩、三週」，提也沒提可能會滑的事。有光澤的地板，就算滑，怎樣也不如打過蠟的地板滑。可見曹特是強詞奪理，企圖狡賴。

「你說會滑，新地板就別鋪了。」我感到一陣厭煩。「扣掉四百元就是。我們自作打算。」

曹特沈默一會，說：「貨都訂了，還是鋪吧。」

我的思緒，很快便回轉到我更關切的問題上。

「你說畢亞會被解雇——這怎麼說？」

「他不可以亂下結論來損人。」曹特回答。

「但他根本不知你是誰！」我叫道，突然義憤塡膺。「他哪有什麼動機損人？也不是要搶生意什麼的！跟你說吧。他若因爲幫助我而吃虧，他若眞的遭到解雇，我一定會干預的。我要提出訴狀——」

「不會的，不會解雇的。」曹特揷口，聲調突變爲委婉，顯然是想安撫我。

我卻是愈來愈激慨。

「責備也不行！」我繼續大聲說：「想想看，畢亞有哪點不對？他誠心誠意要幫助顧客，講的全是實話。他說里昂公司已不賣那種地板，因爲沒什麼人買，我想是眞的。」（曹特點頭附和：「是眞的。」）「他說前兩年替廉價宅屋鋪那地板，每片八毛五分，我不信是謊話。」（曹特點頭同意：「不是謊話。」）「沒人要的地板，卻有營造商在推薦，他感到奇怪，又有什麼不可？顧客有問題，他誠實作答，把實際情形或他心裏以爲的實情講出來，這才是好店員。爲什麼反要譴責解雇？簡直是不通！」

「不會的，不會解雇的。」曹特婉言重複，想讓我平靜下來。

對於曹特這個人，我已沒有好感。我早知他頭腦精靈，卻沒料到他有狡猾的性格。想到我和祥霖自始器重他、信任他，把他當好鄰居看待，甚至送春捲給他吃，我眞有一種被人愚弄的感覺。被人愚弄，是我最最不能忍受的一件事。

我沉默半晌，激動的心情逐漸平息，代之而起的，是一種掃興和不耐煩的感覺。

「這種事眞叫人生氣。」我歎道：「還是忘了它吧。」

「這樣最好！」曹特說，聲調突然變得輕鬆愉快。「我要看著歡喜的笑容，回到你臉上來！」

我沒有回應，覺得他油腔滑調。

「後天，你就有新地板了呢！」曹特嬉笑著，一派假天眞。「我要你看著我眼睛，對我說，你會再快樂起來！」

我舉起雙眼，冷冷瞠視他的臉。

「地板我會喜歡的。」我淡然回答：「可還很感失望。」

如果曹特沒來告訴我畢亞要受處罰的事，我大概眞的不會再花費腦筋去想東想西了。畢竟，我們可以得到喜愛的地板，沒有虧，反而有得。但曹特這一來，觸發了我一連串的疑問和聯想。首先，曹特所說的話，有太多基本上的不一致。他既說里昂公司敲了他竹槓，收了三百九十五元的地板費，他應該對負責這件交易的人生氣，不應該對揭發這件不公平交易的店員生氣。他提到的「邁可」，想必就是里昂分公司裏與他接頭辦事的人。曹特不但沒找他算帳，反而一鼻孔出氣，還想叫他與我聯絡，講給我聽沒光澤的地板的好處！曹特拿給我們看的里昂公司的地板樣品，大概就是這個名叫邁可的人供應的了。

其中必有蹊蹺。店員畢亞對我說，里昂公司早已不賣這種過時的板片，怎麼邁可所供應的里昂公司的樣品，不但有這種板片，而且小板片就只有這麼一種？市面上賣的，百分之九十以上都是光澤閃閃的。而邁可的樣品，連一片有光澤的都沒有！

我想起曹特出示樣品時，沒誠實回答我的問題，卻製造一種印象，好像就只那麼幾種可以選擇，而若選用小板片，便只好用沒有光澤的。爲什麼他要限制我們於那七、八種樣品？他會得到什麼好處？

我一提到去過里昂總公司，曹特就搶著說總公司和分公司之間有人事紛爭，這是先佈一局，想使我把可能聽來的不利於他們的話，解釋成人事之間惡意的中傷。曹特和邁可，顯然是站在同一陣線，但他們爲何對總公司懷著戒畏？他們在隱瞞著什麼？

想著想著，腦子豁然一開，我覺得找到了答案。我的假想是這樣的：

邁可，是里昂分公司的經理。從各地地板廠商的廣告，他可得知哪些出品由於銷路太差或停止出產而正在以最低的價錢清貨廉讓。於是他收集這些貨的樣品，做成一套，私下勾結營造商人，假借里昂公司之名，向沒經驗的顧客以高價推銷。顧客上鈎後，邁可即利用經理之權，以公司名義訂貨，然後雇個廉工，付個每小時幾塊錢的工資，把地板給鋪起來。營造商向顧客拿到的錢，除了極低極低的成本費，統統進入了兩人的私囊。如此狼狽爲奸，雙方獲利，只倒楣了不知情的顧客。爲預防顧客起疑，邁可更是濫用職權，胡亂開給人家里昂公司的假收據。

我這個假想，若是成立，曹特表現在言行上的種種矛盾不一致，都可獲得合理的解釋。邁可和曹特，勾搭著做這種違反法規及職業道德的事，可能由來已久。要是被人揭發，後果一定很嚴重。邁可一定會被公司砍頭，大概也會被告到法院，曹特必也受到牽累。難怪曹特一聽到我去過總公司，就滿是戒意，一聽到我可能聯絡總公司鋪新地板，就急著要自己負責，賠錢也願意。他虎視眈眈看著我手中的店員名片，硬把店員的名字要了去。他去彩色地板店後，一定是急匆匆地跑到分公司去找邁可。邁可得知我並沒透露分公司的關聯，又打聽出畢亞只是個資淺的小店員，心裏大概才吐了一口氣吧！

怕就怕邁可這個人，因這次詭計未得逞，拿畢亞出氣。或者，更可能的，爲預防我再找畢亞談話，或畢亞自己嗅出什麼線索，趁早把他解雇掉。身爲分公司的經理，有沒有職權開除總公司的雇員？有職權的話，隨便找個藉口，容易得很。被解雇的人也不會知道眞正的原因。

然而我相信，即令邁可有這個權，原眞打算解雇畢亞，在我威脅要「提出告狀」之後，諒他也不敢怎麼樣。曹特一疊聲「不會的，不會的，不會解雇的」，也不想想和自己原先的宣佈矛不矛盾，即可看出他們心虛的程度。

從畢亞和他的飯碗問題，我不由聯想起邁可或曹特所雇用的那個墨西哥老工人。我突然生出幾點猜疑。我本以爲曹特或里昂公司，因爲精打細算，想要省錢，故意少訂購四個板片。現在則認爲不然。那種地板，邁可必是幾分錢一片買得的，沒道理要節省四個板片。一定是他們不想讓板片落入我手中，才把以爲是恰好數目的板片交給了墨西哥老工人。（佐證：訂那貨，是以盒爲單位，每盒四十五片裝。若訂六盒，是兩百七十片，足夠鋪完健身房，不會是兩百六十，缺少四片。）墨西哥老工人，板片用得不夠，曹特已是夠懊惱的了，他還要替我說話，索討多幾片留存，曹特準是更加討厭，甚至懷疑老工人在有意無意之間向我透露了什麼。老工人沒照約定回來替我們鋪地，說不定是遭到了解雇。白油漆的失蹤等等，可能就是曹特佈設的陷阱！

大概因爲我索討額外的板片，邁可和曹特故意拖延，直到工程預定完畢之日，才派人來把地板完成。如此，付淸全款之後，即使我拿手中板片給識貨的人看，而獲知上當，也是追討不回已付的金錢。

也算他們倒楣。在最後一刻，被我抓住了。

星期三上午，我起床下樓的時候，布魯斯已來，正在洗健身房的地板。他說，新的板片已到，安第已開車去載，地板洗淨晾乾後，就可以開始鋪了。他跟我說話時，臉上有一種心照不宣的神妙表情，於是我知道，他已經大略探出了曹特與我之間的事情。

不多久，安第來到，把盒裝的板片抱進來，堆放在後院草地上。兩人打開硬紙盒，取出大理石玉一般閃著光澤的新板片，啊啊地稱讚漂亮。安第臉上也有一種特殊的表情，複雜難以形容，是一種曖昧的同情，以及彷彿有點開心的「看好戲」的意態。我因爲有氣在心，臉色大概不很好，兩人似想討我歡喜，一邊鋪地，一邊評說這板片眞好看多了。既是靠曹特吃飯，他們總得看曹特臉色，站同一陣線。然而我有一種感覺，好像他們心底，竊竊地高興著曹特這次栽了個跟頭。可能是生活過於平淡，有戲可看的機會不多。也可能是平日對曹特有所不滿，又不敢吭聲，現在眼見發生這種情事，自己工資又不受影響，便忍不住有點兒幸災樂禍起來了。

下午，曹特來看鋪好的新地板。

我因前一日把事情全想通了，對曹特的狡猾缺德行爲深感不滿，對自己評人的眼光差錯更是感到羞愧懊惱，所以一看到曹特，心裏便生出一股厭惡和氣憤。曹特頭腦精怪，詭計多端，自以爲能夠把人玩弄於手掌之中，我決定要給他一個教訓，以洩心頭之怨。

曹特滿臉堆笑地問我，喜不喜歡新地板。我淡淡回答，不錯，好看得多。

「那就好！」聲調活潑，好像很天眞。「我就是要你喜歡！」

我正視他的臉，嚴肅地說：「我還想著店員畢亞的事。」

「眞的？還想它？」曹特露出輕鬆的笑。「我早已忘了！」

「你？你忘了？」我表現出一臉的不信。

「是忘了啊。」曹特回答，嬉皮笑臉。

「有一件事，要問你。」我說，盯住他眼睛。

他回望我，等著我發問。

「你那朋友——在里昂公司的——」

曹特眼裏果然出現戒備的神色。

「是店員？是經理？」我問道。

「經理。」他回答，稍露遲疑。

「叫什麼名字？」我問：「邁可什麼？」

他看著我的臉，慢慢說：「邁可・艾克斯。」

「這個人，在公司裏職權如何？」我問道：「有沒有權力隨便解雇員工？」

曹特狡黠一笑，以一種只可你知我知不足爲外人道的親狎神情，搖頭低聲說：「沒有，沒有。」

「但他確實說了要解雇畢亞，」我說：「是不是？」

「他是說店員不能亂下結論。」曹特回答：「不會解雇的。」

「或許，我該打個電話給畢亞。」我裝出愼重考慮的樣子。「先讓他知道一下——」

「邁可沒這個權，」曹特插口道：「我看這事已不了了之。」

「像你朋友這種人，我最是厭惡。」我說道。這一句話，當然是眞的，但我也有指桑罵槐的意思。「自己耍手段，做要不得的事，卻反過來要處罰無辜的人！」

我注意觀察曹特的反應。他靜聽，卻一點沒有不了解的表情，甚至有默認的神色。在那片刻，我得以確知我的假想完全是事實。

「我眞有點想把你朋友的底細，弄個水落石出！」我說道。

曹特是聰明人，從我這麼幾句話，他必悟到我已猜出事情大概的眞相。我是要他知道我知道，卻不讓他曉得我會採什麼行動。其實，我根本無意採取任何行動。我只是要嚇嚇曹特和邁可，讓他們提心吊膽，以爲我有可能向里昂總公司告密，叫他們晚上不得好睡，也就算是逞了我的報復欲。

次日上午，市政府的人員來做最後一次的建築檢查。一踏入健身房，檢查員就嘖嘖稱讚房間漂亮。換上新地板，果有天壤之別。他繞行一周，看看屋頂，看看內外牆壁，說蓋得很好。他取下貼在門上的建築檢查表，簽了名，又貼回去。這件工程即此正式完畢。

下午，曹特來到。我對他說檢查員已來過，名也簽了，他歡呼「好呀！」露出孩子氣的天眞笑容。我們一同走到健身房去。

他從門上扯下檢查表，眼向四周一掃，得意地宣佈大功告成。雖然這人不可取，他對營建行業所懷的一份驕傲，看來是眞的。

「覺得怎麼樣？」他問我。「歡不歡喜？」

昨天的以牙還牙，已使我氣消；我已是心平氣和，雖然對他仍感不滿。

「對於你營造出來的健身房本身，我是非常滿意的。」這句話裏沒說出來的含義，以曹特的聰明，當然可以領會。

「啊——這就是我想聽到的話！」曹特故意忽略話中潛意，顯出很歡喜的樣子。

「你不得不承認，」我說：「這地板，使房間增色百倍。」

曹特點頭承認。突然，他臉上露出不大自然的笑，訕訕對我說：

「里昂公司的事情都已解決了。」

我望著他，簡直不信他還提這個。

「全部解決了，你不必再擔心。」他說道。

「我？我擔心？我哪裏需要擔心？」一陣不悅又沖上我心頭。

「昨天，我打了好多個電話——打給總公司，也打給分公司。」曹特說。「事情全都解決了。」

那口氣，好像眞卸下什麼大負擔似的。

又來了！我想道，還想再騙人！眞以爲我是傻瓜不成？躲都躲不及的，誰會相信他打電話給總公司？我還顧著他的面子，不願直接戳穿他，便又開始拿邁可開刀。反正是一丘之貉，罵一個等於罵兩個，曹特心裏也自明白。

「我根本不用擔心，我知道畢亞不會遭到解雇。」我說道：「你那朋友，哼都不敢哼一聲的！眞是個要不得的經理！讓公司老闆知道了，是他自己丟飯碗！」

曹特略一點頭，顯然承認我說的沒錯。

「實在跟你說，」我降低聲量，好心規勸：「你是一個很有才幹的營造商。憑你的能力，根本不需要交這種朋友。」

曹特又點頭，好像很同意。

「一切都解決了，以後再不會有這種事情。」他說道。突然，像是告訴我什麼隱祕似的，他放低聲音說：「他又想給我三椿交易。」

「他——？」我一時未解。

「邁可・艾克斯。」曹特回答：「他還想再給我三椿交易呢！」那口氣，竟含著一份鄙夷與不屑。

我心裏對曹特這人，又增加一層反感。同樣做壞事情，又一同分贓，居然敢在人家面前表示壞的是朋友，自己是受誘者！難道他想這樣就能推掉責任？眞要說起來，向我們直接行騙的是他，不是邁可。他應該對我們負更大的責任！

我覺得非明言說穿，訓誡他一頓不可。

「我頭腦不壞，你騙不過我的。」我直截了當地開始：「如果我是一個狠心的人，我可以使你和你朋友吃很多很多的苦頭。只要我開口，你朋友馬上會被公司撤職。」

曹特眼睛朝下，半垂著頭，沉默不語。

「可是我不是狠心的人，我一句話沒講。這像是在幫助你們——這樣其實也不好。」我繼續說道：「你朋友，當然是一聲不響，唯恐事情漏出去，丟飯碗，吃官司。你自己，想也是不敢作聲——共犯也是有罪。」

曹特姿勢未變，依然半垂著頭，沒有回話。

「眞是不值得啊。」我說道。

曹特踱到窗子，看外頭的庭院。我進屋裏，開了一張三千餘元的支票，回來交給他。他略一笑，道聲謝，便放進襯衫口袋裏。

「我還是說，你是個很有才幹的營造商。」我說道。這是由衷之言。「有人問起，我還是會這麼講。」

「謝謝你。」曹特說。

「有你這等的才幹——」我搖搖頭：「眞叫人遺憾！」

我們便這樣地分了手。

## 尾語

健身房落成後，又已過去一個月。我們都很高興家裏多了這麼一個房間。因爲有天窗，光線特別好，我常拿報紙到這房裏閱讀。對於我不佳的視力，這是一大幫助。

我們買了一個乒乓球桌子。暑假來到，孩子們每天都很開心地打著乒乓球。我也在學。二、三十年沒碰這球，眼睛又不好，我卻也能打，而且頗有進步。是我兒子世松教我打的。他很有耐性，一回一回示範各種手法，並要我練習。我每打出一個好球，他就連聲稱讚。

我還時常想起曹特，以及發生的種種。

最後一次跟他談話，我以爲已眞相大白，再沒什麼隱秘。後來才知不然。那是與他分手兩天後，突然之間悟到的。

我覺悟，那天我完全誤會了他的意思。他沒再向我說謊。我相信他是眞的打電話給了里昂總公司。他所說的「事情完全解決」云云，並不是指店員畢亞遭不遭受解雇的問題，而是指他自己已向總公司認錯，道出實情，答應今後再不參與這類勾當，而獲得了里昂公司既往不咎的諒解。他得以不受懲罰而重新做人，內心一定是大鬆一口氣吧。但是他的朋友邁可，身爲分公司經理而瀆職如此，我想是被解職的可能性居大。

我不能說我同情邁可・艾克斯。他是罪有應得。我也應該爲曹特的改過自新感到欣慰。然而事情又不如此單純。曹特確有狡猾之處：他是在認爲我會告密的設想下，搶先一步自首認錯，出賣與自己狼狽爲奸的朋友，邀功抵過，換回一身的自由。

而在邁可面前，他很可能推說是我告的密。

每想起這件事，我心頭就有一種複雜難言的感觸。

——原載一九八七年八月一～六日《聯合報》

# 由幾個形構學觀點論歐陽子

高全之

愛好由來落筆難，一字千改始心安；阿婆還是初笄女，頭未梳成不許看。

——袁枚．遣興詩

歐陽子的自選集《秋葉》，包括十三篇小說；其中有十篇取自她第一本自選集《那長頭髮的女孩》；這十篇小說在《秋葉》集裏，有七篇全部改寫，另外三篇也經修改（註一）。這一次過濾，歐陽子表現了一個小說作者驚人的自省能力。從同一題裁的全新搭構，到部分文字的更動，我們看見了縝密分析與嚴格自律下，較爲嚴整的藝術形式與戲劇效果。這些效果，更爲接近她在《那長頭髮的女孩》自序裏娓娓陳述的寫作用心。這篇序言，可以看作她改寫或修改第一本選集的依據。其中値得注意的一段話是：

亞里斯多得（Aristotle）分析希臘古劇，談到「三條協律」（Three Unities），我對此非常感興趣。我發現自己許多篇小說，恰好都符合了這三條協律。像〈網〉、〈半個微笑〉、〈那長頭髮的女孩〉、〈花瓶〉、〈浪子〉、〈最後一節課〉等篇，除了回憶的部分及背景的描述外，故事都發生在一日之內（Unity）發生在同一地點（Unity of Place）而且情節是單一的（Unity of Action）。我不敢說我的作品因此就有古典的色彩，但我總是朝這方向努力，儘量給我的小說以一種調協的形式。

這裏提到的六篇小說都經收入《秋葉》集，其中一篇並曾改換題目（註一）。如果我們憑藉亞里斯多得的三一律去讀《秋葉》集，我們將會發現時間律（Unity of Time）與場地律（Unity of Place）遭遇許多違反。比如〈魔女〉，明寫的場地就有女生宿舍與桃園家裏（兩個場地）；〈秋葉〉則不止場地不限於宜芬家裏（有車房、阿里頓公園、林肯墓地……等兩個以上的場地），而且時間也明寫爲三天。只有動作律被嚴格遵守。即使有〈美蓉〉、〈近黃昏時〉這兩篇有趣的例外，動作律仍然成爲了解《秋葉》集的最佳途徑。

亞里斯多得在〈詩學〉（On Poetics）（註二）裏說：「悲劇爲對一個動作之模擬，此一動作其本身係屬完整，完整中且具某種長度：蓋有種完整係缺乏長度者。所謂完整乃指有開始、中間與結束。」;並解釋長度:「故事的長度一貫以作爲一個整體的便於了解爲限,美是構成其長度之理由。」;解釋完整:「開始爲其本身毋須跟隨任何事件之後,而有些事件卻自然地跟隨於它之後;結束爲或出於自身之必然,或出於常理,跟隨於某些事件之後,而無事件跟隨於它之後;中間則必跟隨於一事件之後,而另一事件復跟隨於它之後」。〔註四〕。動作律作爲「亞氏有關戲劇構成之一條最基本規律」〔註五〕,是把藝術當作一種有機的統一體,並且爲一種秩序的表現(Art as order)〔註六〕。他要求情節架構爲邏輯的、合理的,但是可以具有某些假設〔註七〕,並且允許恰當的插話(Episode),使故事普遍的形式(完整的動作)延展〔註八〕。

我們必須對以上「動作」的含意相當了解,才能從這個形構學的觀點來欣賞歐陽子小說的一種特殊的美。除了〈近黃昏時〉以外,《秋葉》集全部採用第三人稱全能觀點。小說主要人物都必然在小說的第一段(或第一句)連同某些外在的行爲出現。同時交代的是這個行爲(小說動作的開始)的時間和場地。這個時間與場地的發展,就是我們掌握小說動作的憑藉。比如以下兩篇小說的開始:

「慵懶地,宜芬倚蜷在舒軟的沙發裏,透過精緻的玻璃牆,望著屋外紅色黃色的楓葉,……」(〈秋葉〉)

「宿舍裏靜寂無聲。同房間其他六個同學，早已安然入眠。倩如可聽到她們輕微而均勻的呼吸。……」（〈魔女〉）

〈秋葉〉的動作可以說成：「宜芬等待敏生回家，企圖相機婉勸敏生與戴安娜停止往來（開始），敏生回家，兩人在同遊與傾談中引起激情，導至倫常關係的破壞（中間），中止了倫常的徹底敗滅，敏生離去（結束）」；〈魔女〉的動作則是：「倩如又一次發現美玲與趙剛往來，引起內咎（開始），接信回家欲向母親致歉，母親透露對趙剛的痴戀（中間），倩如離開家（結束）。」在歐陽子小說動作的發展裏，時間與空間的轉換，是有一定順序的。也就是說，時空發展是定向而且連續的。故事裏其它所有發生在這個連續時空以外的敍述文字，就是所謂的「插話」。歐陽子在這些主要動作之上，加入插話，使得動作得以延展。這就是說，故事發展得以衍生到動作之外的時間與場地裏。相對於主要動作（包括表現於外的行爲與在定向的、連續時空之內的內在思緒流動），插話必須相機地由主要動作引起，旁觀者（不是主角）第三人稱敍述觀點，並且必須對往後的情節發展具有制約的影響。這就是說，插話必須是不可或缺的，必須有機的屬於故事的邏輯架構的一部分。我們就《秋葉》集插話的性質，粗分爲以下三類：

一、做爲背景的說明。比如：（引文中的圓括弧是我有意加上的，以示插話文字與圓弧裏主體文字的關聯。）

「（……枯葉都已經堆積很厚，至少有三、四吋，卻沒人打掃，沒人理睬。）」

「這是美國中西部典型的深秋。也是宜芬來美國的第一個秋天。」

「（屋外，來往車輛異常稀少。）俄本納是個大學城，平常總有不少學生或教授的汽車來往。可是上週末起，感恩假期開始，學生們全部離城回家，與親人團聚。於是，這個城市，一下子冷清了下來。」

「（宜芬站起身……）」（〈秋葉〉）

這些插入的說明，都在情節發展上具有影響。比如秋意的烘托，比如這段文字的「感恩假期」、「與親人團聚」等倫常關係的陳述，都含有反諷的意味。

二、過去情節的追溯，以取代相關的主角的意識流文字。具有壓抑語調（Tone）中激烈色彩的用意。比如：

「（她想著呂士平。）昨晚，他們看希區考克的『驚魂記』，看到緊張的地方，他突然拿住她的手。他握她的手。直到電影散場。看完電影，他送她回家，在她家門口，他吻了

她。」（〈素珍表姐〉）

「……（他感到一陣難受。）」

「好幾個月前，李浩然心裏萌起一個念頭，這念頭曾縈繞著他，使他白天吃不下飯，晚上睡不著覺。……」（〈最後一節課〉）

這些敍述做爲情節的追溯，可能包括一些表現於外的行爲，甚至對話（比如〈秋葉〉裏敏生臥病的一段，比如〈浪子〉裏宏明開始主動親近梧中的一段），它仍是主要動作（有開始中間結束）之外的。它與主要動作相機的相互引起。

三、具有明顯判斷意思的說明。它時常是全篇小說最後的急轉，然而有意合理地做爲動作發展必然的結果。比如：

「汪琪已用極大的代價，從習性的枷鎖中掙脫出來。但她究竟得到什麼？不過是把自己套進另一個新的枷鎖罷了。從今以後，她得努力去適應它；那麼，過些時候，她便又有一種新的『習性』可循了。」（〈半個微笑〉）

「……但誰敢說一切沒有改變？這全是爲的他，而他竟有臉皮說他結婚，只因姐姐有錢。而他竟在她耳邊絮絮低語，然後與姐姐上床睡覺。這不叫自私才怪！這不叫低賤才怪！住在姐姐寬敞漂亮的房子裏，他有什麼權利向她暗示他喜歡她，勝過姐姐？他又有甚麼權利坐在她床上，對她溫柔？他扯離了相親相愛的姐妹，而在她們中間築起一堵牆，一堵看不見的牆，又高又厚，把心靈交通線完全截斷了。然後，嘴角掛起一絲隱約的淺笑，他毫不在乎地推卸掉一切責任。」

「（這樣一個人，難道就是我自己所喜歡，甚至愛上的人？我眞喜愛他嗎？……）」

（〈牆〉）

這種肯定的判斷，做爲對於主要動作的說明，頗無周延的餘地。它也有取代相關的主角的意識流文字，避免激情的用意。因爲主角「我」在第一人稱的意識流裏必然與情節有直接關係，如果讓主角「我」的意識流露於外，必有合於身份的感慨或喜怒產生。所以，這類插話如同第二類，乃至第一類插話，與其當做「說明」，不如當作意識流動的僞裝。它富於推理，合理性甚至可以掩飾了動作的時空與插話的時空之間的輪替。從另一方面看，在追溯或主體文字裏，有些語意判斷的句子竟是煙霧。比如：

「這次，她終於完全戰勝了素珍。」（〈素珍表姐〉）

「她必須對這一切負責（是她，把美玲和趙剛拉攏在一起；是她，給他們機會，要他

們好起來的。）她的直覺果然不錯……」（〈魔女〉）

「她終於從習性的桎梏中解脫出來了。從此之後，她的生活必定完全改觀。王志民無疑已把事情講開了，他哪有不講的道理？以後，再也不會有什麼同學把她看成拘謹的好學生。假面目已經被扯下來了。……」（〈半個微笑〉）

這種說明，往往是一種謬誤推論〔註九〕。它不是就在「告訴」讀者故事是怎樣怎樣，而是在導引讀者做錯誤的判斷，以爲「天下本無事，庸人自擾之」。實際上它是小說重要高潮（最重要的那次急轉）的延後，一種故意的蘊而不發，使讀者在「釋然——驚訝」之中，受到一次一次沉沉的拍擊力。它與肯定的判斷一樣，做爲歐陽子特出的敍述手法（以第三人稱全能觀點的敍述取代主角第一人稱意識流動），有時可以說是（構成小說動作的）小說主角人物的自我補償作用（Compensation）。

所以歐陽子的這三類揷話不僅是說明事件而已。她在這些揷話和上下文有效的啣接上，把揷話當作第三人稱的意識流動。動作時空與揷話時空交相遞進，使故事情節的發展合情理，形成一個完整的邏輯結構，並且具有冷靜理性的語言效果。脫離結構，獨立這些揷話，沉浸於五四以來的激情主義裏去批評語言，是一種濫情（Sentimental）。歐陽子疑似笨拙的「說明」，其實是另一種「演出」。我們不必囿於文字浮面的單獨的意義，以爲小說一定要「演出」，而不能「解說」故事〔註一〇〕。歐陽子不但遵守了亞里斯多得情節結構居悲劇要素之首的觀念〔註一一〕，並且適切的利用動作律與揷話，鋪排了亞里斯多得時代所未及見的心理小說。

如果我們平行比較〈花瓶〉與子于〈瓷瓶〉〔註一二〕這兩篇小說裏，兩個瓷瓶分別在兩篇小說裏的多重影射，我們將發現揷話乃至人物性格有機性的重要。這兩篇小說描寫瓷瓶的模樣以及主角對瓷瓶的異常感情，都稱得上生動。瓷瓶都具有性器的影射，主角對瓷瓶的感情乃至愛撫動作都可構成一種(套句佛洛依德的術語)性錯亂(Perversion)。〈花瓶〉裏石治川這種性愛身份是情節發展極重要的一部分，是一種性的不滿足以及嫉妬心理的病態外射。〈瓷瓶〉裏意態閒散的瓶子王扮演著一種生活上竭盡所能，心安理得的「不受人擺佈」的角色；不僅這種病態的性錯亂缺乏有效的前因，並且在情節發展上成爲疑點：瓶子王的私生活未經暗示或交代，如果徒然用這些描述做爲對岳丈以及社會價值標準反抗心理的外射，心理依據上就顯得脆弱。

除了用揷話做爲故事的急轉(Reversal of the Situation)，歐陽子還利用了小說動作裏的對話，形成急轉。一個尖銳的例子是〈花瓶〉。馮琳對石治川的無情揭發，使得事實眞相(也是故事的先決假設)迸現：

「『好，那你就聽著！』她開始，聲音充滿挑釁。『要是你認爲我不曉得你是什麼樣一個人，你就大錯而特錯！我眼睛可一點也不瞎！哦，我對你是太清楚了！你妬忌我，妬忌得像個瘋子一樣！昨天陳生打電話給我——記不記得？裝不知也沒用。當然你知道他打電話來！你知道，因爲你沒事可幹，居然躲在門後偷聽我和他說話！你聽到我答應他今晚和他去看平劇。你眞以爲我不曉得？自從半年前陳生從美國回來，你就天天偷偷摸摸監視我，好像我們在計劃著什麼勾當似的。大概你猜想我們會私奔吧？對不對？以爲我們打算逃往美國？你要我說多少遍；陳生是我表哥，是我親戚！你眞一點都不害羞？而最滑稽的是，你居然想盡辦法，想隱瞞你的妬忌！就像一隻狐狸，想藏起自己尾巴！爲什麼不做個男子漢大丈夫，乾脆阻止我和陳生來往？』」（〈花瓶〉）

這種揭發，由於石治川的反應所意味的認可，使得整個事態立刻全盤了然。一種可想像的性格弱點：嫉妬，演變成病態，具有合理的邏輯的進展。並且這種迅雷不及掩耳的突發，使得情節的節奏，緊湊且富蘊變化。

做爲一種急轉，用對話揭發（如〈花瓶〉、〈素珍表姐〉、〈魔女〉）或節制的揷話（如〈最後一節課〉、〈覺醒〉），比起大量運用揷話（如〈半個微笑〉、〈牆〉、〈網〉）或有意的迂緩（如〈秋葉〉），節奏上更爲接近白居易琵琶行的一段描寫：

嘈嘈切切錯雜彈，大珠小珠落玉盤（開始）。間關鶯語花底滑，幽咽泉流水下灘。水泉冷澀絃凝絕，凝絕不通聲暫歇。別有幽愁闇恨生，此時無聲勝有聲。銀瓶乍破水漿迸，鐵騎突出刀槍鳴（中間）。曲終收撥當心畫，四絃一聲如裂帛。——東船西舫悄無言，唯見江心秋月白（結束）。

歐陽子在急轉之後，擺脫了「驚愕的結局」。她的人物在驚覺景物全非之後，有意而無力地企圖恢復舊有的秩序，捕捉殘存的自尊。當他們發現連起碼的自尊都無可回復時，才在頃刻間整個崩潰，或是立即苟安於表面上不曾變動的舊秩序裏。讀者既意會到主角即將進入的崩潰，又見到主角無助的最後掙扎，屏息等待之中，全篇小說裏的經驗層次遂產生交感，終於進入一種全然的整體的釋然於懷。這種緊張之後的舒坦與了解（「東船西舫悄無言，唯見江心秋月白」），使讀者積蘊的哀憐與恐懼〔註一三〕的情緒得以發散。這是歐陽子《秋葉》集一切藝術手法的最大目的（「頭未梳成不許看」）。〈花瓶〉裏用對立的人物無情的揭發眞相，很顯然是受到卡夫卡（Franz Kafka）的短篇「判決」（Das Urteil）〔註一四〕的影響。

〈魔女〉的事實眞相（母親對趙剛的痴情狂戀）也是利用對白揭發，並且也是故事發展所暗藏的先決假設。但是它並非由對立的人物揭發，而是出諸母親的自況。在出現之前雖然已有暗示，可是暗示並非、也無法形成前因。這就是說，母親對趙剛一見鍾情（「唸大學時，我頭一次見了他，就知道我這一生，只能為他活著，沒有旁的什麼意義了。」）乃至變本加厲一往情深，乃訴諸一種本能的力量。做為一種假設，它有或然成立的可能。或說它是一種可能的不可能。歐陽子刻意強調這股原始狂野力量的強度，似乎無意賦予它的成因以邏輯依據。它既非一種普遍的性格缺憾，在此之前也缺乏合理造成的過程。邏輯性僅成立於倘如對事態了解的經過（主要動作），以及基於假設之後那股痴狂力量的變本加厲。我以為做為一個先決假設（而不只是急轉），這種可能的不可能，固然因驚訝感而增強了那股狂野的內發力量，但是其可信性較脆弱，是小說作者應予儘量避免的。

類似的討論可用於〈近黃昏時〉。麗芬病態的偏愛瑞威以及冷落吉威是導至一切事態發展的先決假設。王媽敍述裏的夫妻年齡差異並不足以支持麗芬強烈的偏執。在一切邏輯情節之前，這個事件本身缺乏解釋。並且它也並非一種普遍的性格缺陷。不過是一種或然的存在而已。基於前曾述及的理由，我以為這種假設也是作者應予避免的。

我們與其說歐陽子的小說注重小說人物心理分析，不如說她注重人際關係。《秋葉》集的每篇小說都在做人際關係的調整。她的小說人物由於偏執於自身內在性格上某項缺憾，而導至人際關係不可避免的（Inevitable）變動。這是事實與本質上的狀況全非，因爲表面上這些關連仍勉強維持著。實質變動而表面如常是歐陽子慣常的反諷手法之一。在這種反諷中，人的卑微的存在就呼之而出了。歐陽子的悲劇形式是：人類既知如何會更加擾亂其生存情境，卻禁不住自己去擾亂，而在自擾或自擾之後的妥協之中，覺察到全然的幻滅。

歐陽子人物的心理遞變，白先勇「自我身份的確定及印證」以及「愛的位移」（註一五）說得極爲透徹。然而這種自我身份印證的渴求是壓抑於底層的，當它形諸表面，就以「仇恨——報復」的形式出現。從自我身份印證到仇恨到報復，這種心理過程，可以解說歐陽子大部分小說的人物：〈半個微笑〉汪琪的失足，〈網〉余文謹，〈魔女〉的母親，以及〈考驗〉美蓮與保羅的交往，報復的對象是自己；〈牆〉若蘭報復姐姐；〈浪子〉宏明報復蘭芳；〈素珍表姐〉理惠報復表姐；〈秋葉〉敏生報復他的「中國」父親。

歐陽子的人際關係十分單純。她的人物不僅「外貌的形容很少」（註一六）而已。她避免以人物的外貌、學識、籍貫、血統、習慣等，做爲故事發展的依據（〈秋葉〉與〈考驗〉是例外，它們考慮到民族差異。）與卡夫卡的人物簡單化手法比較起來，卡夫卡的人物特徵亦少，但時或因其人物的社會活動（如〈審判〉、〈城堡〉）而略帶社會批判的傾向。《秋葉》集除了〈美蓉〉以外，社會批判隱而不現。然而他們不同程度的簡單化的結果，都能使人物存在於一種不訴諸某種特殊時空環境的基本生存架構上。卡夫卡關心人類個人與個人以外的環境之間的關係，那環境，不一定是某些特殊的人。比較起來，歐陽子較爲專注於個人與其他人之間的關係。她無意以故事裏的「其他的人」，廣義化爲一個卡夫卡式的，個人以外的一個整體。也就是說，她側重一種簡單、但是基本而重要的人際關係：父子、母女、夫妻、姐妹、師生等等。

〈美蓉〉所關心的仍是人際關係。然而它毫不掩飾它的社會批判。它流露了歐陽子對社會價值標準下社會順從（Social Comformity）的嘲諷。可予注意的三點技巧是：一、它在文首曾提供選擇：

「人人都知道美蓉是個十全十美的女孩子。人人都說，她自然，她大方，她眞誠，她乾淨俐落。以前有過幾個人，不大同意大家的看法，說她自然得過分，流於虛假，大方得勉強，有點做作。可是這種矛盾的理論，經不起時間考驗，大家一聽，總一致搖頭……」（〈美蓉〉）

這裏「自然得過分」、「流於虛假」、「大方得勉強」、「做作」是隱而不見的歐陽子的意見。可是全能觀點的敍述者卻站在「人人」的立場。這點差距，使得小說的語調（tone）具有僞裝的平快，與作者本人實際上的憤憤或議論絕緣。二、它藉由旁觀者下了幾個明顯的判斷語。比如：

「……而她確是超俗，確是與衆不同，因爲她的所做所爲，都是那麼一致地雅緻不凡。正如人人所說，美蓉就像淨化劑，就像美化劑，萬事萬物只要經過她摸觸，都變得乾淨俐落，都變得漂漂亮亮。」

「他知道美蓉和汪麗，確實是知心好友，而女孩子之間，有什麼話不可談呢！汪麗信任美蓉，美蓉決心不使汪麗失望、傷心，這只證明她高尚、厚道，又有什麼可怪的呢？」（〈美蓉〉）

這些判斷自然不就是歐陽子的。它是敍述者所代表的社會的評斷。在歐陽子的用心裏，這是一種愚昧，並且間接的表達了不同意。嘲諷是極大的。三、它注意到每個人物的心理發展。故事裏雷平、汪麗、張乃廷等人任美容擺佈，都有合理的過程。敍述者刻劃這幾個人的心理，目的在使他們「確實」被美蓉擺佈了。如果我們未曾留意歐陽子與敍述者之間的距離，我們會覺得歐陽子何忍心如此？歐陽子的價值標準上，這三個「厚道」的人固然無知，但也比既順應社會又自持聰明的美蓉，更值得同情。

另一篇值得討論的小說是〈近黃昏時〉。〈近黃昏時〉在《秋葉》集裏是個異數。它的不同處，在於觀點的運用與喜劇意義的出現。

它的觀點，不但是三個單一觀點（有異於歐陽子其它所有作品的全能觀點），而且每個單一觀點都是第一人稱（有異於《秋葉》集其它所有作品的第三人稱）。頗堪玩味的是：她在從《那長頭髮的女孩》集到《秋葉》集的過濾中，曾捨棄了三篇小說，而這三篇小說（〈小南的日記〉、〈木美人〉、〈貝太太的早晨〉）都是第一人稱一個單一觀點。這點選擇使我們發現歐陽子對冷靜推理這種方式的偏好。因爲第一人稱的觀點人物無法超越其認知理解的天然限制，冷靜推理，較難達成。

〈近黃昏時〉的觀點運用，一個以上的第一人稱單一觀點，可以找到其它小說來比較。雖然（前曾指出）這個故事的先決假設可資訾議，然而在此假設之後的發展，都極合理。歐陽子力圖使讀者經由三個觀點人物多方透視之後，故事發展的邏輯架構能予了解。她提供讀者較多的參與。它不同於芥川龍之介的〈竹籔中〉（註一七）或朱西寧的〈冶金者〉（註一八），使讀者在歷經幾個敍事觀點之後，基本上對情節發展無法遽下斷言，只是覺得人性複雜，世事難斷，人生如謎。這種主題之障，其實是種小說觀點，以及這種小說文字結構之障。歐陽子企圖克服這種障礙，凸顯事實眞相。事實上，她做到了。

這篇小說可予注意的地方有三點：一、運用了黑體字。比如這是自成段落重覆出現的：

麗芬沒有兒子
麗芬沒有丈夫
麗芬孤零零一人

這些黑體字是《秋葉》集才換用的。上面所引的三句都出現在麗芬的意識流動裏。其效果是：讀者明知它發自一個婦人無聲的內心深處，卻彷彿可「聽」成一種狂野的呼號。這種內發的聲音低啞得足以「說」盡婦人孤獨自憐之外的，強化了的性愛渴求。並且當這種無聲之聲第二次出現，立即在讀者寂靜之意識領域裏，產生「迴響」。

其它兩處黑體字分別出現於麗芬看余彬，以及吉威的回憶裏。它們都陳述人物（麗芬或吉威）強烈不情願的事件。它們並且曾刪去標點，使語氣急促，表示敍述者急欲結束這種引起不快的陳述。這種用意，也出現於吉威與余彬的對話。這是我們可予注意的第二點。比如：

余彬你爲什麼一直躲我
我沒躲你余彬說

爲什麼整個禮拜不來看她

我忙余彬說

這種壓抑的聲響，同樣暗示了潛藏的狂野的力量，一種引起讀者恐懼感的病態偏執。這種有聲之靜，與麗芬的無聲之響不僅形成對比，並且這種異常的聲響，符合了兩人的特殊性愛身份，使以後兩人意識之外的狂亂行爲，有合理的預塑。時間安排是我們可予注意的第三點。在王媽的敍述裏，有麗芬與吉威都未提及，卻是由他們分別完成的動作：

「……卻瞧見太太從房裏出了來，……我邊拉邊哄，費了半天勁，才把太太哄進她房裏……」

「……陡地看到吉威頂頭衝了出來。……我大喊，追出籬笆門，可是那裏還看到吉威的影子。」

麗芬在「王媽的聲音嚇了我」以及「吉威跑的那模樣」之後，只知自己「彈出了沙發外」，卻沒有意識到自己曾（如王媽所追敍）出了房門，曾嚷，嚷了還哭，還叫了余彬的名字。

吉威只知道「……王媽正在關籬笆門。突然我明白他已經走了。」這段文字暗示吉威曾經發了一陣子呆，發呆之中「突然」明白余彬已離去。以後的行爲，完全成爲這「突然明白」的直覺反射：（如王媽所追敍）曾回房拿（雕木條兒人的）刀，衝倒王媽，砍了余彬。

王媽的敍述是次日（「對面阿娟剛才告訴我，昨天余彬中的幾刀……」）的追敍。麗芬的敍述且與追殺事件，時間上產生重疊（Overlap）。麗芬與吉威敍述中所「漏掉」的追殺事件的部分，都發生於他們的意識之外。他們都一時處於狂亂的狀態。追殺事件是個重要高潮，但它已發生在文字之外的時間裏：它緊接前兩部分發生，而完成於第三部份之前。王媽的追敍並曾交代了追殺以後的事件。在王媽的敍述裏，前兩部分逐漸明朗化事實眞相所產生的陣陣拍擊力，仍然會合成恍然大悟，而誘使讀者進入全然的感境。

我們很容易說王媽的喜劇成份不過是歐陽子慣常嘲諷手法的煙霧。而〈近黃昏時〉烘托出余彬的冷冽與遠不可及，則確然爲歐陽子小說裏罕見的喜劇意義。他自覺性的現實迷亂環境中退出（而「進入」到一個遠遠的地方——台中——去，去找個女孩子結婚）雖然被吉威一刀打住，但（因爲割傷的位置偏了「一丁點兒」，不致變成「半男人」）並未中止，這種自覺性的退出，乃至另行進入，微洩了歐陽子吝於流露的人類希望的肯定。它毋寧說是自我身份印證的「一丁點兒」完成，而大大有異於歐陽子悲慘的人際關係裏卑微個人的幻滅感。它有尼采那種「人生是一面鏡子。到它裏面去尋我們自己，便是我們應該努力的第一目的。」〔註一九〕的凜然與孤獨。它是一種自覺，一種肯定。並與〈美蓉〉一樣，使我們對不諱言分析探究人類行爲動機的歐陽子，伊森．白蘭德〔註二〇〕的憂慮，一掃而空。

個別分析比較歐陽子改寫或修改前後的作品，尤其是結構重建的得失，應該是一件很具啓發性，但需要更大細心與學力的工作。本文力不及此。但是我就〈近黃昏時〉在前後兩稿的文字更動，粗略歸納成三類，企圖能更加暴露歐陽子的機心。這或許是有志於此的朋友，可以參考的一種方法。選擇〈近黃昏時〉，因爲它是《秋葉》集裏改動得較少的一篇。

第一類，作者有心凸顯余彬——吉威——麗芬之間的性愛衝突。她更加「突破了文化及社會的禁忌」〔註二一〕，把性愛衝突自潛意識層，提升到意識層來。（以下註明的頁數，都是《秋葉》集的頁數。方括弧內是《秋葉》集裏新改的或新加入的文字，圓括弧內是被刪去的文字。）

(1)第一一七頁，第六行。

……我說，〔「讓我們再做一次——最後一次。」〕（直著眼睛看他。）余彬把玩著門鈕，

「不回答，」站著不動……

②第一一八頁，第七行

……就是在我們親熱「做愛」的時候……

③第一二九頁，第三行與第四行

「難道你只是利用她證明你能」

「余彬不回答」

④第一三〇頁，第四、第五、第六行

「讓我們忘記這一切到我房裏來我說」

「我們天生如此讓我們接受了自己」

「余彬面色蒼白」

「來余彬到我房裏來我說」

⑤第一三〇頁，第十二行

「我沒動沒鬆手」

「來余彬到我房裏來」

⑥第一三一頁，第五行

「……終身殘廢了」

〔變成個「半男人」了〕

⑦第一三四頁，第十行

「……是永福的兒子。」〔太太說她不想再生孩子，便讓大夫把她輸卵管紮了起來。〕

第二類，如作者在《那長頭髮的女孩》集自序所說的：「我寫小說，非常注重簡捷。」

⑧第一一八頁，第六行。

……總使我〔迷惑得很〕〔不解〕。……

⑨第一一八頁，第七行

……好像他不〔再〕是他自己……

⑩第一二〇頁，第九行

……而余彬像入了神，〔我能看見他瞳孔裏的榕樹的縮影。〕〔朝榕樹方向望著。〕

⑪第一二〇頁，第十一行

……，他說〔他已收回眼神〕，定睛看我。……

⑫第一二一頁，第一行

……猛地揪住他〔的〕擱住沙發椅背的手。……

⑬第一二一頁，第四、第五、第六行

〔我抬頭看余彬，這才發覺他已經把被我揪著的手抽走。〕〔余彬把手抽開。〕又聳

了聳肩膀。〔「這和他無關。」他說。〕

〔最後一線希望也熄了。〕

〔「……我眞的該走了。」〔這是他的回答。〕，他說。〕

⑭第一二二頁，第十行

……〔許久他沒對我這般溫存。〕〔像以前那樣溫存。〕他的眼睛變得〔很〕〔灰〕黯。

⑮第一二三頁，第七行

……背影〔離去〕。……

⑯第一二六頁，第九和第十三行；第一二七頁，第四行；第一二八頁，第五和第十行

……〔我說〕

⑰第一二七頁，第一行。

……〔嘴〕〔唇〕上。

⑱第一二八頁，第一行

……〔她使你〕〔你將她〕……

⑲第一二九頁，第十五行；第一三〇頁，第一行

忽然我〔再也忍不住，〕拉……

⑳第一三一頁，第四行

……（大腿間裏）（下腹）……

第三類，充份顯示了作者加強嘲諷的用心。這一類，可包括第⑥項

㉑第一三二頁，第四行

……骨子裏卻有點俠氣（呢）。

這種對比的討論可能會有力的支持這項發現：歐陽子確如所自期的免疫於濫情主義（Sentimentalism）。這種免疫，確能使小說作者自其作品中抽身而退。當其冷然的站在一個較遠的距離之外重行審視作品的全盤形貌，以及重行自況爲一個懵然的讀者從頭進入作品，在近處仔細推敲之中，得以對大處結構形式，以及細部句法詞字，完成反覆破壞與反覆實驗之後的全新滿足；並即再度擺脫而抽身退出。這種反覆的自我要求，實是肯定一個小說作者藝術生涯的首要標準。所以當托爾斯泰盡棄其一切感傷情調，並輕蔑稱其爲「這種浮泛的女性的，只知流淚的感情。」之後，立即開始進入了一種嶄新的藝術境界（註廿二）。這種揚棄，與其說是作者張開矇矓之眼洞察人生的開始，不如說是作者無止休自我煎熬的開始。這種煎熬，可喜的在歐陽子的藝術用心「一字千改始心安」上出現。

歐陽子《秋葉》集在結構上屬於戲劇小說，在題材上屬於心理小說，在企圖上關心

人際關係。做爲一個自覺性的小說作者，她透過這幾種用心，確在中國近代小說裏自成格調。（〈阿婆還是初笄女〉）

——原載一九七二年十一月《現代文學》第四十八期
一九七一年十月初稿，一九七二年五月重寫

## 附註：

註一：《長頭髮的女孩》集，大林文庫廿五，民國五十八年十一月一日初版，五十九年八月十五日再版。

《秋葉》集，向日葵文叢⑲，晨鐘出版社，民國六十年十月二十日初版。改寫的文章有的並曾易題；《秋葉》集「作者的話」裏有明白的說明，不再重覆寫在這裏。三篇沒收入《秋葉》集的作品是：〈小南的日記〉、〈木美人〉、〈貝太太的早晨〉。三篇新收入的作品是：〈秋葉〉、〈素珍表姐〉、〈魔女〉。

註二：〈那長頭髮的女孩〉易題爲〈覺醒〉。

註三：所據中譯本爲姚一葦譯註的《詩學箋註》，民國五十八年四月二版，台灣中華書局發行。

註四：見《詩學》第七章；見註三。

註五：見《詩學箋註》第六五頁姚一葦的箋；見註三。

註六：見《詩學箋註》第八十頁姚一葦的箋；見註三。

註七：見《詩學箋註》第八九頁姚一葦的箋；見註三。

註八：見《詩學》第十七章，見註三。

註九：亞里斯多得在《詩學》第二十四章裏曾稱謬誤推論爲「吾人虛僞架構的技術的適當方法」，並曾定義謬誤推論爲：已知「若A則B」爲眞，誤以爲「若B則A」連帶的也爲眞，見註三。

註一〇：葉維廉在《現象、經驗、表現》裏曾提出這種主張。這篇論文收入葉維廉《中國現代小說的風貌》書裏，向日葵文叢二五，五十九年十月初版。

註一一：見《詩學》第六章，見註三。

註一二：〈瓷瓶〉，見《現代文學》第四十期。

註一三：亞里斯多得在《詩學》第九章曾說：「悲劇不僅模擬一個完整的動作，而且模擬引起哀憐與恐懼之事件。」，並在第十三章說：「……蓋哀憐起於不應得之不幸，而恐懼則由於劇中人與吾人相似；……」，見註三。

註一四：〈判決〉，張先緒譯，《現代文學》第一期，並經收入《絕食的藝術家》集，向日葵譯叢⑦，民國五十九年十月廿五日初版。

註一五：白先勇《秋葉》集序文，見註一，原載五十九年九月廿六、廿七日《中國時報》海外專欄，原來文題是〈評歐陽子的小說〉。

註一六：見《那長頭髮的女孩》集自序，見註一。

註一七：這篇小說收入葉笛譯芥川龍之介《羅生門》集，仙人掌一九，五十八年九月一日初版。

註一八：這篇小說收入朱西寧《冶金者》集，向日葵文叢四四，六十一年四月三十日初版。

註一九：見劉崎譯尼采《上帝之死》，新潮文庫十四，五十八年二月初版。

註二〇：《伊森・白蘭德》(Ethan Brand) 是霍桑於一八五〇年寫的一篇心理小說。朱立民在《美國文學》第八章〈清教徒後裔霍桑〉的第五節敍述這個故事說：「伊森・白蘭德是一個年輕的石灰窰工人。石灰窰的工作是孤獨的，伊森守著窰的時候，有許多時間讓他沉思。他想到每天晚上在酒館裏消磨時間的那羣無聊的人們個個都有罪過，但他們的罪惡似乎都有限得很，到底甚麼樣的罪，才是不可饒恕的罪 (the Unpardonable Sin)？他想知道。於是他離開了家鄉去探訪研究，一去就是十八年。這期間，他的所見所聞極廣，智力發達得驚人，每遇到一個問題就非究其極不可，他尤其注意別人心裏的秘密。他在追蹤不可饒恕之罪的過程中，他的腦筋是發達了，可是他的心卻萎縮和硬化了。他失去了人性，變成一個冷眼的旁觀者，人們成爲他的實驗品。搜求答案變成他唯一的目的，做爲實驗品的人的遭遇不再是他關心的事。經過十八年的訪問、思考、實驗，伊森・白蘭德終於發現了不可饒恕之罪原來就在他自己的心裏，於是他踏上歸途，在一個夜晚回到他自己以前工作的石灰窰上。第二天早晨，工人在窰內發現一具屍骨；它的心居然未被燒掉，原來那是一塊石頭！」並曾如此評論：「所謂不可饒恕之罪就是同情心的喪失；人類手足之情的否定，自我主義高漲——當一個人的智力 (mind) 的發達消滅了他的心 (heart) 的良知時，一種孤傲狀態就此形成，而導源於此的罪惡就是不可饒恕之罪。」；《美國文學》，民國五十二年五月初版，台灣聯合書局發行。美蓉（而非歐陽子），就犯了這種不可饒恕的罪。

註二一：見註一五

註三：見羅曼羅蘭《托爾斯泰傳》，莫野譯，樂天出版社，五十七年五月二十日出版，第一七及二五頁。

# 歐陽子的主題與人物

何欣

歐陽子是由《文學雜誌》（註一）和《現代文學》（註二）兩個刊物培育的大學才子派年輕作家中的一員大將，也是近年來頗受批評界重視的一位女作家，尤其是她的《秋葉》（註三）出版後，注意她的讀者越來越多，其影響也可能越來越大（註四）。在歐陽子所屬的這羣大學才子派的作家中，絕大多數是讀外文系的學生，無疑地，他們都深深受到英美作家，尤其是二十世紀初的那些小說家的影響。從他們的作品裏，我們會看到詹姆斯·喬埃斯，D·H·勞倫斯，亨利·詹姆斯們的影響，也可看到他們從這些大師所學得的寫作技巧。當然這是個可喜的現象，但也有危險，如運用不純熟，便會成爲東拼西湊的雜燴（註五）。又因爲他們浸淫在西方現代文學作品裏，相對地遠離了五四運動後中國文學的傳統，所以他們的作品中缺乏中國讀者習見的現實，而對中國一般讀者就有了疏離感。

在這篇短文裏，筆者只分析一下《秋葉》裏的十四篇短篇故事之主題和人物，從而看看歐陽子到底告訴了我們些甚麼。

## 主題

這十四篇短篇故事中所涉及的主題，可約略分爲下列四大類。

一・**戀母情結或母子亂倫之愛** 討論歐陽子的小說者多強調這一點，實際上作者寫這一主題的故事並不多。〈秋葉〉中敏生同他繼母間的愛似乎不能算是嚴格的亂倫，因爲他們只是名義上而非血統上的母子關係，敏生也沒有因父親對母親（宜芬）的愛而嫉妒他、恨他。宜芬之愛敏生，我們可以很容易地從別的方面找到解釋。她的丈夫啓瑞比她大二十多歲，「每天和年已半百的啓瑞相處，就更使她失去了活潑朝氣」。她到美國十個月，雖然住在豪華的房屋裏，但她沒有社交生活，只是「慵懶地……倚蜷在舒軟的沙發裏，透過精緻的玻璃牆，望著屋外紅色黃色的楓葉，一片片飄落在枯樹下、人行道上。」這不是一位三十歲的少婦能忍受的生活，很自然地她會想到她的前夫鴻毅——他在「飛行訓練尚未完結，就遇難亡身」時，當然仍是個英俊的空軍駕駛員，她會把敏生同鴻毅聯繫一起，「眞的，她怎能想像敏生爲她的兒子？鴻毅差不多也只有他這般年歲。」「她和鴻毅沒來得及生孩子。」作者便這樣暗示出宜芬同敏生間的感情不是長輩與晚輩（我避免用母子）間的了，因此她同敏生接觸時「突然感覺自己枉費過去的青春，一下子全都回來了，取之不盡似的」，她才「變得像個體貼的姐姐，快樂的遊伴」。敏生問她是否去過阿里頓公園、樹林湖、林肯墓、狄凱特公園、水晶湖公園時，她回答過「你爸爸很忙——」後，眼淚「奪眶流出」，便說明她過的孤寂生活使她渴望關懷的愛，站在她面前的是最具誘惑力的青春，這青春燃起她的慾望之火，使她最後脫去身上的一切衣物，「赤裸著全身」且「感覺口渴」，這是性的饑渴。看到這個赤身裸體的慾火高熾的三十歲的女人，敏生自然會立刻感到需要她，而顫聲叫「你愛愛我，給了我，好嗎？」她說「不行，敏生，不行」的時候，是名份的母子關係突然阻止了她，使突發的情慾在壓抑後「一切復歸死寂」。

〈近黃昏時〉裏描寫了亂倫，但這篇故事相當複雜，不是像勞倫斯的〈兒子與情人〉裏，莫雷太太直接去愛和控制著保羅和保羅直接把母親視爲一個愛人。文中的主角麗芬，也和〈秋葉〉裏的宜芬一樣，嫁給一個比她大二十歲的丈夫。剛結婚的時候，麗芬是「既年輕，又漂亮」，「那對眼睛，全台北再也找不到第二雙」，那時她的丈夫永福當然也還有能力滿足這年輕漂亮的太太，她也接連生了兩個孩子——瑞威和吉威。八年後，瑞威被汽車輾死，麗芬病一場後，「整個變了，她將她那長髮一把剪短，從此就沒留過頭髮。」這種「變」固然是因爲愛子之橫死，但也是因爲年紀漸衰的丈夫在性慾方面不能再滿足她，所以「沒幾年工夫」，她「就開始和年輕小伙子們廝混起來了」。年輕小伙子之一的余彬同她廝混時，她已經四十歲，就是說，在同余彬廝混前，她私通別人已有很久的歷史，那時爲她所不喜歡的吉威對於這類的事似乎不太能瞭解。從這一層判斷，麗芬至少應視爲是個花癲狂者，而年紀愈大，愈感到恐懼，越死命抓住身邊的年輕人，「我知道你嫌我老，」她說：「眞的，誰要個四十多歲的女人？」這是她至大的悲哀，這種悲哀的情緒是很強烈的。這種情緒愈強烈，她就越要抓住這瞬息即將永逝的青春。於是這便構成對麗芬心理上極大的威脅，她企圖從別的地方抓住她的青春，但「全是一類的，他們年輕人全都是一類的！連他們的藉口都一樣︰換換環境！一個一個，全都那般忘恩負義。」最後她只落得個「麗芬沒有兒子」，「麗芬沒有丈夫」，「麗芬孤零零一人」，獨自望著鏡子，「看到自己。蒼老的女人。哭喪著臉，更顯得憔悴。」

麗芬一直重複著「吉威不是我的兒子」，她對於吉威並沒有任何愛慕之傾向，也沒有像宜芬對敏生那樣的關懷和最後爆發成的性衝動。吉威對於麗芬是否有「對母親之戀慕及對父親之敵視的傾向」呢？我們沒有看到任何吉威戀母的場景出現在這篇故事裏。雖然吉威曾說「余彬是我我是余彬我們是一體」，但余彬顯然對麗芬沒有戀慕而只是麗芬的性工具。在以「吉威」爲小標題的那節裏，確有「麗芬我愛你余彬說」這麼一句，這應該是吉威說的「麗芬我愛你」，如此而已，吉威沒有任何行動和其他方式表露他對麗芬的強烈愛戀之情，他對麗芬的性要求——即亂倫的慾望——也沒有表現，他之鼓勵余彬繼續同麗芬維持性關係又出自何種動機呢？通過余彬他能獲得任何性的滿足嗎？作者並無交代。一個二十二歲的孤僻的怪里怪氣的青年經過同別人的「印證」而確定「自我身分」（白先勇：序）是這篇故事的主題——如果我們眞相信是這樣，但作者處理得也相當凌亂，相當地沒有說服力。

〈覺醒〉裏也處理了母戀子的問題：女主角敦治怕老，因爲做兒子的敏申「還那樣年輕，而她確信他缺不了她」，但她這「確信」落了空，她發現一個「厚臉皮的女孩，一心想偷走我的兒子！」自然她會「感覺憤怒從胸中湧起」，所以她便盡其所能阻止她的兒子敏申同女友皚雲的交往，並且因破壞長髮的皚雲而說出「我聽說妓女留長頭髮」的話。她同敏申講話時是「哽咽道」或「辛辣地」諷刺。她對敏申的愛是有性愛成分在內的，因爲「我知道我老了。我變得又老又難看」時，她以此而誘惑她的兒子，待兒子說過「那裏？媽不老」時，才「溫柔地凝視他」，她在他身上看到已逝去的丈夫鴻年，「突然，她想起很久很久以前，曾經有一個晚上，她曾爲另一個男人，做過同樣的動作。『鴻年……』她心裏陡地又響起這古老的名字……」這裏所寫的仍是前兩篇中所寫的東西。

二・**畸戀**　除前邊提到過的宜芬愛小她九歲的敏生（〈秋葉〉），麗芬之愛年紀跟她兒子相彷彿的余彬和其他年輕小伙子（〈近黃昏時〉）外，在另外幾篇中我們也看到年紀懸殊的男女之戀和同性戀。

在〈素珍表姐〉裏，理惠「突然發覺自己戀愛著余麗眞，整日思慕她，渴望獲得她的友情。她每看到素珍和余麗眞在一起，心裏就納悶，總在一旁監視著」，這自然是很明顯的同性戀。在〈魔女〉裏美玲和趙剛的戀愛也是畸形的，趙剛是個四十多歲的人，生活並不規矩，且已同倩如的母親結了婚。在倩如的安排下，美玲，一個二十來歲的大學生，竟同趙剛相愛起來，這種愛實在讓人覺得離譜，雖然作者只是利用它做一個工具。美玲沒有任何個性，彷彿只是安排來供倩如使用的傀儡而已。〈最後一節課〉裏的老師李浩然對他班上的小學生楊健的關心，是一種同性戀，而不是一種父愛。他幻想楊健偷偷地愛張美容，幻想楊健的痛苦和「那對充滿嫉妬、絕望的眼睛」；他「眞恨不得在楊健的週記的批評欄裏寫道：『莫要煩惱，我的孩子，……忘掉那女孩吧，她豈配得上你？』」他實際上是畏懼有個配得上他的女孩子把他奪去，雖然初中三年級的小學生絕對不會產生李浩然想像的那些愛、嫉妬、痛苦。〈近黃昏時〉裏除麗芬的畸戀外，吉威和余彬兩人間也有同性戀的傾向。〈浪子〉裏母親蘭芳對兒子梧申的愛也不是純粹的母愛，她也設法阻攔宏明和莉莉的來信，說莉莉有椿醜事。這和〈覺醒〉裏的母親的做法是一樣的，欲把兒子留在自己的身邊，永遠留在自己的身邊，所以在梧申要去找莉莉時，她的聲音「突然變成了哀求。『別去，梧申，不要離開我！』」〈牆〉裏十九歲的若蘭愛上她的四十一歲的姐夫，她的愛姐夫也十分突然，突然得難以令人相信，因爲她原來是極憎恨姐夫的。「……見姐夫在窗外院子裏走來走去，手中拿著一把大剪刀。沐浴在暮色金暉裏，他顯得輕鬆、安恬。他正檢視著菜園裏成長的黃瓜，準備摘下一條，晚飯時吃。若蘭望了他好一會，突覺內心對他的憎恨像霧一般消散了。……」此後，姐夫竟然在她默許之下進入她的房間，「輕摟著她，又挪近她一些」，使她「只覺得溫暖、舒適」。

**三．擺脫某種束縛，追求自我解放**　這是作者寫得最多也較深刻的一個主題。〈秋葉〉裏的男主角敏生從父親手裏所接受的教育是儒家的禮教，是循規蹈矩，知禮能讓，是少言寡語，每天拘拘謹謹。敏生曾對繼母宜芬說明他要擺脫這種束縛，「而我心中極欲放縱的感情，極欲表達的思潮」。他的決心擺脫父親而去芝加哥大學讀書，是爲了接受他的美籍親生母親和他的異父同母妹戴安娜；他於感恩節回到家裏，適逢父親不在，而同宜芬之間那一段暫時的感情奔放和情慾激動，也是他要打破父親給他的禮教的外殼，至少得到暫時的解脫。宜芬在象徵著青春喜悅的敏生面前，變得那樣激動，也是暫時從丈夫啓瑞給她的那種孤寂生活裏獲得解脫。〈素珍表姐〉裏對這個主題表現最爲明確。在初中三年級之前，理惠「每天和素珍一起，素珍說怎樣，她就怎樣；素珍要她做什麼，她就乖乖順從，簡直像個毫無思想能力的奴隸一樣」。從初中三年級始，理惠開始「覺醒」，她要「必須擺脫習慣，掙脫素珍的影響力」，以有「獨立思想的能力」。她從學業成績的卓越（「從沒人注意的二十幾名，一躍而考全班第二名。從那學期起，她從未考出三名之外。」）開始掙脫素珍的陰影，感到「寬鬆了一段日子」。以後，勝過素珍成爲她的固著觀念，勝利之感給她安慰，也證明她有了獨立性。她在念高二的那年爭取到素珍的好朋友漂亮又文靜的余麗眞，在大學時代她從表姐手裏奪過呂士平，看到素珍「這幾周來，突然失去了往日的健談活潑，變得沉默寡言，若有所思，一點都不像平日的她」時，理惠自然又會湧現出驕傲和勝利的快樂，她終於擺脫素珍的束縛，可是她的快樂又被另一個現實擊碎，關於此我在後面再討論。在〈半個微笑〉裏，緊緊束縛著汪琪的是好學生的頭銜，「汪琪一向是好學生，功課好，品性好，沒有人能指責她任何一點」，然而這個「品學兼優」的稱讚却構成一面網，使她無法過其他女孩子們應有的生活，從小學到大學都是如此，「每到周末，許多男生請張芳芝看電影，却沒有一人請她。」她必須撕破這面網，拖回眞實的我。在她同王志民接觸後，作者告訴我們：「她……至少……是一般人所謂的好學生，因此她的行爲受著無形的束縛。以前，她身帶枷鎖，而不曾注意桎梏之存在，可是自從見到王志民，她就認了出來，而且深深體會到被囿之難忍。」等她受傷住醫院且知道「系裏同學大概明後天會來。王志民很關心你，他恨自己沒能拉你一把，及時把你救起來……」時，她很感興趣，這時她的精神已經不太正常了。她不但沒有打破那桎梏，相反，却又成爲它的犧牲者，習性的力量對她而言太大了。在〈網〉裏，余文瑾在街上遇到昔日情人唐培之後，使她「隱隱約約地意識到某種東西在她裏面覺醒」，因爲她的丈夫丁士忠兩年來「爲她計劃一切，考慮一切」，因爲「他精力充沛，總是保護著她，不願給她一絲煩惱」，她成爲生活中的一個洋娃娃。再遇昔日愛人使她「徨徬四顧，要求解放」。最後她這暫時的覺醒也失敗，她的丈夫「摟著她走向臥房。余文瑾覺得週身虛弱無力。但她並沒有說謊，她的確感到快樂」。

## 四·東西文化的衝突

這應該是留美作家們認眞討論的一個問題，他們不是都在嚷著認同嗎？究竟西方文化給予他們怎樣的壓力呢？他們對這壓力又有怎樣的反應？當然，在討論這些問題之前，他們要眞正認識東方文化和西方文化究竟是什麼，其衝突又是何處。在〈秋葉〉裏，作者討論了這些問題。首先她選擇了啓瑞做爲東方文化的代表，他在美國住了很多年，娶過美籍妻子，但仍保持他的「東方文化」，那文化是甚麼呢？「去學校授課，他不得不從俗，穿上西裝，可是他回家來，第一件事，就是脫下西裝，換上中國長袍。他不喝咖啡，不吃三明治。喝的總是很濃的茶，早晨一定吃稀飯。……固持著東方人自古的優越感。……從敏生幼小的時候，啓瑞就每天抽出時間，教他說中國話，寫中國字。他灌輸儒家思想，訓導他以古典禮儀，倫理道德。」敏生對他的批評是「……那樣正直，是非觀念那樣重，理智完全控制感情，誤倫理道德為萬古眞理」。西方文化是甚麼呢？自然就是恢復本性，放縱感情，表達思想。這兩個文化的衝突表現在敏生身上，他說：「媽媽離家後，不久，我就開始了長期的探索自我的掙扎。我問自己，我到底是誰？我究竟是爸爸，還是媽媽？是東方人？是西洋人？是中國人？是美國人？我循規蹈矩，我知禮能讓。但這算不算我？是不是我的本性？我眞的是那個每天拘拘謹謹，少言寡語的君子？如果是的話，為甚麼我不快樂？為甚麼感覺脫節？而我心中極欲放縱的感情，極欲表達的思想，又算得甚麼？怎麼解脫？兩股力量，在我胸中，相扯相鬥，輸贏難分。我有被撕裂的感覺，永遠痛苦，得不到安寧」。這兩股力量，如何在敏生的胸中相扯相鬥，作者並沒有通過他的行動表現出來，所以我們也無法知道在這兩股力量衝擊下敏生感到的痛苦是什麼和達到怎樣的程度。在他同宜芬的遊逛和要求宜芬「妳愛愛我，給了我，好嗎？」的時候，也沒有任何痕跡表示他父親給他的教育——且不管啓瑞的教育是否眞正的儒家思想——給他的壓力。在〈考驗〉裏，作者也略略觸及東西文化的問題。一羣留學生，「總是聚在一起，吃中國飯，說中國話，固守一切中國習慣，並堅持排拒一切美國思想，美國作風」。這羣「吃中國飯說中國話」的東方文化的固守者反對「那文學院新來的女生」美蓮同美國同學保羅的交往，奇怪的是，這位保羅同美蓮「暢談他對東方精神文明的傾慕，對西方物質主義的厭惡，並大大讚揚儒家思想。把孔子捧得比神還偉大」。美蓮是反對她的祖國——中國——之落伍的，認爲東方文明是「已經過時，不合時代潮流的文明」。我們不知道作者爲甚麼讓她撲向一個羨慕東方文化的西方人，關於東西文化的衝突也沒有發展，因爲作者強調了另一方面：美蓮和保羅不屬於一個種族，不能站在一個平面上眞正互愛。

## 人物

我們再來簡單地看看歐陽子所寫的人物。她筆下的人物主要只有兩大類，一是美麗的出類拔萃的台灣大學文學院的學生或畢業生；一是從三十歲到四十歲間的少婦，她們多半是再婚者，且對婚姻生活不太滿足。

先介紹第一類。

〈素珍表姐〉裏的素珍「長得異常瀟洒，皮膚白皙，雙目炯炯，鼻端兒尖尖的有點朝上，顯露出一派傲氣」，「在小學時，她差不多每學期都當選級長，並代表學校參加過演講比賽，得了好幾次錦標」；在高中時她「長得美，長得傲」；在大學裏，當然也不會變醜了！理惠，也和素珍一樣，是台灣大學外大系的學生，自初三起就是品學兼優的學生，可惜作者沒有點明她長得也很漂亮，只說過「她決定逃掉下午的課，不再回學校。她要睡得飽飽的，然後打扮整齊，漂漂亮亮，等呂士平晚上來接她」，想來她自然也是美麗的。〈魔女〉中的倩如，台灣大學的女學生，長得很像媽媽，她的媽媽有「細緻的身材，清秀的臉蛋」，而且是一切美德的化身。〈美蓉〉裏的女主角「是個十全十美的女孩子……她自然，她大方，她眞誠，她乾淨俐落」。「她的文雅，她的整潔，不但在她的衣著、打扮和用具上，表現無疑……她的所做所爲，都是那麼一致地雅緻不凡……美蓉就像淨化劑，就像美化劑，萬事萬物只要經過她摸觸，都變得乾淨俐落，都變得漂漂亮亮。」彷彿是仙女下凡。〈半個微笑〉裏的張芳芝也是念台大外文系，她「長得挺標緻的，而且活潑健談，人緣很廣」。別的幾篇中對於年輕女孩子雖無如此的敍述，想來也均非平淡無奇的人物。如果長得不美，作者便會特別提出來，如〈美蓉〉裏的汪麗，就是「老實，怕羞，不很聰明，和藹可親。大概因爲她長得不太漂亮，而且個性內向，她一直沒交過男朋友」。這一類美麗但沒有思想的大學女生成爲《秋葉》裏的主要人物。（稍後我將說明何以我稱她們是沒有思想的）。

另一類的少婦有：

〈秋葉〉裏的宜芬，她年紀只不過三十歲，她曾告訴敏生「她和鴻毅怎樣相識，怎樣戀愛，怎樣不顧家庭反對結婚」。她也告訴他「鴻毅如何年輕，如何體貼，他愛吃什麼菜，愛說什麼笑話。……她愛狗，鴻毅愛貓，兩人爲此，怎樣鬥嘴嘔氣。……」以及鴻毅飛行失事她痛不欲生等。她同啓瑞結婚則是因爲介紹人說「他有雄厚的經濟基礎」和「很高的聲望」，在彼此通信後，從相片上宜芬看他「五官端正，顯然是個可靠正直的人」，就把婚事「這樣決定下來」。她同啓瑞結婚後，「雄厚的經濟基礎」和「五官端正」未能滿足這位「年紀輕輕的寡婦」的宜芬，生活常感寂寞。同敏生爆炸那激情的一幕後，她自然又恢復原來的生活。

〈魔女〉中倩如的母親，四十歲，品格完美，性情外柔內剛，第一次婚姻達二十年，「在倩如的記憶中，她的爸爸媽媽，結婚二十年中，就從來沒吵過一句嘴。他們永遠互相諒解，相敬如賓」。這自然是幸福的婚姻，但「兩年前，倩如的爸爸心臟病去世。媽媽把自己鎖在房裏，哭了七天七夜，哭得臉都陷下去，顴骨哭了出來。」能這樣哭了七天七夜，當然是傷心已極，當然是愛丈夫才這樣傷心。但故事發展中，作者告訴我們，她却是一直在愛她的同學趙剛，而且每月能同他在台中有一次幽會。實際上她並不是在愛倩如的父親。丈夫死後兩年，同趙剛結婚，而趙剛則屬於登徒子之類。

〈近黃昏時〉裏的麗芬，四十多歲，年輕時也是個美人兒。王媽說：「那時太太既年輕，又漂亮，留著一頭烏黑的長頭髮。我初來的時候，太太才嫁過來不久，那時我就聽外面人說，太太那對眼睛，全台北再也找不到第二雙。」麗芬沒有做離婚婦人或年輕寡婦的經驗，但故事開始，她的丈夫永福已六十多歲，又不同她生活在一起，她的生活仍是寡婦的生活，所以她才和年輕小伙子們廝混。

〈浪子〉裏的蘭芳「是個嬌小纖細的女人，唯已年上四十，她看來不過三十出頭，……她皮膚白晳，鵝蛋臉，雖然算不上是個大美人，五官却淸秀異常，一臉靈氣。……她有挺直的鼻子和上挑的唇角；但她臉上最吸引人的，却是那雙烏亮而富表情的眼睛。此對眼睛充滿著活力，煥發出強烈的生命之光，彷彿這一細小女人的生機，完全集中在這兩個黑得發亮的眸子裏」。她「出身上流社會有錢人家，而宏明的父親只是個小木匠。他們中學時相識，畢業後開始戀愛，不必說，蘭芳的父母堅決反對他們結婚。……但蘭芳堅持到底——她可絕不是個容易屈服的女人。她的意志眞正強得驚人。父母愈想阻撓她，她就愈是堅決要嫁自己選擇的男人。如此他們結成爲夫婦。」這次使蘭芳感到對生活不滿的不是丈夫年齡比她大，而且是她丈夫的卑微地位——中學敎員，所以「宏明說不出到底從什麼時候起，蘭芳開始以她那高人一等似的態度對待他。這眞使他懊惱萬分。這種情況已維持得太久，使他幾乎忘記曾有一度，在許久之前，他們甜蜜相愛過。」他們的眞正愛情在「許久之前」就萎縮了。蘭芳曾以倦怠、含糊的聲音說：「你不知你多麼使我失望。你使我失望，眞使我失望。」而最後說「走吧，請你走開吧」。她那想死佔住兒子的慾望當然產生自這種夫婦生活之虛空中。

〈覺醒〉裏的敦敏，四十二歲，已經失去青春的光彩，臉上、頸上的皮膚開始露出皺紋，頭上也有了不少白髮。她的丈夫鴻年，在故事開始時，已因肺炎逝世九年。她同鴻年結婚時，「她的父母因門戶不等而反對她嫁給鴻年。可是她不顧一切和他結婚，充滿信心，認爲愛情能克服一切。」但婚後四年，鴻年因私通女僕，他們的感情決裂。夫婦生活成爲痛苦，而後她成爲「年輕寡婦」而死抓住她的兒子敏申，她爲敏申而活，「她怕老，因爲敏申那麼年輕，而她確信他缺不了她。」

〈花瓶〉裏的馮琳較年輕些，只有二十八歲，她自然也是個美人兒：「一頭烏黑漆亮的秀髮，鬆鬆垂在肩上，配著她那乳白色的鵝蛋臉，可眞動人極了，她的嘴唇，雖然薄了一點，笑起來却特別俏，特別迷人。但她最自鳴得意的，却是下巴左邊的一顆『美人痣』。」她「喜歡支配別人，好像控制別人是她的天性，是她的權利」，她的丈夫石治川「在她面前……總覺得無能爲力，男性盡失」。他倆之間的關係，自然是不和諧的音樂：在石治川方面是「要傷她，戳她，向她報復。啊，他多愛她，多恨她，多想懲罰她！」

〈牆〉裏的若蘭的姐姐已經三十歲，她先「和一個富商結婚，……不幸這位商人命薄，婚後不到一年，就在一次飛機失事中亡身，留下給姐姐一筆相當可觀的遺產」。這時這位年輕的寡婦不過二十三歲，帶著小她十一歲的妹妹一起生活了七年。若蘭的姐姐再婚，而這位第二任丈夫，一個小公務員，後來告訴若蘭，實在是因爲她有錢。這種以錢爲基礎的婚姻，當然無眞實的愛情可言，但在這篇故事裏，對婚姻生活不滿的不是若蘭的溫柔仁慈但無個性的姐姐，而是她姐夫，他誘惑若蘭。

從這幾篇故事中做妻子的少婦身上，我們也鮮能見到失敗的婚姻給予她們精神上的挫折。她們有的似乎是默然忍受了那無情的婚姻，如果她們的丈夫年齡和她們相若的話；有的則在別的年輕人身上去找性滿足。

作者曾強調說：「除去愛情，生命是一片空白——一片空白。」和「眞正的愛情是永遠的痛苦。」在《秋葉》裏的十三篇故事中，幾乎沒有一篇不涉及愛情的，如果有例外的話，只能除去〈最後一節課〉。也許是爲了強調「眞正的愛情是永遠的痛苦」罷，《秋葉》這個故事集裏所寫的愛情都摻進誤解或挫折，而不是一帆風順的愛情。當然，眞正的愛情必須經過許多誤解、挫折這些試金石，才能表現出它的眞摯與偉大，愛情的路沒有平坦的。但我們讀過這些故事之後，第一個印象是，作者並沒有用力寫過一個眞實的愛情，雖「愛情」滿紙，那只是作者口中講的和筆下寫的兩個字而已，根本沒有內容，也缺乏力量，所以愛的成功也好，失敗也好，對於我們讀者並不能產生很大的衝擊。沒有深厚基礎，建築在幻覺上的愛，並不能給生命增加任何色彩，有了它，生活仍是空白，這種愛也不可能給人以任何痛苦，即使有那麼一絲兒痛苦點綴點綴，也無法產生令人震撼的戲劇化的力量。因此我們可以斷言說，歐陽子所欲處理的絕對不是愛情，如果是的話，她會以別的方式處理的，而不會像這些篇故事處理得那麼膚淺，那麼缺乏眞實感，來得那麼匆匆，去得也那麼無影無踪——就是說，對於經歷這場愛的人並沒有留下任何影響，沒有使她對愛有更深刻的瞭解，沒有對她的人格促成任何改變；既無這些，則愛又如何給空白的生命增補起內容呢？也舉兩個例子解釋一下。

〈素珍表姐〉裏的理惠，爲了要表現她能擺脫素珍的束縛和對素珍的報復，而從素珍那裏「奪」過呂士平。這是她愛呂士平的「動機」。作者說：「可是爲什麼呢？理惠想。如果我心地淸白，爲什麼我怕被她看見？是否因爲素珍至今還牢牢控制著我的『良心』，灌輸給了我過多的罪惡感？還是因爲她折磨我太多，我便狠心藉此機會報復，故意煎熬她，不給她個明白，任她猜疑憂慮，增添她的苦悶？理惠無法確知，但她相信這兩種解釋，都有幾分眞確性……」。呂士平和素珍之間的戀愛，究竟進展到何等程度？作者只告訴讀者說：「在他和素珍交往的幾個月內，她（理惠）一直默默戀愛著他。」兩個人的「交往幾個月」是否即有了深厚感情而失去它之後就會痛苦呢？且在這幾個月中，理惠「一直默默戀愛著他」，「一直」表示開始得很早，就是素珍和士平開始交往時，理惠也同時開始了默戀，這默戀持續到和士平眞正戀愛。他們公開表示互愛始於「三週前」她特來外文系圖書舘約她去青龍聽音樂。此後經過四次約會，在這四次約會裏，他們談些什麼，如何互相認識，愛情如何發展？作者隻字未提，緊接著就是他們看過「驚魂記」後，散場回家，在她家門口，「他吻了她」。這一吻使理惠立刻體驗到「詩人們讚頌的永恒的愛，」「是這無上的愛，帶給了她這等驕傲的感覺。」接著就是「一個很美的月夜。理惠和呂士平，互相環抱著，在植物園內荷花池畔散步。」散步時當然是輕吻擁抱等美國電影中習見的場景。但理惠知道素珍同林助教的事以及呂士平並沒有摔掉素珍時，就「突然」覺得呂士平的愛情並沒有那樣了不起的可貴，她所獲得的勝利也好像沒有太大的意義了，於是「兩人一同走出植物園，沒交談一句。在計程車內，她一直縮在角落，臉朝外窗，一次都沒有開口。」這場愛情就這樣草草收場。當然這個愛情揷曲是爲了說明理惠要擺脫與報復素珍表姐，有人會說，這不是〈素珍表姐〉這篇故事的主體，即使如此，這個愛情故事寫得也是失望的，失敗之處即沒有眞實感。

〈考驗〉裏的美蓮與保羅的感情也是同樣脆弱，作者也沒有給他們陷於愛情做一個準備。美蓮能夠抗拒那個「由一百多個來自台灣或香港的中國學生以及十幾位中國教授組合而成的」「中國集團」的精神壓力，而同一位美國青年相戀是很有膽識的，雖然故事裏沒有詳盡說明這種壓力和那代表著西方文化的美國青年給她的難以抗拒的誘惑力，她感到的只是「保羅長得何等瀟洒」和「他的頭髮黃得發亮，他那對淺藍色的眼睛顯得出奇的純潔」。她為了取悅於保羅，也儘量使自己和別人不同，所以她穿起漂亮的旗袍——她也「坐到梳妝鏡前開始打扮」。她和保羅的感情究竟如何產生，如何發展的，和發展到何種程度，一如在其他故事中一樣，作者沒有敍述，更不必提美蓮在抗拒「中國集團」壓力和決定愛保羅這一過程中心理方面的矛盾衝突了。既沒有這種衝突存在，他倆之間的愛也是那麼平淡，那麼不具任何意義。作者「告訴」讀者：「不錯，不錯，她主要是想滿足自己虛榮心罷了！只因自己生為中國人，只因自己來自『落後國家』，她便如此渴望證明自己的重要！」這種空洞觀念必須由事實表現出來，沒有具體事實的表現，便不會使觀念裏流溢著血液。保羅介紹她給別的美國青年朋友時，一聲「弗蘭西」竟打破了她的夢，打斷了她的愛情之鍊，不停地喊著「不，不！沒用，一點都沒用！」這種態度的改變顯然有些「突然」，我們在故事發展中得不到這樣的必然的結論。

另外一些年輕女孩子的愛情也是同樣無法使人理解的。例如〈魔女〉裏美玲和趙剛並沒有基礎「竟一見如故」，一個大學二三年級的女孩怎會對一個四十多歲的浪子一見如故？〈美蓉〉裏的汪麗在別人安排下愛雷平也同樣勉強，「汪麗自己一直無法肯定的感情，這下子被美蓉一言論斷為愛情，不但使汪麗相信她確在戀愛，並且使她相信她愛雷平許久許久了。」汪麗竟是個如此沒有獨立人格的工具！〈牆〉裏的主角若蘭突然愛上姐夫，突然「一股柔意從她心底湧出」，都隨作者己意在那裏安排，使這些人「可能有一天喜歡上某人，結果第二天醒來，發現到底還是討厭著他」，而「事情原是如此的簡單」。如果事情「如此的簡單」，則如何會產生「眞正的愛情是永遠的痛苦」呢？何況事情，就我們所瞭解，並非「如此簡單」。

小說家所討論的最重要的一個課題是人與人之間的關係和人與其生存環境間的關係，因爲只有通過這些關係，他才能把他創造的人物呈現在讀者面前，讀者也通過這些關係而認識而瞭解而評判作者所創造的人物，這種關係可能是單純的，也可能是複雜的，簡單也好，複雜也好，缺乏這種關係，我們就無法認識小說中的人物。歐陽子在《秋葉》集的這些故事裏所表現的這些關係是甚麼呢？簡單說，是懷疑、是仇恨、是報復，是自私的利用，均是屬於消極方面的，即使寫強烈的積極的愛，也多不是純潔的。

〈秋葉〉雖然主要是寫宜芬和敏生間的情感和刹那間激情的表現，但敏生對他父親仍懷有恨的感情，他愛他的生母，擺脫開他父親而去芝加哥，固然是爲了和生母能夠常常接觸，但這也是因爲對父親之恨而採取的一種報復手段。他在寫給父親的信裏幾次提到戴安娜而不言明同戴安娜的關係，他知道這會造成父親的不安，他之所以如此做，也是一種報復。

〈素珍表姐〉裏理惠同素珍的關係則完全建立在猜疑和恨上面，她自從「思想突然成熟」之後，一舉一動莫不是爲了報復和懲罰素珍，雖然我們並沒有看到素珍何以會激起她這種強烈報復心理的理由，素珍並沒有主動對她施以任何控制，也沒有在她面前表現過自己的優越。

〈魔女〉裏的倩如爲了證明自己對而採取的對付趙剛的手段，當然是源自心裏的恨，這恨實在產生於她畏懼母親被別人奪去。她是個慣用心機和手段的女孩子，看看她爲美玲佈下的愛之羅網，多麼乾淨俐落而又殘忍，她何嘗不知道美玲不會從趙剛那兒得到任何幸福？她何嘗不知道母親會爲這而難過？後者還情有可原，她本來就想懲罰母親；但她犧牲美玲，實在令人不解，這種利用，殘酷自私，竟然出於一個大學生。我想在這裏順便提一下，倩如的母親愛趙剛，愛得那麼固執，二十年如一日，「這樣凶」「這樣猛」，也凶猛得令人不解。趙剛這麼一個人物，他具有怎樣的特質能夠贏得一個婦人的歷久不衰的愛和一個女孩的傾心呢？這樣一個「最墮落的不務正業的花花公子……有時收養情婦，有時情婦收養他」，怎能贏得眞情呢？我們不解，因爲我們知道愛情不是「我頭一次看了他，就知道我這一生，只能爲他活著」。

〈美蓉〉是這個集子裏最膚淺的一篇，雖然作者對美蓉的超俗和與衆不同，譏諷得相當無情。美蓉是「台大四年級，轉眼就是外文系畢業生」，也和倩如一樣，她使用一個日常和她往來的女同學汪麗，好把「雷平脫出手」。美蓉是幼稚、膚淺、自私的大四的學生，會玩手段，如此而已。

〈近黃昏時〉裏盡是病態的恨，麗芬恨她的丈夫殺了她的兒子瑞威，恨她的兒子吉威，余彬對她「骨子裏一點兒熱情都沒有」，麗芬這麼說，這也是實情。吉威是個孤獨的孩子，對任何人也沒有感情，除了對他雕刻的小木頭人兒。他對別人的感情也是病態的、猜忌的，所以他能在余彬欲離開他的母親時而給他一刀子。

〈浪子〉裏寫宏明和他妻子蘭芳間的關係是不和諧的、不平衡的、猜疑的、報復的。宏明就想要利用蘭芳反對兒子梧申同莉莉要好的一事來反擊蘭芳。他們夫妻間就因爲「生活更是拮据，而她對他所留下的最後一點愛情，也消逝得無影無踪」而陷於敵對狀態：蘭芳蔑視丈夫，宏明覺得破碎、殘廢。高傲對屈辱，蘭芳還把兒子據爲己有，陷宏明於孤立。利用兒子與母親的衝突，宏明要使蘭芳「無法逃避這一慘痛的挫敗」，但他這一擊落了空。

〈花瓶〉中石治川和馮琳的婚姻生活也是猜疑與報復的。石治川也是要懲罰妻子，因爲她「戳傷他男性的自尊」。在做決定前，他想：「要是今晚他再度失敗，他就會一輩子看不起自己了。」他下定決心「今晚替自己出一口氣，報復一下宿怨。他要傷她，叫她下不了台；如果必須，他甚至樂於揭發一切隱私。」但他在同妻子一場狂暴吵鬧中，竟占了下風，「爲什麼沒把我捏死？諒是你怕！你沒這膽量！」馮琳又把石治川拋進「全身軟癱，精疲力竭，再也動彈不得」的精神癱瘓中。

〈網〉裏的余文瑾和丁士忠所過的也不是正常的幸福的婚姻生活，「兩年來，她彷彿不曾眞正活在世上。」這種生活當然是蒼白無力的，影子的生活，所以唐培之——她的舊情人——的突然出現把這沒有力量的平衡生活給弄翻了。她的覺醒也只是一刹那，最後仍返回舊生活。這篇和前述兩篇實在是一個故事的重複而已。

〈牆〉裏是若蘭先恨她的姐夫，恨得還合情理，正像倩如恨趙剛同她媽媽結婚一樣，「若蘭有種受了騙的感覺。」當然裏邊也有妬恨的因素，姐夫把姐姐從她那兒奪去。但她對姐夫發生感情，則不太合情理了，因爲這愛不是產生自一種報復，她先愛了姐夫，才知道姐夫爲了姐姐的錢而結婚的。

我想說到這兒，已經能足夠說明歐陽子在《秋葉》集裏所寫的是甚麼了，一個產生自作者想像的世界，裏邊的人物爲著說明作者某種觀念而活動，拉著他們活動的線和控制他們活動的手是作者安排的那些寫作技巧，關於這些技巧運用的得體，運用的純熟，已有不少人剖析解釋過了，剖析之深，解釋之詳，頗令人敬佩。但我總有個屬於個人的偏見，便是內容重於形式，在內容上，深度第一。如果一位作者對於他寫的人物瞭解不夠深，他的人物便只像漂浮在水面上的浮萍一般，沒有根。《秋葉》集裏的人物，便都是些缺乏思想、缺乏個性的浮萍。我們無法相信台灣大學文學院裏那批高材生就只生活在以報復以詭計爲基礎的愛情裏，我們也難以相信三四十歲的婦人們生活的目標只不過是宜芬和麗芬們的變態性衝動，或蘭芳、敦敏的阻撓兒子戀愛以免自己陷於空虛。也許由於這些，《秋葉》集裏的故事都缺乏力量，推著故事發展的那種洶湧大浪的力量，也缺乏聲勢奪人的緊張，更缺乏咄咄迫人的現實感。

——原載一九七六年十二月幼獅出版《當代中國小說論評》

## 註

註一：先後由夏濟安和侯健兩位先生主編，他們都是台大外文系的教授。

註二：是由白先勇、王文興、歐陽子等幾位台大外文系的學生所籌劃的。

註三：民國六十年十月二十日晨鐘出版社出版。這些短篇故事分別在《文學雜誌》和《現代文學》上發表過。

註四：除白先勇外，她是被討論得最多的一位作家。

註五：參看王禛和的〈有臉的人〉，《文學季刊》第六期。

註六：可參看陳器文的〈斯人也！而有斯疾也！〉刊於《現代文學》第四十八期，六十一年十一月出版。

# 歐陽子小說評論引得

許素蘭　編

**說明：**

1. 本引得，依發表或出版日期之先後順序排列，以一九九一年十二月卅一日以前國內發表者爲限；海外出版者，列爲附錄。
2. 若有舛誤或遺漏，容後補正。
3. 本引得承蒙歐陽子女士提供資料，謹此致謝。

| 篇名 | 作者 | 刊(書)名 | 卷期(出版者) | 出版日期 |
|---|---|---|---|---|
| 1. 崩潰——評〈最後一節課〉 | 王鼎鈞 | 短篇小說透視 | 大江 | 一九六九年九月 |
| 2. 評歐陽子的小說 | 白先勇 | 中國時報 | | 一九七〇年九月廿六～廿七日 |

| | | | | |
|---|---|---|---|---|
| 3.《秋葉》序 | 白先勇 | 秋葉 | 晨鐘 | 一九七一年十月 |
| 4. 歐陽子的《秋葉》 | 唐吉松 | 中華日報 | | 一九七二年五月十七～十九日 |
| 5. 談小說批評的標準——讀唐吉松〈歐陽子的《秋葉》〉有感 | 白先勇 | 中國時報 | | 一九七二年七月十六～十七日 |
| 6. 小說批評和標準——兼覆白先勇先生 | 唐吉松 | 中國時報 | | 一九七二年八月九日 |
| 7. 析歐陽子的《秋葉》 | 覃　思 | 青溪 | 六四 | 一九七二年十月 |
| 8. 由幾個形構學觀點論歐陽子 | 高全之 | 現代文學 | 四八 | 一九七二年十一月 |
| 9. 斯人也而有斯疾也——評歐陽子之《秋葉》 | 陳器文 | 現代文學 | 四八 | 一九七二年十一月 |
| 10. 歐陽子說了些什麼 | 何　欣 | 文季 | 一 | 一九七三年八月 |
| 11. 一些憂慮——談歐陽子的《秋葉》 | 王紘久 | 文季 | 一 | 一九七三年八月 |
| 12. 幔幕掩飾不了汚垢——對現代主義的考察兼評歐陽子的《秋葉》 | 尉天驄 | 文季 | 一 | 一九七三年八月 |
| 13. 歐陽子創作的背景 | 唐文標 | 文季 | 一 | 一九七三年八月 |
| 14. 由幾個形構學觀點論歐陽子 | 高全之 | 當代中國小說論評 | 幼獅 | 一九七六年十二月 |
| 15. 歐陽子的主題與人物 | 何　欣 | 從大學生到草地人 | 遠行 | 一九七六年三月 |

# 歐陽子小說評論引得

| | | | | |
|---|---|---|---|---|
| 16.歐陽子的〈周末午後〉及其他 | 王而玉 | 聯合報 | | 一九七七年五月廿四～廿六日 |
| 17.〈周末午後〉附註 | 隱地 | 六十六年短篇小說選 | 書評書目 | 一九七八年五月 |
| 18.作品的主題和技巧——給歐陽子的信 | 琦君 | 中華日報 | | 一九七八年十月廿一日 |

## 附錄

方美芬　編

| 篇名 | 作者 | 刊(書)名 | 卷期 | 出版日期 |
|---|---|---|---|---|
| 1.靈魂的裂變，自我的掙扎——試論台灣女作家歐陽子小說的人物心理 | 鄭虹 | 深圳大學學報(社科版) | 一九八五：二、三 | 一九八五年 |
| 2.歐陽子的心理小說及其爭論 | 王晉民 | 作品與爭鳴 | 一九八五：一〇 | 一九八五年十月 |

| | | | | |
|---|---|---|---|---|
| 3. 歐陽子的心理小說 | 王晉民 | 台灣香港文學論文選 | 二 | 一九八五年 |
| 4. 爲中國文學添一色異彩——評歐陽子的小說 | 何慧 | 廣東社會科學 | 一九八七：三 | 一九八七年 |
| 5. 歐陽子小說的審美特徵 | 蔡敏 | 海峽 | 一九八八：一 | 一九八八年 |

# 歐陽子生平寫作年表

歐陽子
方美芬　編

一九三九年　1歲　四月五日生於日本廣島。本名洪智惠，原籍台灣省南投縣。

一九五二年　13歲　開始在報紙雜誌發表短篇散文。

一九五五年　16歲　開始創作新詩。

一九五七年　18歲　入台大外文系。繼續在報紙雜誌發表散文與新詩。

一九六〇年　21歲　與外文系同班朋友白先勇、王文興、陳若曦等人，創辦《現代文學》雜誌。採用歐陽子筆名，開始在該刊發表短篇小說，如〈半個微笑〉（《現代文學》二期）、〈牆〉（《現代文學》四期）。並譯介西洋文學作品。

一九六一年　22歲　台大畢業，任外文系助教。繼續寫短篇小說。短篇〈半個微笑〉，由殷張蘭熙女士譯爲英文，收入她所編之 *New Voices* (Taipei: Heritage Press, 1961)。小說〈網〉、〈木美人〉分別發表於《現代文學》六期、十期。

一九六二年　23歲　小說〈蛻變〉發表於《現代文學》十二期。短篇小說〈網〉，自譯爲英文，載於吳魯芹先生所編之 *New Chinese Writing* (Taipei: Heritage Press, 1962)
短篇小說〈牆〉，由聶華苓女士譯爲英文，收入她所編之 *Eight Stories by Chinese Women*

(Taipei: Heritage Press, 1962)。

一九六四年　25歲　獲美國獎學金，赴美留學。
小說〈貝太太的早晨〉、〈浪子〉分別發表於《現代文學》十九、二十期。
獲愛荷華大學小說創作班之碩士學位。秋季轉入伊利諾大學英文系，進修文學課程。

一九六五年　26歲　〈約會〉發表於《現代文學》廿五期。
移居德克薩斯州。短篇小說〈近黃昏時〉發表於《現代文學》二十六期。

一九六六年　27歲　短篇小說〈美蓉〉發表於《現代文學》二十九期。

一九六七年　28歲　短篇小說〈最後一節課〉。發表於《現代文學》卅一期。
爲白先勇的小說集《謫仙記》寫序文。
出版短篇小說集《那長頭髮的女孩》（文星書店）。
短篇小說〈魔女〉發表於《現代文學》卅三期。

一九六八年　29歲　〈入院記〉一文，發表於《中央日報》（九月四日）。
短篇小說〈素珍表姐〉發表於《現代文學》三十六期。

一九六九年　30歲　短篇小說〈秋葉〉發表於《現代文學》三十八期。

一九七〇年　31歲　爲《現代文學》主編亨利・詹姆斯研究專號（四十二期）。
改寫自己小說著作。

一九七一年　32歲　出版短篇小說集《秋葉》（晨鐘出版社）。
開始翻譯西蒙・波娃之《第二性》。

一九七二年　33歲　譯成《第二性》之「形成期」部分，由晨鐘出版社出版。

在《中央日報》副刊發表〈美國人的價值觀念〉等雜文數篇。在《中國時報》「人間」副刊發表〈美國人的處世態度〉、〈美國人間關係〉、〈美國人的精神信仰〉三篇文章。

一九七三年　34歲　在《中央日報》副刊發表〈也談短篇小說〉等雜文。〈論《家變》之結構形式與文字句法〉發表於《中外文學》第十二期。

一九七四年　35歲　〈白先勇的小說世界〉刊於《中國時報》。短篇小說〈浪子〉，自譯為英文，刊於 *The Chinese Pen*, Autumn, 1974。開始寫《台北人》研析論文。

一九七五年　36歲　繼續寫作《台北人》研析論文，發表於《書評書目》及《中國時報》。短篇小說〈花瓶〉與〈魔女〉，由朱立民先生譯為英文，編入《中國現代文學選集》英文本。發表論文〈「永遠的尹雪艷」之語言與語調〉、〈「一把青」裏對比技巧的運用〉、〈「歲除」之賴鳴升與其「巨人自我意象」〉、〈「金大班的最後一夜」之喜劇成份〉、〈「思舊賦」裏的氣氛釀造〉於《書評書目》。

一九七六年　37歲　《台北人》研析論文，繼續發表在《書評書目》、《中外文學》、《中國時報》。〈白先勇的小說世界〉一文，由 Cynthia Liu 節譯為英文，載於 *Renditions* No. 5, Autumn 1975。短篇小說〈花瓶〉與〈魔女〉，收編在《中國現代文學選集》中文本（書評書目出版社）。《王謝堂前的燕子》由爾雅出版社印行。

散文〈移植的櫻花〉，刊於《中國時報》。
短文〈人犬之間〉，刊於《中央日報》。
論文〈從《台北人》的缺失說起——論文學批評的方法與實踐〉，刊於《書評書目》。
早期小說〈小南的日記〉，被編入《聯副二十五年小說選》（聯經出版公司）。
論文〈《永遠的尹雪豔》之語言與語調〉，被收入柯慶明所編之《中國文學批評年選》（巨人出版社）。
發表論文〈「梁父吟」影射含義的兩種解釋〉、〈「孤戀花」的幽深曖昧含義與作者的表現技巧〉、〈「花轎榮記」的寫實架構與主題意識〉、〈「秋思」的社會諷刺和象徵含義〉、〈「遊園驚夢」的寫作技巧和引申含義〉於《書評書目》。
發表〈「那片血一般紅的杜鵑花」裡的隱喻與象徵〉及〈「滿天裡亮晶晶的星星」之語言、語調與其他〉於《中國時報》。
發表〈「冬夜」之對比反諷運用與小說氣氛釀造〉於《中外文學》。（註：這些「台北人」評論，除了〈冬夜〉和〈遊園驚夢〉兩篇，其餘都發表於一九七五年）。

一九七七年　38歲

編完《現代文學小說選集》第一冊與第二冊，由爾雅出版社印行。
〈簡評幾篇台灣近年的小說〉刊於《台灣文藝》五十四期。
〈週末午後〉刊於《聯合報》。
〈我與美國少棒〉刊於《中國時報》。
〈回憶《現代文學》創辦當年〉刊於《現代文學》復刊號第一期。
〈農耕之樂〉刊於《中華日報》及《世界日報》。

一九七八年　39歲

〈我兒世松〉刊於《聯合報》。接受夏祖麗女士的書面訪問，內容刊於《書評書目》五十五期及夏女士所編《握筆的人》（純文學出版社）。

論文〈漫談陳若曦的《春遲》〉刊於《聯合報》與《世界日報》。

《移植的櫻花——歐陽子散文集》，由爾雅出版社印行。

〈書・書架與我〉刊於《中華日報》。

〈我如何走上了文學寫作的路〉刊於《中國時報》。

翻譯亨利・詹姆斯小說《眞假之間》（*The Real Thing*）並寫〈藝術與人生〉一評論文章。

一九七九年　40歲

向國內報導美國德州大學舉辦的「台灣小說座談會」，並擔任該會之評講員。

〈鄉土・血統・根〉一文，刊於《中國時報》。

論評〈藝術與人生〉、〈眞假之間〉刊於《現代文學》復刊號六期。

〈我參加了愛城的「中國週末」〉刊於《時報週刊》。

〈一個留學生之死〉刊於《聯合報》。

短篇小說〈魔女〉之英譯（自譯），刊於 *Chinese Women Writers Today*（葉維廉及鄭臻編）。〈美蓉〉由慕沙德譯爲英文，刊於 *The Chinese Pen*。

一九八〇年　41歲

《秋葉》小說集改由爾雅出版社印行，是爲「修正版」。

〈我兒世松的夢想〉刊於《聯合報》。

〈女人操賤業〉刊於《聯合報》。

一九八一年　42歲

〈廣島之旅〉刊於《中國時報》；〈考試的聯想及回憶〉刊於《中華日報》。

翻譯夏志清之〈台灣文學座談會結語〉，刊於《聯合報》。
〈美國的學校教育〉刊於《中華日報》及《光華》雜誌。
〈一葉扁舟，怎載得動如許的學問？〉刊於《聯合報》。

一九八二年　43歲　翻譯夏志清之〈《中國現代中短篇小說選》導言〉，刊於《明報月刊》及《中國時報》。
〈一件往事及聯想〉（即〈灰衣婦人的來訪〉），刊於《中國時報》。
〈一封無法投遞的信〉，刊於《聯合報》。
美國的中國文學學者，Sally Lindfors，完成了博士論文 Private Lives: An Analysis of the Short Stories of Ouyang Tzu, A Modern Chinese Writer.
《歐陽子自選集》一書，由黎明文化事業股份有限公司出版。
〈關於《遊園驚夢》一劇〉刊於《中國時報》。
〈梨與柿〉一文，刊於《聯合報》。
〈爸爸〉，刊於《中國時報》。

一九八三年　44歲　〈談筆名〉，刊於《聯合報》。
〈灰衣婦人的來訪〉一文，收於季季主編之《一九八二年台灣散文選》（前衛出版社）。
〈擒罪魁〉，刊於《中國時報》。
舊作〈美蓉〉、〈覺醒〉、〈素珍表姐〉三篇，收入公孫嬿主編《海內外青年女作家選集》（黎明文化事業公司出版）。
〈傷印〉一文，刊於《聯合報》。

一九八四年　45歲　翻譯夏志清先生評論《玉梨魂》小說之長文。

舊作〈考驗〉一篇，收入李黎所編《海外華人作家小說選》（香港三聯書店）。

Sally Lindfors 翻譯〈木美人〉，刊於 *The Chinese Pen*, Summer, 1984。

一九八五年　46歲

〈爸爸〉一文，收於鍾麗慧所編《我的父親》（大地出版社）。

〈「眞相」——一篇驚人的小說傑作〉刊於《聯合報》（四月廿一～廿三日）。

〈一葉扁舟，怎載得動如許的學問？〉一文，轉載於夏祖麗主編《風簷展書讀》一書。

〈《玉梨魂》新論〉譯文，刊於《明報》月刊九、十、十一月號（237、238、239三期）。同文載於《聯合文學》第十二期。

一九八六年　47歲

〈吾女世和〉，刊於《聯合報》（十一月十五、十六日）。

〈灰衣婦人的來訪〉一文,收於李文主編《好書大家讀》一書(駿馬文化事業社有限公司)。

〈人性的救贖——評介「失去的龍」〉刊於《中國時報》（三月十三～十六日）。

〈我的母親〉刊於《中國時報》及《中報》。

〈「眞相」——一篇驚人的小說傑作〉一文,收入陳幸蕙編《七十四年文學批評選》（爾雅出版社）。

〈週末午後〉，收入聶華苓編《台灣中短篇小說選》（花城出版社）。

一九八七年　48歲

散文《農耕之樂》，收入田新彬選編之海外作家散文選《海的哀傷》一書(希代文叢)。

〈盲障〉刊於《聯合報》（三月廿一～廿三日），（《世界日報》轉載）。

〈病房室友〉刊於《中國時報》（六月十四、十五日），（《中報》轉載）。

〈詭道〉刊於《聯合報》（八月一～六日）及香港《八方》（《世界日報》轉載）。

〈我兒世松的約會〉，刊於《中央日報》（七月二十七日）。

一九八八年 49歲 〈「餘三館」的回憶〉，刊於《中國時報》（十月十五日），（《中報》轉載）。
寫〈《現代文學》與我〉（爲《現代文學》之重印）。
〈《現代文學》與我〉，刊於《中華日報》（二月六日）。
〈一髮千鈞〉，刊於《聯合報》（四月二十三、二十四日），（《世界日報》轉載）。
《生命的軌跡》一書，由九歌出版社出版（五月初）。
〈江校長與北一女〉，刊於《中國時報》（七月十六日）。
五月，開始寫長篇小說《一個離奇的法律案件》。

一九八九年 50歲 繼續寫長篇小說。

一九九〇年 51歲 長篇小說寫了四十餘萬字後，發現結構完全失敗，乃將全部手稿撕毀丟棄。
十月到十二月間，眼睛開刀四次，左眼失明。
〈我如何走上文學寫作之路〉轉載於正中書局出版《人生五題》之〈事業卷〉。

## 台灣宗教大觀

作者：董芳苑
書號：J163
定價：500元

透析台灣八大宗教的起源、教義、歷史以及在台發展現況！

原住民宗教／民間信仰／儒教／道教／佛教／基督教／伊斯蘭教／新興宗教！

蓬勃多元的宗教活動，不僅是台灣文化的重要特徵，更是欲掌握台灣文化精髓者無法迴避的研究對象。董芳苑教授深知這點，因此長期研究台灣宗教各個面向，冀望能更了解這塊他所熱愛的土地。原住民宗教、民間信仰、儒教、道教、佛教、基督教、伊斯蘭教、新興宗教，這八類在台灣生根發芽的宗教，其起源、基本教義、內部派別、教義演變，以及在台灣的發展狀況如何呢？它們究竟是如何影響台灣人日常的一舉一動以至於生命的終極關懷呢？這些重要的議題，不是亟需條理分明、深入淺出的解說，讓台灣人得以窺見自身文化的奧秘嗎？現在這部以數十年學力完成的著作，就是作者爲探究上述議題立下的一個里程碑，相信也是當代台灣人難得的機緣。願讀者能經此領會台灣文化的寬廣與深邃。

### 作者簡介

董芳苑　神學博士

1937年生，台灣台南市人。

學歷：台灣神學院神學士、東南亞神學研究院神學碩士、香港中文大學崇基學院研究、東南亞神學研究院神學博士。

經歷：前台灣神學院宗教學教授、教務長，前教育部本土教育委員，前輔仁大學宗教研究所兼任教授，前東海大學宗教學研究所兼任教授，台灣教授協會會員，長榮大學台灣研究所兼任教授。

著作：除《台灣宗教大觀》《台灣人的神明》《台灣宗教論集》（以上皆爲前衛出版）外，尚有宗教學與民間信仰等專著三十餘部。

# 台灣：恫嚇下的民主進展

作者：布魯斯．賀森松（Bruce Herschensohn）
書號：J158
定價：300元

「賀森松對台灣將來命運的觀察，不但冷靜審慎，而且正確。此書具有高度的可讀性。」— Hugh Hewitt，美國脫口秀 The Hugh Hewitt Show 主持人。

「每頁都充滿重要的見識。賀森松所知道的中國和台灣，比得上任何人，而他對兩者的見識，則比他們更明智。」— D. Prager，美國新聞專欄作家及脫口秀主持人

中國有了核子飛彈可以射達美國本土，使一個中國將軍即時問道：「美國會犧牲洛杉磯來防禦台灣嗎？」。卡特總統背叛了台灣，與台灣斷交而與中國建交。雖然美國和台灣至今保持良好關係，好戰的北京卻視台灣為叛逆的一省。過去五年中，備有核武的中國，舉行了十一次軍事演習，模擬侵略台灣。在這同時，台灣關係法保證美國國會保衛台灣，這使美國是否會犧牲洛杉磯來保衛台灣，成了諸多政治情勢之一。 以賀森松常年在美國和台灣之間的公務關係，他在書中敘述為何台灣會成為美國在二十一世紀外交政策決定性的舞台。

## 作者簡介

布魯斯．賀森松，一九六九年，他被選為聯邦政府十大傑出青年，獲頒過國家次高的平民獎，以及其他的優異服務勛章，後來受聘為尼克森總統代理特別助理。賀森松在Maryland大學教過 「美國的國際形象」，在Whittier學院榮任尼克森講座，講授 「美國外交和內政政策」。1980 年，他受聘加入雷根總統交接團隊。賀森松 1992 年由共和黨提名，競選加州美國參議員，贏得四百萬票，光榮落選，比加州居民投給共和黨總統候選人的票數高出一百萬票。

賀森松是 「尼克森中心」外聘的副研究員，並且是「個人自由中心」（Center for Individual Freedom）的理事。

# 高玉樹回憶錄

作者：林忠勝撰述、吳君瑩紀錄
書號：J156
定價：350元

高玉樹（1913-2005）是台灣政壇的傳奇人物，台北市人，曾任台北市長、交通部長、政務委員、總統府資政。

戒嚴時期以無黨籍台灣人身份當選並連任台北市長，長達十一年，無畏權貴，大刀闊斧，政壇所罕見。故有「開路市長」之稱，爲台北市民留下幾條美麗道路：羅斯福路、敦化南北路、仁愛路。蔣經國延攬入閣當交通部長，是第一個非國民黨籍出任要職的台灣人。

本書記述高玉樹家世、童年、母親，東瀛讀書、工作，三十八歲開始參選從政，宦海半世紀的精彩人生。在恐怖獨裁時代，爲台灣勤奮打拚，並與外來政權鬥爭，有血有淚，有挫折有勝利的忠實記錄，也是一部傑出的口述歷史著作。

## 作者簡介

林忠勝

台灣宜蘭人，1941年生，台灣師範大學歷史系畢業，曾任中學、專科、大學及補習班教職二十年，學生逾五萬人。現爲宜蘭慧燈中學創辦人，曾獲頒「十大傑出教育事業家」。

1969-71年間，於中研院近史所追隨史學家沈雲龍從事「口述歷史」訪問工作，完成《齊世英先生訪問紀錄》。1990年，與李正三等人向美國政府申請成立非營利的「台灣口述歷史研究室」，從事訪問台灣耆老、保存台灣人活動足跡的工作。

吳君瑩

林忠勝的同鄉和牽手，台北師專畢業。她支持丈夫做台灣歷史的義工，陪伴訪問、攝影和整理錄音成爲文字記錄的工作。

# 談景美軍法看守所

作者：謝聰敏
書號：J155
定價：350元

瀕臨瓦解的獨裁政權，當它環顧四旁時，只會看到敵人。民意代表、學校教官、報社人員、民主人士、以及許許多多的平民老百姓，因爲獨裁者心中的恐懼而被判罪下獄，受盡折磨。

本書除記載這些被禁錮的政治良心犯外，還特別著重於特務機構內部的鬥爭。今朝橫行的特務可能明朝就被軍法法庭宣判爲匪諜治罪。透過這些前特務被刑求時的陣陣哀號，我們聽到了那個時代的黑暗與荒謬。

## 作者簡介

謝聰敏

1934年出生在彰化二林，當時日治下二林事件的餘波還影響著這個小鄉鎮，謝聰敏自不例外。之後目睹國民政府的種種作爲，讓謝聰敏自覺地效法林肯以法律爲受壓迫者辯護的理念。後來，經由更深刻的思考，發現台灣的基本問題在於極權統治。因此，在1964年與彭明敏、魏廷朝共同發表〈台灣人民自救宣言〉，宣言未及發送就被扣押判刑。出獄不久又被誣陷涉及花旗銀行爆炸案再度入獄。前後入獄計有11年又6個月。本書就是基於這些怵目驚心的獄中經歷所寫成的。

解嚴後，謝聰敏曾當選第二、三屆立委，政黨輪替後被聘爲國策顧問。除本書外，重要著作還包括《出外人談台灣政治》（1991）、《黑道治天下》（1995）、《誰動搖國本——剖析尹清楓與拉法葉弊案盲點》（2001）等。

# 打造亮麗人生：邱家洪回憶錄

作者：邱家洪
書號：J157
定價：450元

邱家洪，艱苦人出身，沒有顯赫家世、學歷，完全以苦學、苦修、考試出脫，躋身地方官場三十餘年，毅然急流勇退，恢復自由身，矢志爲自己的志趣而活，爲自己的理想而存在。他的人生，全靠自己親手淬鍊打造，有甘有苦、有血有淚，樸實拙然，閃著親切又綺麗的溫馨亮光。

第一階段（1933-1960）乃流浪到台北，備嚐失學、失業的苦楚，只得回鄉，做少年鐵路工人，但又不願一隻活活馬被綁在死樹頭，乃再北上尋夢，巧任報社特約記者，結婚後，被徵召入伍到金門戰地，是「恨命莫怨天」的生涯。

第二階段（1960-1975）因緣際會「吃黨飯」十五年，擔任國民黨基層黨工，每日勞碌奔波、周旋民間，因是第一線與民眾及地方派系近身接觸，使他對台灣地方政壇見多識廣、閱歷豐富，對他而言，民眾服務站的歷練，無異是一所「公費的社會大學」。

第三階段（1975-1993）是轉職政界、流落江湖、宦海浮沉十八年的公務員生涯，歷任省政府秘書、台中市社會局長、台中市政府主任秘書，是他一生的黃金歲月。

第四階段（1993起）自公職退休，無官一身輕，「回到心織筆耕的原路上」，有如脫韁野馬，馳騁文學園地，自在快意，十餘年間寫下九本著作，尤其新大河小說《台灣大風雲》二百三十萬字一氣呵成，是台灣自1940-2000年一甲子的歷史見證，獲巫永福文學獎，文壇刮目相看。

出版有《落英》（長篇小說），《暗房政治》、《市長的天堂》、《大審判》（以上三書是台中政壇新官場現形錄）、《謝東閔傳》、《縱橫官場》、《中國望春風》、《走過彩虹世界》、《台灣大風雲》（新大河小說）、《打造亮麗人生：邱家洪回憶錄》等書，著作豐富。

# 近代台灣慘史檔案

作者：邱國禎
書號：J154
定價：500元

台灣在政黨輪替之前的歷史，是一頁又一頁的慘痛，台灣住民屈辱於外來政權統治下的命運，當然也是悲哀的。可是，把這種慘痛和悲哀以具體案例呈現的書並不多，以致漸漸流於空泛的吶喊。

本書是作者在民眾日報擔任主筆期間，以將近一年的時間蒐集資料，完成二百八十餘個代表性案例的記述，串起台灣從日治時期至蔣家王朝專制獨裁統治期間的慘痛史具象。

透過這些個案，我們可以看到時代的荒謬、逆流及統治者對待台灣住民的冷血、殘酷，提供我們很多椎心的省思，台灣住民應該從歷史的慘痛與悲哀中覺醒、站起來。

作者在1998年將這些個案逐日發表在民眾日報上，獲得非常廣泛的迴響，九年後在千催萬喚下才結集出版，實感於外來政權復辟勢力囂張，往昔是湮滅台灣悲痛歷史，近年則竭盡所能變本加厲地竄改史實，持續其洗腦台灣住民的黨國卑劣伎倆，台灣住民不容他們奸計得逞。

慘痛、悲哀已經過去，我們要把它銘刻在歷史的扉頁上，並且把它傳承給新的一代，讓他們記取教訓，努力地活出尊嚴偉大的台灣人。

## 作者簡介

邱國禎，資深媒體人（筆名：馬非白）。

從事新聞工作之前開設心影出版社，進入新聞界後，歷任民眾日報記者、專欄記者、新聞研究員、巡迴特派員、資訊組主任、採訪組主任、民眾電子報召集人、民眾日報社史館館長、編輯部總分稿、核稿、言論部主筆，以及短暫在民眾日報留職停薪去環球日報、中國晨晚報擔任副總編輯及主筆。民眾日報在1999年10月易手給「全球統一集團」，人事異動前即主動離去。

自2000年起專職經營南方快報（www.southnews.com.tw）。

國家圖書館出版品預行編目資料

歐陽子集 / 歐陽子作. 陳萬益編. -- 初版. --
台北市：前衛, 1993 [民82]
344面；15×21公分. --
（台灣作家全集. 短篇小說卷, 戰後第二代： 9）

ISBN 978-957-8994-41-6（精裝）

857.63 82008977

# 歐陽子集

台灣作家全集・短篇小說卷／戰後第二代⑨

作　者　歐陽子
編　者　陳萬益
出 版 者　前衛出版社
10468 台北市中山區農安街153號4F之3
Tel: 02-25865708　Fax: 02-25863758
郵撥帳號：05625551
E-mail: a4791@ms15.hinet.net
http://www.avanguard.com.tw
出版總監　林文欽
法律顧問　南國春秋法律事務所 林峰正律師
出版日期　1993年12月初版第1刷
2009年01月初版第5刷
總 經 銷　紅螞蟻圖書有限公司
台北市內湖舊宗路二段121巷28.32號4樓
Tel: 02-27953656　Fax: 02-27954100

Printed in Taiwan　ISBN 978-957-8994-41-6
定　價　新台幣300元